edition atelier

Hans Weinhengst

TURMSTRASSE 4

Roman

Aus dem Esperanto übersetzt von Christian Cimpa
Mit einem Nachwort von Kurt Lhotzky

EDITION ATELIER WIEN

1.

Ein grauer, heruntergekommener Wohnklotz. Das ist das Haus Nummer 4 in der Turmstraße. Wenn ich »grau« sage, beschreibe ich die Farbe der Mauern nicht ganz treffend. Sie sind in Wahrheit undefinierbar widerwärtig. Das Eckhaus, bei dem die Turmstraße die Trostlos-Straße schneidet, unterscheidet sich nicht merklich von den Nachbarbauten oder den vielen anderen Gemäuern in diesem Wiener Arbeiterviertel. Allerdings vereint es alle üblen Eigenschaften solcher Zinskasernen in besonderem Ausmaß. Die verfallene Fassade ist altmodisch verschnörkelt mit allerhand künstlichen Vorsprüngen und halb verwitterten Figuren über den Fenstern. Die Farbnuancen der Fensterrahmen sind nicht in ein, zwei Worte zu fassen – vor vielen Jahren waren sie vielleicht braun. Insgesamt bietet das Haus nichts dem Auge Schmeichelndes, mit Ausnahme verschiedenster Blumen, Blattpflanzen und Kakteen, die in fast jeder Fensternische zu sehen sind. Das Hausinnere zeigt auf den ersten Blick unverhohlen, dass die gesamte Konstruktion einzig dem Streben nach Ausbeutung folgt: Das Stiegenhaus und die Gänge sind schmal, der erdrückend enge Hof – »Lichthof« genannt – ist der den Bauvorschriften geschuldete einzige freie Raum, die Wohnungen sind winzig, dafür aber zahlreich.

Das vierstöckige, nicht auffallend große Haus umfasst sechsundfünfzig Wohneinheiten, die größtenteils aus je einer kleinen, dunklen Küche und einer Kammer mit einem einzigen Fenster bestehen. Das ganze Treppenhaus, und mit ihm mehr oder weniger auch die Wohnungen, sind erfüllt vom ekelhaften Gestank aus den alten Aborten, pro Stockwerk sechs an der Zahl. An heißen Tagen im Sommer und kalten im Winter, wenn die Fenster wegen des Frosts geschlossen bleiben, wird dieses Odeur unerträglich, vor allem zur Mittagszeit, wenn sich mit ihm diverse Gerüche aus fünfzig oder mehr Küchen vermengen. Aus vierzehn Türen, eng aneinandergereiht, strömen die Menschen zum einzigen Wasserhahn der Etage. Und Menschen gibt es hier viele: Im ganzen Haus wohnen an die dreihundert, in den winzigen Wohnungen oft zu siebt oder zu acht zusammengepfercht, aneinander klebend, einander in die Quere kommend bei jeder Bewegung.

Natürlich sind solche Massenquartiere unweigerlich auch Nistplätze finsterer Dämonen: Armut, Stumpfsinn, Hass, Verdruss, Verzweiflung und andere. Das edle Gewächs der Nächstenliebe kann unter solchen Umständen nur vegetieren, auch wenn die Herzen gerade der Menschen dieser Klasse grundsätzlich ein guter Nährboden dafür wären.

Unfrieden, Krawalle und lärmende Auseinandersetzungen sind Alltag im Haus Turmstraße Nummer 4. Ob Tratsch oder unvereinbar scheinende Ansprüche einen Konflikt zwischen Hausparteien auslösen oder ob ein Familienkrach aus diesem oder jenem Grund die Gemüter erhitzt – die wahre Ursache ist wohl meistens das Elend, das doch allen gemeinsam ist …

Eines Abends, in der ersten Märzwoche des Jahres 1929, hörte man aus der Wohnung Nummer 16 im ersten Stock lautes Geschrei. Das wüste Schimpfen eines Mannes hallte durch das halbe Haus. Eben die Treppe zum ersten Stockwerk hinaufsteigend hielt ein etwa achtzehnjähriges Mädchen unwillkürlich inne, um zu horchen – und erbleichte, als sie die Stimme ihres Vaters erkannte. Langsam und offensichtlich schweren Herzens nahm sie die weiteren Stufen der abgewetzten Steintreppe.

Schon konnte sie das Geplärre verstehen. Der Auslöser für den Zorn des Vaters war sie selbst. Eben drohte er, ihr die Knochen zu brechen, sobald sie heimkäme. Die Hände vors Gesicht schlagend zögerte sie wieder.

Als sie aus der Wohnung deutlich das haltlose Schluchzen ihrer Mutter vernahm, öffnete sie zitternd die Tür und trat ein. Die Mutter, tränenüberströmt in der Küche beim Ofen kauernd, sah weder zu ihrer Tochter auf, noch antwortete sie auf deren leisen Gruß. Nur ihr Weinkrampf wurde mit einem Mal heftiger und unkontrollierter. Im Zimmer, äußerlich nun etwas zur Ruhe gekommen, lauerte der Vater.

Nichts Gutes ahnend betrat das Mädchen den Raum. Der Vater stand am Fenster und starrte auf die Straße. Martha grüßte und legte Mantel und Mütze ab.

Sofort schwoll der Zorn des Mannes erneut an und brach unvermittelt aus ihm heraus:

»Du Kanaille! Jetzt kommst du heim? Seit mehr als einer Stunde bist du überfällig! Um sechs hast im Büro aus, und jetzt ist es halb acht! Warst wieder unterwegs, Arm in Arm mit dem Nichtsnutz vom zweiten Stock, du falsche Katz! Am Sonntag hast dich mit deiner Freundin weggeschlichen, und ums Eck hat er schon gewartet, dein Liebling! Ausgerechnet der arbeitsscheue Tagedieb mit seinen Flausen im Kopf! Vielleicht bildest du dir ein, dass du mir was vormachen kannst, du Luder, aber ich werd dir noch zeigen, was sich gehört!«

Laut und mit wütender Gebärde schritt er auf die Tochter zu, die bis zur Wand zurückwich. Sein Gesicht, von einem Granatsplitter im Weltkrieg zerfetzt, war grundsätzlich grauenerregend, und die schwarze Klappe, die die leere rechte Augenhöhle verdeckte, machte den Anblick kaum erträglicher. Aber jetzt, vor Wut zur Grimasse verzerrt, war es scheußlich und abstoßend. Im selben Augenblick verlor die junge Frau jegliches Gefühl von Angst oder Respekt, und auf ihrem sonst anmutigen und zarten Gesicht spiegelte sich ein unbeschreiblicher Ausdruck von Hass und Ekel.

Der Vater hatte den letzten Satz kaum fertig gesprochen, als sie, fest in seine entstellte Fratze blickend, ruhig und gefasst erwiderte:

»Ich hasse es, zu lügen. Wenn ich's getan hab, dann nur, weil's für mich die einzige Möglichkeit ist, ein bissl Freude zu haben im Leben. Ich hab auch ein Recht auf mein Stück vom Glück, wie jeder andere. Und ein Tagedieb ist der Karl sicher nicht! Was kann er dafür, dass er keine Arbeit findet?«

Für einen Moment stand der Vater wie versteinert da. Noch nie hatte sich ihm das Mädchen direkt widersetzt. Doch dann tobte er wie von Sinnen. Mit tierischem Gebrüll fiel er über seine Tochter her und prügelte wild auf sie ein. Wahrscheinlich hätte er die Unglückliche totgeschlagen, wären nicht Nachbarn, von den Hilferufen der Mutter alarmiert, rettend eingeschritten. Sie überwältigten den von allen guten Geistern Verlassenen, hielten ihn von seinem Opfer ab und riefen die Polizei, die den Mann schließlich abführte.

Eine mitfühlende Nachbarin half der Mutter, die bewusstlos geschlagene Tochter zu entkleiden und zu Bett zu bringen. Martha blutete aus Nase und Mund, ihr Gesicht war geschwollen, und ihr zarter Körper zeigte deutlich die Spuren der furchtbaren Hiebe.

Als Martha erwachte, saß die Mutter mit gesenktem Kopf an ihrem Bett, das Gesicht in die Hände vergraben. Martha stieß einen tiefen Seufzer aus, als Schmerzen die Erinnerung an das Geschehene zurückbrachten.

Schwach fragte sie, während sie zärtlich den Kopf der Mutter streichelte: »Wo ist der Vater?«

»Sie haben ihn verhaftet«, antwortete die Mutter mit tonloser Stimme.

Nach einer kurzen Pause sagte das Mädchen: »Es wird immer schlimmer mit ihm. In letzter Zeit ist er unerträglich.«

»Ja, Kind, aber an dem bist auch du ein bissl schuld. Es wär gescheiter, du würdest ihm nicht so viel widersprechen. Komm ihm mehr entgegen, gib halt öfter nach. Denk dran, er ist ein Krüppel.«

»Ich kann nimmer, Mamsch. Ich hab doch eh getan, was er wollte, ich hab auch immer Verständnis gehabt für ihn. Und ich hab den Glauben nie aufgegeben, dass er sich bessert. Aber er schikaniert und malträtiert uns beide immer ärger und jetzt schon ganz ohne Grund. Ja, ich weiß, er ist ein Kriegsopfer und bedauernswert, und mir tut's auch leid, dass er wegen mir eingesperrt ist. Ich werd in Zukunft gehorchen so gut es geht und auf ihn Rücksicht nehmen – Respekt oder Liebe kann er allerdings nimmer von mir erwarten.«

Die Mutter hob den Kopf und sah ihre Tochter voll Schmerz und Tadel an: »Er ist immerhin dein Vater!«, sagte sie. »Und er war nicht immer so. Ein fescher Mann war er einmal, strotzend vor Kraft und herzensgut. Ich hab ihn furchtbar gern gehabt, und wenn ich an damals denk, dann hab ich ihn heut noch lieb. Ein armer Kerl ist er. Der Krieg hat ihn kaputt gemacht.«

»Ja, Mamsch, wenn er nicht so jähzornig wär und wenn er mich lieben tät, wie das ein Vater halt tut,« – Martha betonte das Wort »Vater« – »wär ich froh und er könnt alles von mir haben. Aber, Mamsch, er ist ja nicht nur zu mir so gehässig, sondern auch zu dir. Und mir geht's nur noch um dich, sonst wär ich schon lang davongelaufen. Wieso regt er sich überhaupt auf, wenn ich mich mit dem Karl Weber treff? Der ist doch so ein guter und anständiger Mensch!«

»Geh, das brotlose Armutschkerl! Der Vater sagt, so wie du ausschaust, so wie du den Männern g'fallst, kannst Glück haben und einen ganz Reichen finden. Außerdem weißt du ja, was er von dir will.«

»Dass ich den Buckligen heirat'? Nie! Und wenn der drei Häuser hätt, würd ich ihn nicht zum Mann nehmen. Der ist so hässlich, dass mir vor ihm graust. Und primitiv ist der auch, und ein Trankler.«

»Aber reich! Er hat ein Haus und eine gutgehende Firma. Und er sagt, dass er dir zuliebe ein anderer Mensch werden will«

Martha gab keine Antwort mehr. Und auch die Mutter verfiel jetzt in Schweigen.

Zwar lag dem Mädchen noch etwas auf dem Herzen, aber sie konnte nicht darüber sprechen. Sie betrachtete das Gesicht der Mutter. Noch jung – zweiundvierzig – und schon voller Falten. Aber irgendwie immer noch hübsch. Die Mutter hatte dieselbe Anmut in den Gesichtszügen wie die Tochter.

Arme Mamsch! Welch großes Leid hatte in diesem Gesicht seine Spuren hinterlassen! Trotz alledem war sie immer geduldig, zuvorkommend und verständnisvoll. Würde sie allerdings ein wenig mehr Stärke zeigen, wäre der Vater vielleicht doch zurückhaltender und nicht so despotisch. Er war indes nicht nur herrisch, streitsüchtig und brutal, nein, er trank obendrein bis zur Bewusstlosigkeit, zuletzt immer öfter. Völlig besoffen verlor er alle Hemmungen und benahm sich wie ein wildes Tier.

Martha erschauderte bei dem Gedanken. Nichts, was sie bisher erlebt hatte, ließ sich mit dieser wahnsinnigen Angst vergleichen, die ihr letzten Samstag das Herz abgeschnürt hatte, als der Vater die Abwesenheit der Mutter ausnützte, um sie, seine eigene Tochter, mit Gewalt ins Bett zu zerren. Er hätte sie – vor Geilheit beinahe von Sinnen – überwältigt, wenn nicht im entscheidenden Augenblick die Mutter am Eingang geklopft hätte. Aber wäre ihr das Glück beim nächsten Mal wieder hold und würde der Vater sein Ziel dann nicht mit noch größerer Brutalität und Vehemenz zu erreichen suchen?

Nein, der Mutter konnte sie das nicht erzählen. Ihretwegen hatte sie den Vater auch nicht bei der Polizei angezeigt. Ihn hätte sie nicht verschont. Er verdiente keine Gnade.

Plötzlich bemerkte das Mädchen, dass die Mutter – am Sessel sitzend, den Oberkörper aufs Bett gelegt – eingeschlafen war. Martha erhob sich vorsichtig, dämmte die Flamme der Petroleumlampe und legte sich wieder hin. Bald befand sie sich im grenzenlosen Land der Träume. Dort konnte sie Schönheit, Freude und Liebe erfahren – Dinge, nach denen sie sich im wirklichen Leben sehnte und denen sie doch so selten begegnete.

* * *

Wohnung Nummer 32 im zweiten Stock des Gebäudes Turmstraße 4 war das Zuhause der Familie Weber. Diese bestand aus dem Familienoberhaupt Herrn Anton Weber, einem achtundfünfzig Jahre alten, hochgewachsenen Mann, an dessen Kopf- und Barthaaren man bereits die eine oder andere graue Stelle erkennen konnte, seiner Ehefrau Amalie, vierundfünfzigjährig, die zwar deutlich älter aussah, aber eine bemerkenswerte Rührigkeit und mitunter auch Konfliktbereitschaft an den Tag legte, den beiden Söhnen Anton und Karl und den zwei Töchtern Anna und Erna. Letztere war zwar verheiratet, wohnte aber in Ermangelung eines eigenen Heims mit ihrem Ehemann Heinrich und dem kleinen Sohn Heinz ebenfalls in der bescheidenen Wohnung der Eltern.

Anna war eine einunddreißigjährige ledige Frau, die schon zweimal kurz vor der Hochzeit gestanden war. Außerdem wäre sie bereits Mutter zweier Kinder, hätte ein gnädiges Schicksal sie nicht von dem stets zur Unzeit eintreffenden Segen befreit: Zuerst nahm es ihr in Gestalt eines Mitleid empfindenden Todes den neugeborenen Buben, das andere Mal unterbrach eine Komplizin des Schicksals, die Hebamme, Annas Schwangerschaft. Bedauerlicherweise verursachte diese wertvolle Hilfe wohl durch ungeeignete Werkzeuge irreparablen Schaden an Annas Gesundheit. Enttäuschungen und chronische Leiden hatten sie innerlich verhärmt, sie war aufbrausend und leicht erregbar. In jungen Tagen ein auffallend hübsches, lebenslustiges Mädchen, welkte sie nun mehr und mehr dahin. Während fröhlicher Momente ließ sich aber manchmal noch ihr früherer Charme erahnen.

Ihre um sechs Jahre jüngere Schwester Erna, ein kleines, zierliches Wesen, war nicht im wirklichen Sinne schön, aber auch weit davon entfernt, hässlich zu sein. Ihr fahles ovales Gesicht mit der Stupsnase und den dunklen, träumerisch wirkenden Augen spiegelte Herzensgüte und Milde, das schlicht in den Nacken fallende braune Haar unterstrich den Eindruck des bescheidenen, anspruchslosen Gemüts. Sie war so etwas wie der wohltätige, versöhnende Engel der Familie. Als sie vor zwei Jahren den Eltern gestehen musste, guter Hoffnung zu sein, erhielt sie von der Mutter eine endlose Reihe vorwurfsvoller Moralpredigten und vom Vater zwei schallende Ohrfeigen. Danach verheiratete man sie mit ihrem Geliebten, und man gewährte den beiden vorübergehend Obdach in der elterlichen Wohnung. Glücklicherweise war der nunmehrige Ehemann bei der Bahn, also ein Staatsbediensteter. Diese halbwegs sichere Anstellung garantierte seiner jungen Familie ein zuverlässiges Einkommen – ein Segen in Zeiten allgemeiner Arbeitslosigkeit. Zudem erwies er sich als besonnener und fürsorglicher Gatte, der weder rauchte noch trank. So hätten Erna und Heinrich vielleicht ein zufriedenes Paar sein können, erfüllt von gegenseitiger Liebe und gemeinsamer Verantwortung für ihren Spross Heinz, wäre ihnen ein eigener Hausstand vergönnt gewesen und hätte Erna eine kräftigere und gesunde Lunge besessen. Das Zusammenleben mit fünf erwachsenen Menschen in der kleinen Zimmer-Küche-Wohnung war dem ehelichen Glück mehr als abträglich und hatte einen zermürbenden Einfluss auf die Gesundheit der an Schwindsucht leidenden jungen Frau.

Anton war achtundzwanzig und seit zwei Jahren ohne Arbeit. Von Beruf Metalldreher fand er nur ab und zu kurzfristig Beschäftigung und brachte daher den Großteil der Zeit zwangsläufig mit Nichtstun zu. Er war ein ungeschliffenes Raubein mit Hang zu Alkohol und Kartenspiel, ein rücksichtsloser Ichmensch und zuweilen ein echter Familientyrann, dem einzig der strenge, unbeugsame Vater beizukommen vermochte.

Welch ein Unterschied zum Charakter seines Bruders Karl! Der Zwanzigjährige, mittelgroß und von schöner Statur, zeigte starke Ähnlichkeit mit seiner Schwester Erna und war gutmütig, harmoniebedürftig und ausgesprochen träumerisch veranlagt. Sein ebenfalls ovales Gesicht unter dunkelblondem Haar zeigte weibliche Züge, und aus seinen blauen Augen blickten stets staunende Neugier und herzliche Fröhlichkeit. Bisweilen ließ ihn sein ausgeprägter Hang zur Poesie weltvergessen in Büchern versinken, selbst wenn alles um ihn herum hetzte und lärmte.

Karl verfasste auch Gedichte und kurze Geschichten, die für gewöhnlich von Liebe und Leid handelten. Lange Zeit hatte er nur für sich selbst geschrieben und, was die Musen ihm schenkten, eifersüchtig vor fremden Blicken bewahrt. Zuletzt aber hatte er einen Menschen gefunden, den er an all seinen Geheimnissen teilhaben lassen konnte und in dem er einen bewundernden Zuhörer fand, wenn er – fernab vom Getriebe der Welt – seine Verse vortrug und voll innerer Anteilnahme Erzählungen von verlorenem Liebesglück oder den Entbehrungen eines notleidenden Waisenkinds vorlas.

Dieser Mensch war die vom Leben schwer geprüfte Martha Groner aus dem ersten Stock, Nummer 16. Wie er, der schüchterne Bursche, diese bezaubernde junge Frau kennenlernen und ihr nahekommen konnte, darüber wunderte sich Karl insgeheim oft. Lange schon hatten die beiden sich zueinander hingezogen gefühlt, und die Liebe, diese wunderbarste Form schöpferischer Energie, hatte Mittel und Wege gefunden, sie als Paar zusammenzuführen. Martha liebte Karl voll Temperament und Leidenschaft, während das Herz des Burschen erfüllt war von seliger Schwärmerei für sie. Seit dem Moment ihres gegenseitigen Liebesgeständnisses wirkte er noch mehr in sich versunken, und er lebte in einem Traum, in dem ihn der bedrückende Alltag nicht zu erreichen schien.

Wie ein Schatten auf einem Lichtbild trübte jedoch ein Umstand das Liebesglück der beiden jungen Menschen: Martha hatte sehr unter ihrem Vater zu leiden, der sie nicht nur unmenschlich behandelte, sondern ihr auch die Beziehung mit Karl untersagte – wie übrigens mit jedem anderen Mann, außer natürlich mit jenem, den er für sie auserkoren hatte. So mussten sie ihre Liebe verbergen und konnten das Glück ihres Zusammenseins nur verhältnismäßig selten auskosten. Dieser Umstand beschenkte sie allerdings mit Stunden voll bitterer Süße und Romantik.

An jenem Abend, an welchem sich die hässlichen Szenen in Marthas Familie abspielten, hatte Karl sie von ihrem Arbeitsplatz heimbegleitet. Aber er ging danach selbstverständlich nicht mit bis zum gemeinsamen Wohnhaus. Er wagte es nicht einmal, ihr in angemessenem Abstand zu folgen, sondern verbrachte trotz der empfindlich kühlen Abendluft etwa eine halbe Stunde im nahe gelegenen Park. Als er schließlich heimkam, war der tobende Groner von den Polizisten schon abgeholt worden, und es herrschte wieder die gewohnte Ordnung im Haus.

Seltsam war, dass Familie Weber von jenem Aufruhr so gar keine Notiz genommen hatte. Wohl, weil derartige Vorkommnisse keine Seltenheit darstellten unter diesem Dach, weder bei den Groners noch bei sonst einer Hauspartei. Die Bewohner hatten sich an ein gewisses Maß an Aufregung und Tumult gewöhnt. Daher erfuhr Karl an diesem Abend nicht mehr, was seiner Freundin zugestoßen war. Sonst hätte er sicher nicht so gut geschlafen und vermutlich kaum bis zum späten Morgen in süßen Träumen geschwelgt, aus denen ihn ein grober Stoß seines Bruders Anton riss.

»Hallo, du faule Ratte, raus aus dem Bett! Die Mutter hat dich schon zweimal geweckt. Und mich mit! Der Teufel soll dich holen und mit dir in einem Bett schlafen! Einmal rollst dich ein wie ein Igel, dann schlägst du im Traum wild um dich, wälzt dich herum oder hüpfst im Bett wie eine Ziege auf der Alm. Das halt ich nimmer lang aus!«

Anton bellte diese Worte in seiner polternden, ungeschliffenen Art. Wie aus dem Himmel vertrieben rieb sich Karl die Augen und zog eine Grimasse, als könnte er seinen Tränen nicht mehr Einhalt gebieten.

»Ich kann doch nichts für das, was ich im Schlaf tu. Außerdem brauchst du fast das ganze Bett für dich allein und mir bleibt überhaupt kein Platz.«

»Halt den Mund und verschwind aus dem Wanzenstall! Wenn dieses Weibsbild nicht für mehr Sauberkeit sorgt, frisst uns sowieso bald das Ungeziefer. Die Leintücher schauen aus wie Miniatur-Schlachtfelder. Pfui Teufel!«

»Nörgeln ist alles, was du kannst, du Blindgänger!«, verschaffte sich Anna mit schriller Stimme aus der Küche Gehör, »den ganzen Tag treibst dich rum, spielst Karten, versäufst das Arbeitslosengeld und stänkerst – was anderes kannst du nicht. Und wir rackern uns die Seele aus dem Leib! Vergiss mich!«

»Pass auf, was du sagst, du aufgeblasene Gans, oder du kriegst von mir eine aufs Maul, dass dir die Lippen anschwellen wie Salatgurken!«

»Kruzifix! Ihr Falotten!« Jetzt mischte sich auch die Mutter in den Streit ein, die gerade die Schmutzwäsche aus dem unteren Kastenfach einsammelte: »Ist es notwendig, schon in aller Früh die Luft im Zimmer mit Schreien und Streiten zu verpesten? Ich schau da nicht mehr lang zu. Noch ist das meine Wohnung und noch werd ich hier wohl das Sagen haben. Karl, es ist schon acht und du musst unbedingt vor zehn am Arbeitsamt sein, oder du verlierst deine Unterstützung! Ihr seid elende Mistviecher! Die ganze Woche flaniert ihr nur in der Gegend rum, und wenn ich mich nicht am End drum kümmern würd, würdet ihr nicht einmal rechtzeitig losgehen für die paar Schilling, die ihr vom Staat kriegt. Mir scheint, ich muss andere Saiten aufziehen!«

Karl war unterdessen aufgestanden und schlüpfte in sein Gewand.

Frau Weber keppelte noch eine Weile weiter. Hatte sie einmal begonnen zu predigen, hörte sie gewöhnlich nicht auf, bis sie den Familienangehörigen ihr Repertoire an immer gleichen Vorhaltungen heruntergebetet hatte. Und diese Liste war ziemlich lang.

Murrend drehte Anton das Gesicht zur Wand. Anna räumte mit zorniger Miene die Küche auf und schepperte dabei mit dem Geschirr mehr als nötig. Die tiefbetrübte Erna verschwand wortlos zum Einkaufen. Ihren Buben nahm sie mit. Trotz der erheblichen Anstrengung, die das für sie bedeutete, konnte sie es dem Kleinen nicht antun, ihn alleine zu lassen unter diesen aufgebrachten, wüst schimpfenden Menschen.

Der alte Herr Weber, der in einer Maschinenfabrik beschäftigt war, und der auf einem Bahnhof Dienst versehende Heinrich hatten das Haus schon früh am Tag verlassen.

Auch Karl beeilte sich nun, fortzukommen. Nicht nur, um zu gebotener Zeit am Arbeitsamt zu sein, sondern auch, weil es morgens besonders ungemütlich war in der kleinen Wohnung, selbst wenn zufällig einmal keine derart geladene Stimmung herrschte. Trotz der beiden geöffneten Fenster hielten sich in den Räumen hartnäckig die ekelhaften Gerüche des Schlafs, der menschlichen Ausdünstungen und der zerdrückten Wanzen.

Karl wollte eben gehen, als ihn Anna zurückhielt.

»Du gehst mir hoffentlich nicht mit so einem verdreckten Mantel außer Haus! Geh her da und putz dich ab!«

Folgsam schlüpfte er aus den Ärmeln, ergriff eine Bürste und stellte sich auf den Gang. Dort stand schon eine Nachbarin, die den Staub aus ihren Kleidungsstücken klopfte. Und eben erschien eine zweite, einen Korb voller Lebensmittel und Gewürze in der einen, den zweijährigen Sohn an der anderen Hand.

Karl und die beiden Frauen tauschten Grüße aus. Die eben Hinzugekommene beeilte sich, die Wohnungstür aufzusperren und den Korb auf dem Küchenboden abzustellen, um sich sofort an die Nachbarin zu wenden.

»Frau Hesky, was sagen Sie zum Groner? Dieser Wahnsinnige wird irgendwann noch Frau und Tochter erschlagen. Wenn's so weit ist, denken Sie an meine Worte!«

»War er wieder rabiat?«, fragte die andere neugierig. »Ich hab gestern schon Lärm heraufghört von da unten, mich aber nicht drum gekümmert.«

»Verhaftet ist er worden!«, antwortete die erste mit bedeutsamer Miene. »Der hätt die arme Martha umgebracht, wenn nicht die Nachbarn gekommen wären und die Polizei gerufen hätten. Die armen Frauen!«

»Hätt ich so einen Mann, ich würd ihn erschlagen – und kein Gericht würd mich verurteilen!«

Karl, der zu bürsten aufgehört hatte, lauschte dem Gespräch. Er verspürte einen Stich im Herzen und seine Wangen erbleichten. Unterdessen beschäftigte sich der kleine Bub der Nachbarin mit dem Essenskorb in der Küche. Plötzlich waren Geräusche zu hören, als ginge Glas zu Bruch, und schon kam das Kind weinend aus der Wohnung gelaufen, die kleine blutende Hand in die Höhe gestreckt.

»Mama, Mama!«, piepste sein Stimmchen unter Tränen, »aua, aua!«

Die schwatzhafte Mutter lief aufgeregt in die Wohnung und erstarrte für einen Moment. Dieser Unglücksrabe! Der Korb lag umgefallen da, zwei Flaschen waren zerbrochen, Zucker, Fett, Mehl und Salz schwammen in einer Pfütze aus Essig und Petroleum! Eilig versuchte die Frau zu retten, was zu retten war. Dann stürzte sie sich auf den Kleinen, der immer noch weinte, und schlug unter heftigem Gezeter erbarmungslos auf ihn ein.

»Du Hund, du, du Teufelsbraten! Groschen um Groschen spart man sich vom Mund ab, und so eine Missgeburt richtet nur Schaden an! Ich werd noch wahnsinnig!

Aber ich bring dir schon noch bei, dass du deine Finger nicht überall dran haben musst!«

In diesem Moment erschien ein fünf- oder sechsjähriges Mädchen, die Tochter der aufgebrachten Frau. Angesichts der furchteinflößenden Szenerie näherte es sich ängstlich und versuchte, sich an der Mutter vorbei in die Wohnung zu schwindeln. Die aber ließ den wie am Spieß brüllenden Buben los, schnappte sich die Kleine und verpasste ihr eine Ohrfeige. Mit einer Schimpforgie drosch sie mehrmals in das zarte Gesicht der Tochter und riss sie an den Haaren.

»Du unnötiger Parasit, du! Die ganze Zeit frisst du nur und faulenzt oder streunst auf der Gasse herum, aber einmal auf deinen kleinen Bruder aufpassen – dazu bist nicht imstand! Aber ich brech dir deine Knochen, bevor du zur Hure wirst und zur Verbrecherin!«

Jetzt konnte sich Karl, der zunächst wie gelähmt schien, nicht mehr zurückhalten. Rasch entriss er das Mädchen der überraschten Mutter und maßregelte diese in ungewöhnlicher Schärfe. Da mischte sich aber die zweite Nachbarin ein, sodass das laute Geschrei weitere Personen herbeilockte und schließlich ein gewaltiger Wirbel entstand, weil die gute Mutter das Eingreifen eines Fremden in ihre mütterlichen Rechte selbstverständlich nicht widerspruchslos hinnahm.

Karl sah zu, dass er wegkam, während aufgeregte Worte der Entrüstung noch lange von einer Tür zur anderen quer über den Gang hallten.

* * *

Es war noch dunkel, als Martha Groner erwachte. Sie setzte sich im Bett auf, um ein Streichholz auf dem Nachtkästchen zu suchen. Augenblicklich flammte der

Schmerz in ihrem Kopf und an anderen Körperstellen, auf und erneut schossen ihr die furchtbaren Ereignisse des letzten Abends in den Sinn. Im Licht des Streichholzes erkannte sie, dass die Uhr noch nicht fünf zeigte und ihre Mutter im Bett des Vaters schlief, der also nicht heimgekommen war.

Weil noch mehr als eine Stunde Zeit war, legte sich Martha wieder hin, auch wenn sie nicht mehr einschlafen konnte. In ihrem Inneren jagte ein Gedanke den anderen, und sorgenvolles Grübeln trug dazu bei, dass ihr Kopfweh nicht nachließ.

Der Vater verbrachte die Nacht offensichtlich in der Gefängniszelle, vielleicht geplagt von Gewissensbissen. Martha war nun fast selbst überzeugt, dass er im Innersten nicht so schlecht war, wie es manchmal den Anschein hatte. Er war invalide, und wer weiß, was er schon alles an körperlichen und seelischen Qualen durchgestanden hatte! Vermutlich war das, was die Mutter sagte, richtig: Sie wären eine glückliche Familie, wenn der unselige Krieg nicht alles kaputtgemacht hätte.

Aber wie sollte es jetzt weitergehen? Der Vater würde sicher bald wieder daheim sein. Sie hatte trotz allem nicht vor, gegen ihn auszusagen. Wenn wenigstens Karl ein Einkommen hätte! Dann könnten sie eine Heirat in Erwägung ziehen. Einen »arbeitsscheuen Tagedieb« nannte ihn ihr Vater ungerechterweise. Karl würde gerne eine Anstellung annehmen, wenn er nur eine bekäme. Bestimmt litt er selbst schwer unter seiner Arbeitslosigkeit. Er war ein so feiner, mitfühlender junger Mann! Bedauerlicherweise etwas zu weich. Martha wünschte sich einen Lebenspartner mit mehr Energie und Entschlossenheit ...

Schließlich wurden ihr das Herumliegen und das Sinnieren unerträglich. Sie stand auf, machte Licht und kleidete sich an. Davon erwachte auch die Mutter und erhob sich.

»Guten Morgen, Mamsch!«, grüßte Martha leise. »Du kannst im Bett bleiben. Es ist noch sehr zeitig, und ich mach heut das Frühstück.«

»Nein, nein! Ich kann eh nicht mehr liegen. Ich muss nachschauen, was mit dem Vater los ist. Mir hat heut Nacht was Furchtbares geträumt.«

»Kennst du die Sprichwörter: ›Träume sind Schäume‹ und ›Was der Traum dir bringt – mit dem Traum verklingt‹«.

»Wenn's nur so wär. Schon öfter hat sich ein Unglück durch einen Albtraum angekündigt. Zum Beispiel, als der Vater verwundet worden ist, hab ich eine fürchterliche Vision gehabt. Wie geht's dir, Martha, kannst arbeiten?«

»Danke, Mamsch! Ich bin gesund, ich geh heut ins Büro.«

Sie tranken ihren Kaffee ohne etwas dazu. Weder die Mutter noch die Tochter brachten eine Scheibe Brot hinunter. Ihre Kehlen waren zugeschnürt von Trauer und einer düsteren Ahnung. Schweigend gingen sie los. Ein Stück des Weges legten sie gemeinsam zurück, danach lenkte Mutter Groner ihre Schritte in Richtung Bezirkshauptkommissariat, während Martha mit der Tramway zur Arbeit fuhr.

Es war ein schöner Morgen im März. Weil noch Zeit blieb, bevor sie ins Büro musste, verbrachte das Mädchen eine halbe Stunde mit einem Bummel durch die nahe Umgebung. Die sanften Strahlen der noch milden Sonne streichelten angenehm ihre Wangen, zeigten ihr die Welt in einem freundlichen Licht und verliehen den Menschen um sie herum einen Ausdruck von Fröhlichkeit und Güte. Die Erinnerung an die schrecklichen Ereignisse verblasste mehr und mehr, und in ihrem Herzen keimte neue Hoffnung.

Der Frühling kommt!, dachte Martha verträumt. Und am Ende kommt er auch für mich!

Später, an ihrem Schreibtisch im Büro, konnte sie sich des unangenehmen Eindrucks nicht erwehren, dass die Kollegen sie eigenartig, ja, mitleidig ansahen. Offenbar wechselten sie vielsagende Blicke, und anders als sonst herrschte sogar in Abwesenheit des Büroleiters drückendes Schweigen im Zimmer.

Hatten sie etwas bemerkt? Martha betrachtete ihr Gesicht heimlich im Taschenspiegel und musste sich eingestehen, dass Spuren der Schläge des Vaters sehr wohl sichtbar waren. Im Übrigen wirkte sie ziemlich blass und kränklich. Aber konnte man daraus die Wahrheit erahnen? Warum fragte man sie nicht, was geschehen war, wie üblich, wenn jemand unpässlich, traurig oder irgendwie verletzt schien?

Dieses Schweigen irritierte sie zunehmend. Und sie brach es selbst mehrere Male mit gespielter Fröhlichkeit, aber ihre Blicke trafen auf derart seltsame Mienen, und die Antworten der Angesprochenen waren so knapp und einsilbig, dass Martha schließlich verstummte. Tief gekränkt beschloss sie, ihre ganze Aufmerksamkeit auf die Arbeit zu richten. Was war nur los? Was wussten sie? Welche Schande, wenn man hier über ihre familiären Angelegenheiten im Bilde wäre!

* * *

Karl stand wartend in einer unabsehbaren Reihe Arbeitsloser, die sich vom Auszahlungsschalter über einen sich endlos erstreckenden Korridor, durch das Haustor und noch dutzende Meter auf dem Trottoir vor dem Arbeitsamt wie eine gewaltige Schlange dahinzog. Polizisten sorgten für Ordnung.

Dennoch musste er nicht lange anstehen. Die Reihe bewegte sich behäbig, aber stetig vorwärts, und Karl zwängte sich bald durch den Eingang in das Innere des Gebäudes. Nach wenigen Minuten nahm er seine Unterstützung – siebzehn Schilling – in Empfang und konnte gehen. Als er vor zwei Jahren zum ersten Mal hier gewesen war, hatte die Organisation noch sehr zu wünschen übrig gelassen, und der wöchentliche Auszahlungstag war für einen Arbeitslosen ein Martyrium des Wartens gewesen.

Aber heute erschien Karl sogar die Viertelstunde, die er hier zubringen musste, beinahe endlos. Eine seltsame, unerklärliche Unruhe bohrte in ihm. Als er das Haus durch ein anderes Tor verlassen hatte, lenkte er seine Schritte nicht wie üblich zur nächsten Tramwayhaltestelle, sondern in Richtung des achten Wiener Gemeindebezirks, zu Marthas Arbeitsplatz. Er hatte vor, dort auf sie zu warten und sie nach Hause zu begleiten.

Bis zum Arbeitsschluss zu Mittag war noch reichlich Zeit, dennoch lief Karl mehr als er ging, bis er schließlich vor dem riesigen Firmengebäude stand. Dort wurde ihm klar, dass seine Freundin erst nach Ablauf einer vollen Stunde herauskommen würde, wenn sie heute überhaupt da war. So schlenderte er erst ein wenig vor dem Haus auf und ab. Als ihm das zu eintönig wurde, beschloss er, einen nahen Park aufzusuchen. Die Sonne schien frühlingshaft und wunderbar warm, also nahm er auf einer Bank Platz. An einem Kiosk hatte er eine Zeitung gekauft, die er nun zu lesen begann.

Es war widerlich! Die Arbeitslosigkeit stieg und stieg, aber die Regierung war entschlossen, das Gesetz zur Arbeitslosenunterstützung zu verschärfen. Gleichzeitig kündigte sie an, die Umsatzsteuer auf Massenartikel zu erhöhen ... Acht Menschen hatten mit unterschiedlichem Erfolg versucht, ihr armseliges Leben wegzuwerfen ... Alkoholexzesse, Familientragödien – diese Rubrik beachtete Karl nicht, es waren doch immer die gleichen traurigen Geschichten ... Brutale Angriffe der Polizei gegen eine Demonstration verzweifelter Arbeitsloser und wieder schamlose Urteile von Klassenjustiz. Ein Fall zeigte auf ganz besonders empörende Weise die barbarische Willkür des heimischen Strafrechts: Ein wegen Diebstahls vorbestrafter und der Stadt verwiesener Mann war unerlaubt wiedergekommen und hatte aus einem Geschäft eine Wurst gestohlen. Und weil selbiges »nach Überwindung gewisser Hindernisse« geschah, wie die Anklage des Staatsanwalts blumig formulierte, wurde der Mann wegen »Raubes« und unerlaubten Betretens der Stadt zu einem Jahr Kerker verurteilt. Ein faschistischer Rotzbengel hingegen, der einen Arbeiter schwer verletzt hatte, ging straffrei aus – »weil seine Handlung in Notwehr erfolgte« ... Eine Frau hatte zwei Monate in Untersuchungshaft verbracht, bis schließlich ihre vollständige Unschuld erwiesen war. Und jetzt wollte man ihr nicht einmal die Haftentschädigung erstatten, die ihr als Schadenersatz und Schmerzensgeld zustand. Widerlich! Widerlich!

Karl steckte die Zeitung ein. Er sah auf die Uhr des Kirchturms, der sich über den Platz erhob. Halb zwölf, also noch eine halbe Stunde, bis Martha das Büro verlassen würde. Die Sonne hatte sich hinter Wolken versteckt, und jäh empfand Karl die Kälte. Er stand auf und ging im Park umher. Dann nahm er die Zeitung wieder heraus und las zum Zeitvertreib nun auch die Rubrik »Aktuelles«. Kind von Auto überfahren, tot ... Sturz eines Hausmädchens aus einem Fenster des dritten Stocks, weil die Herrschaft nicht – wie gesetzlich vorgeschrieben – dafür gesorgt hatte, dass sie beim Fensterputzen einen Sicherheitsgurt anlegte ... Messerstecherei unter Betrunkenen ... Familientragödien – die eine aufgrund großen Elends, die andere aus Eifersucht ... Selbstmord in Arrestzelle ...

Karl überflog all diese Berichte beiläufig, ohne besonderes Interesse. Aber beim letzten Artikel blieb er mit weit aufgerissenen Augen hängen, und nach den ersten Zeilen las er den folgenden Beitrag aufmerksam noch einmal von Anfang an:

»*Selbstmord in Arrestzelle*. Montagabend wurde der fünfzigjährige Kriegsinvalide Matthias Groner, Wien X, Turmstraße 4, ein leicht erregbarer, bereits zweimal in der Nervenheilanstalt ›Am Steinhof‹ internierter Mann, wegen eines heftigen Tobsuchtsanfalls verhaftet. Betrunken und offenbar aufgebracht wegen des späten Heimkommens seiner Tochter prügelte er auf diese ein und drohte, sie umzubringen. Die verzweifelten Hilferufe der jungen Frau und der Mutter alarmierten die Nachbarn. Diese drangen in die Wohnung ein und überwältigten den Rasenden. Die daraufhin verständigten Polizisten führten den Mann, der auch heftigen Widerstand gegen die Staatsgewalt leistete, ins Bezirksgefängnis ab. Dort wurde der wild um sich Schlagende in eine Einzelzelle gesperrt. Als man nach einiger Zeit nach ihm sah, fand man Groner an seinen Hosenträgern erhängt. Alle Wiederbelebungsversuche blieben erfolglos.«

Erschüttert faltete Karl die Zeitung zusammen und steckte sie ein. »Schrecklich, schrecklich!«, murmelte er.

Mit einem Mal kam ihm ein Gedanke, ein hässlicher, egoistischer, aber durchaus natürlicher Gedanke: Jetzt ist Martha frei, wir müssen unsere Liebe nicht mehr verstecken. Und er erhob sich mit einem freudigen Gefühl.

Gleich darauf schämte er sich dafür. Wie würde Martha das aufnehmen? Dieser Mann war immerhin ihr Vater!

Plötzlich wurde Karl wütend. Mit zorniger Stimme sprach er halblaut zu sich selbst:

»Und sogar den vollen Namen gibt die Polizei preis! Dieselbe Polizei, die taktvoll die Privatsphäre von korrupten Bankdirektoren und anderen Schurken aus der bürgerlichen Klasse in ihren öffentlichen Berichten schützt, kennt weder Anstand noch Gnade, wenn es sich um einen Arbeiter handelt! Arme Martha, sogar deinen Namen hat man in den Schmutz gezogen mit den bösartigen Worten ›wegen des späten Heimkommens seiner Tochter‹!«

Als Karl schließlich mit seiner Freundin im Wagen einer Elektrischen saß, war er sich nicht sicher, ob sie schon über das Schicksal ihres Vaters Bescheid wusste. Aber er wagte nicht, sie zu fragen. Schweigend saßen sie nebeneinander. Gedankenverloren blickte er vor sich hin, wie in eine unbestimmte Ferne. In seiner linken Hand hielt er Marthas rechte und mit der anderen streichelte er unaufhörlich dieses zarte Händchen. Martha saß da, als würde sie sich schämen, mit gesenktem Kopf und halb geschlossenen Augen. Mehrmals setzte Karl an zu reden, aber er konnte keinen Anfang finden. Auch wollte er in der Öffentlichkeit nicht wirklich über den Zeitungsartikel sprechen. So schleppte sich die Fahrt, die den beiden so lang vorkam wie nie zuvor, zu ihrem Ende.

Nachdem sie ein Stück des Weges von der Haltestelle nach Hause gegangen waren, blieb Martha stehen und flüsterte: »Karl, danke, dass du gekommen bist. Aber jetzt müssen wir uns trennen, damit man uns nicht zusammen sieht. Wir werden uns jetzt wohl auch länger wieder aus dem Weg gehen müssen.« Und als sie sah, dass Karl traurig den Kopf sinken ließ, fügte sie hinzu: »Ich bin ja selber unglücklich darüber, aber wir müssen uns eben in Geduld üben.«

Nach kurzem Überlegen antwortete Karl mit mitleidigem Blick: »Martha, mein Engel, es fällt mir wirklich schwer, aber ich muss dir was sehr Trauriges zeigen. Weil du anscheinend noch nichts drüber weißt und es besser ist, du erfährst es jetzt von mir, als später von jemand andern. Sei tapfer, Schatz, und lies das!«

Mit diesen Worten überreichte er ihr die Zeitung und zeigte auf den Artikel, der vom tragischen Tod ihres Vaters berichtete. Alarmiert begann Martha zu lesen und sank dann mit einem Aufschrei des Entsetzens in Karls Arme.

»Jessas, Vater! So ein schreckliches Ende …! Arme Mamsch! Und ich bin schuld! Das überleb ich nicht!«

Sie weinte so bitterlich, dass Passanten neugierig stehen blieben. Karl brachte die Willenlose unter zärtlich tröstendem Zureden in ihre Wohnung, die er zum ersten Mal in seinem Leben betrat. Unterwegs begegnete er sonderbar fragenden Blicken und auf der Treppe vernahm er hinter sich mitleidiges Tuscheln.

Als sie durch die dunkle Küche gingen, hörten sie aus dem Zimmer heftiges Schluchzen. Frau Groner saß auf dem Kanapee und wurde von Weinkrämpfen durchbebt. Wer weiß, wie lange sie da schon saß! Ihr Gesicht in den Händen vergraben, achtete sie nicht auf das Kommen der beiden jungen Leute.

Karl grüßte sie rücksichtsvoll und drückte mit einfachen Worten sein Beileid aus, aber die Frau schien ihn nicht zu hören. Martha sah die Mutter für einen Moment aus tränenverschleierten Augen an, dann ging sie auf sie zu und setzte sich zu ihr. Sie umarmte sie und drückte sie an sich in stillem, schmerzlichem Einvernehmen und mit dem bitteren Gefühl der Schuld.

Selbst schwer erschüttert zog sich Karl zurück, Mutter und Tochter diskret ihrer Trauer überlassend.

2

Acht Wochen waren seit Groners Tod vergangen.

Das Leben der beiden Hinterbliebenen, Witwe und Tochter, ging ruhig und ereignislos weiter. Mit anderen Menschen hatten sie jetzt weniger denn je zu tun. Bloß Karl Weber war ein oft und gern gesehener Gast. Nicht nur Martha freute sich über seine Besuche, auch der Mutter wuchs der ruhige, empfindsame Bursche mehr und mehr ans Herz. Er konnte mit zärtlichen Worten Trost spenden, und es gelang ihm, die beiden von ihrer Unschuld an Groners tragischem Tod zu überzeugen, ohne ihnen zu nahe zu treten oder ihre Gefühle zu verletzen. Auch in praktischen Belangen machte er sich mithilfe seiner Kraft und Geschicklichkeit nützlich.

Da Martha ihre Mutter nicht alleine lassen wollte, diese aber nur selten Anlass sah, außer Haus zu gehen, verbrachte Karl, um mit seiner Liebsten zusammen zu sein, ausgiebig Zeit in der Groner'schen Wohnung. So saß er auch eines Samstagnachmittags Martha gegenüber beim Tisch, auf dem verschiedene Handwerksutensilien lagen: Spulen mit isolierten und nicht isolierten Drähten, kleine Holzbretter, Schrauben, Nägel, Schalter und anderes für die Herstellung eines Radioapparates Erforderliche.

Frau Groner war für zwei bis drei Stunden fortgegangen, und die beiden jungen Leute wollten diese Zeit nützen, um sie bei ihrer Rückkehr mit einem selbst gefertigten Radio-Empfangsgerät zu überraschen.

Martha hatte mit ihrem ersparten Taschengeld nach Karls Anweisungen das nötige Material besorgt und dieser hatte ein geliehenes Buch über den Selbstbau von Radiogeräten studiert. Nun entstand unter ihren Händen in fröhlicher Zusammenarbeit ein einfaches, aber ansehnliches Kästchen, in dem Spulen, Kondensatoren, Elektronenröhren und andere Dinge montiert und miteinander verbunden wurden, die elektrische Impulse einer Antenne in geeigneten Strom umwandeln sollten, stark genug, um einen Lautsprecher zum Klingen oder Reden zu bringen. Schweigsam, mit vor Eifer rot glühenden Wangen machte sich das Paar mehr als zwei Stunden lang daran zu schaffen. Plötzlich warf Karl den kleinen Hammer von sich und sprang auf.

»Und fertig!«, rief er freudig. »Probieren wir unser Werk gleich einmal aus! Wir müssen das Gerät nur noch mit dem Akkumulator und dem Lautsprecher verbinden – und los geht's! Halt! Wir brauchen noch Antenne und Erdung!«

»Als Antenne können wir eine Matratzenfeder nehmen!«, schlug Martha vor. »Mit der Erdung wird's schwierig, weil wir weder Leuchtgas- noch Stromanschluss in der Wohnung haben. Wir werden bald beides kriegen, ich hab schon um die Einleitung angesucht. Nur, müssen wir wirklich so lang warten?«

»Aber nein!«, war Karls entschiedene Antwort. »Ich frag die Hausmeisterin, ob sie uns erlaubt, dass wir einen Draht an der Wasserleitung befestigen, den wir dann von dort über den Gang in die Wohnung legen.«

Die im Erdgeschoß wohnende Hausbesorgerin war eine ehrwürdige Matrone, deren rundlicher Körper einem wandelnden Fass ähnlich sah. Nachdem der Liegenschaftseigentümer nicht vor Ort ansässig war, lag die Vollmacht in allen verwaltungstechnischen oder die Hausordnung betreffenden Fragen in ihren Händen. Das machte sie zu einer Ehrfurcht gebietenden Respektsperson. Sämtliche

Arbeiten überließ sie ihren Kindern, während sie sich selbst ausschließlich in leitender Funktion sah. Sie hasste Geschwätzigkeit und Klatschsucht – bei anderen.

Als Karl seine Bitte ausgesprochen hatte, wiegte sie gravitätisch das kugelförmige Haupt mit dem roten Gesicht, in dem eine riesige Nase saß, die auch jeder männlichen Physiognomie beherrschend ihren Stempel aufgedrückt hätte.

Das Kopfwackeln war offenbar zustimmend und signalisierte Einverständnis, denn nach einem tiefen Seufzer sagte sie: »Na ja, wieso nicht? Das wird doch der Wasserleitung hoffentlich nicht schaden, wenn Sie einen dünnen Draht drüberwickeln. Und das Haus wird auch nicht schäbiger, wenn ein Draht am Gang liegt. Passen S' aber auf, dass der niemanden stört. Sie wissen ja selber, was für streitsüchtige Kanaillen da herinnen wohnen.«

Karl wollte sich schon zufrieden davonmachen, aber so einfach ließ die Alte gewöhnlich kein Opfer gehen, das einmal in ihre Fänge geraten war.

»Na, na, junger Herr, nur nicht so eilig! Sie haben doch Zeit! Leider sogar viel Zeit, gell? Es ist zum Heulen heutzutag, dass junge, fleißige Leut mehr Freizeit haben, als ihnen lieb ist! So kommen der ganze Unfug zustande und all die Gaunereien! Es ist ja furchtbar, wenn man heut in die Zeitung schaut. Sagen Sie, wie geht's denn den armen Frauen, den Gronerischen? Haben sie sich in ihrem Schmerz schon gefasst?« Sie atmete tief auf. Aber als Karl antworten wollte, fuhr sie rasch fort: »Dass sie nur nicht zu arg trauern, gell! Ehrlich gesagt haben sie nicht allzu viel verloren, ihr Leben ist jetzt sicher ruhiger. Der alte Groner – Gott hab ihn selig! – hat sie ja nur sekkiert. Es ist wirklich nobel, wie Sie sich um die zwei Frauen kümmern, die wären jetzt ganz auf sich gestellt, und bestimmt spricht das Herz da ein Wörterl mit, gell? Das

Mädel ist aber auch eine Hübsche – und so anständig! Das muss ihr sogar der Neid lassen.« Bei diesen Worten rollte das schwatzende Fass vielsagend die Augen. »Wenn man heutzutag nur leichter Arbeit fänd – Sie haben ja auch keine, oder? Schauen Sie, ich hab zwölf Kinder, sieben sind verheiratet und die fünf ledigen wohnen noch bei mir. Von denen sind vier Söhne arbeitslos, und den Gatten von drei Töchtern geht's nicht anders.«

»Zwölf Kinder!«, rief Karl staunend, eigentlich nur, um irgendetwas zu sagen.

»Ja, zwölf Kinder!«, ratschte die Frau weiter. »Aber, was glauben Sie denn: Ich hätt neunzehn, wenn nicht sieben schon tot wären. Was hab ich getrauert und geweint um jedes einzelne, besonders um den letzten Buben! Der ist mit siebzehn an einer Verletzung gestorben, die er sich beim Fußballspielen zugezogen hat. Ich rat Ihnen: Spielen Sie um Gottes Willen nie Fußball, gell! Aber heut denk ich mir fast, es ist besser, dass sie tot sind. Die würden vielleicht Gott weiß was mitmachen, wenn sie noch am Leben wären. Na ja! Also, montieren Sie ruhig Ihren Kontakt am Wasserhahn, dass Sie schön Ihre Radiomusik hören, gell! Und grüßen Sie mir die lieben Frauen!«

»Danke! Auf Wiedersehen!« Karl, der die ganze Zeit nur ungeduldig auf das Ende des Wortschwalls gewartet hatte, wandte sich rasch zur Tür.

»Auf Wiederschauen, junger Herr!«

»Zwölf Kinder, neunzehn Mal gebären!«, murmelte Karl in Gedanken, während er die Treppe nach oben lief. »Furchtbar!«

Er entschuldigte sich bei Martha für sein langes Fortbleiben, aber sie lächelte nur.

»Ich hab selbst schon erlebt, wie schwer es ist, der Hausmeisterin zu entkommen. Es ist jetzt meine Aufgabe, jeden Monat bei ihr den Zins abzuliefern.«

Nun sahen sie zu, dass sie mit ihrer Arbeit fertig wurden. Schon bald drehte Karl an den Skalenscheiben, mit denen man die Funktion des Rheostats, der Kondensatoren und des Variometers graduell regulieren konnte. Und mit einem Mal war das Zimmer erfüllt von der Musik eines ganzen Orchesters, und das alles kam aus diesem Gerät!

Wie Kinder freuten sich die beiden jungen Menschen über das Werk ihrer Hände. Vor allem die musikbegeisterte Martha, die bisher leider nicht oft Gelegenheit gehabt hatte, gute Musik zu hören, war hingerissen. Es ist leicht, Angehörigen der besitzlosen Klasse eine Freude zu bereiten.

»Aber jetzt verlang ich eine Belohnung«, sagte Karl, als die Radiosendung Pause machte, »und ich will sie sofort!«

»Die sollst du haben!« Hingebungsvoll bot Martha ihre Lippen dar, denen Karl einen feurigen Kuss entriss.

»Na, ihr amüsiert euch ja prächtig!«, war im selben Moment Mutter Groners Stimme zu vernehmen. Ihr Eintreten war unbemerkt geblieben, weil die Liebenden in ihrer Seligkeit das Öffnen der Wohnungstür und die Schritte durch die dunkle Küche überhört hatten.

»Das war ein Honorar, Mamsch, das ich dem Karl schuldig war. Er hat sichs aber wirklich verdient«, erklärte Martha, ein wenig errötend. »Schau, was er für dich gemacht hat!«

Sie wollte eben auf den Radioapparat zeigen, aber in diesem Moment begann die Musikübertragung von neuem und das Gerät zog ganz von selbst die Aufmerksamkeit der Mutter auf sich.

»Zum Zeitvertreib«, sagte Karl, »wenn Sie allein zu Haus sind.«

»Na, ihr seid so lieb! Und ich sag euch noch was: Jetzt müsst ihr nicht mehr mit mir in der engen Wohnung hocken! Draußen lacht der Frühling! Gleich morgen macht ihr einen Ausflug, wenn das Wetter so schön ist wie heut. Die Martha braucht dringend frische Luft. Ich würd auch gern mitkommen, wenn ich an den Beinen nicht so bedient wär mit dem Rheumatismus. Das Heimgehen war für mich jetzt schon sehr anstrengend.«

Martha und Karl protestierten anfangs dagegen, die Mutter alleine zu Hause zu lassen. Aber schließlich fügten sie sich gerne und begannen voll Begeisterung, eine Route für ihre Wanderung zu planen.

* * *

Beim Abendessen mit seiner Familie war Karl so sehr von Gedanken an den bevorstehenden Ausflug vereinnahmt, dass er die außergewöhnlich beklemmende Stimmung, die über der Tischrunde hing, gar nicht wahrnahm.

Unvermittelt brach er das Schweigen und sagte freudig erregt: »Morgen mach ich einen Sonntagsausflug in den Wald. Kann mich bitte wer um fünf wecken? Ich zieh mich auch ganz leise an und werd niemanden stören.«

»Kauf dir lieber eine Zeitung und studier die Stellenanzeigen!«, schnalzte Anna in scharfem Ton.

Verdutzt blickte Karl in die Runde. Erst jetzt fiel ihm das verzagte Gesicht des Vaters auf, in dessen Zügen Schmerz und Sorge zu lesen waren. Auch bemerkte er jetzt die roten, verweinten Augen der Mutter und den ungewohnten Ernst in Antons Miene.

»Was ist passiert?«

»Jetzt hat der Vater auch noch seinen Posten verloren«, antwortete Anton düster.

Schweigen. Langes, drückendes Schweigen. Man hörte nur noch die unvermeidlichen Geräusche des Suppe-Essens: das Klimpern der Löffel und das Schlürfen der Münder.

Jetzt war die gesamte Familie brotlos. Erna und ihr Mann gehörten gewissermaßen nicht mehr dazu. Sie hatten vom Magistrat endlich eine Wohnung bekommen.

»Ja, Kinder«, fing der Vater gebrochen an, »es kommen schwere Zeiten auf uns zu! Fast fünfundvierzig Jahre hab ich mit meinen Händen hart geschuftet, und jetzt kann ich untätig herumziehen und verhungern. Undankbare Welt! Ich hab seit dem Tod meiner Mutter nie mehr geweint. Das war vor vierzig Jahren, aber heute hab ich die Tränen nicht zurückhalten können, als ich von meiner Kündigung erfahren hab. Wenn euch junge Leut schon keiner braucht – ich Alter, halb Ausgemergelter, bin vollkommen überflüssig in dieser Welt.«

»Kränk dich nicht so, Vater!«, versuchte Karl zu trösten. »Gleich werden wir nicht verhungern. Du kriegst ja Unterstützung von der Arbeitslosenversicherung und als langjähriges Mitglied auch von der Gewerkschaft. Die Zeiten müssen schließlich einmal besser werden! Und ich werd mich ab jetzt doppelt um Arbeit bemühen.«

»Ausgerechnet du!«, rief Anna spöttisch. »Du bist in deiner Verliebtheit nicht zu gebrauchen, und du sitzt viel zu viel über deinen Büchern. Und wenn du wirklich Arbeit findest, denkst sicher nicht an uns, sondern wirst deinen Augenstern heiraten wollen.«

Karl errötete. Anna hatte seine längst gehegten geheimen Absichten herausposaunt. Und doch protestierte er: »Na sicher werd ich euch nicht vergessen. Auch wenn ich heirate, werd ich immer schauen, dass ich wenigstens einen Teil meiner Schuld bei euch abbezahl.«

»Geh, Karl, plausch nicht!«, wieherte Anna auf. »Als hättest du mit dir und deiner Familie nicht genug zu tun, wenn du heiratest.«

»Lasst bitte wenigstens heut das ewige Streiten! Mein Kopf platzt jeden Moment, und ich bin nicht gewillt, mir eure Blödheiten noch länger anzuhören.« Mutter Webers Tonfall war trotz des müden Klangs ihrer Stimme gebieterisch.

Das Abendessen – Gemüsesuppe mit Erdäpfeln und Butter – war beendet und die Familie zerstreute sich. Die Männer gingen ins Zimmer, die Frauen brachten die Küche in Ordnung und spülten das schmutzige Geschirr. Gesprochen wurde kaum mehr. Der Vater las Zeitung, Anton blickte durch das offene Fenster auf die dunkle Straße, von der das übermütige Geschrei der immer noch spielenden Arbeiterkinder heraufschallte, und Karl war mit Vorbereitungen auf die bevorstehende Wanderung beschäftigt.

Als die Familie schließlich zu Bett ging, sagte der Vater zu Karl: »Mach du nur deinen Ausflug morgen! Ich weck dich!«

Und seine Stimme klang ungewöhnlich mild und freundlich.

* * *

Ein herrlicher Maitag brach an. Strahlend präsentierte sich die Feuerscheibe der Sonne über dem östlichen Horizont und spendete der ganzen Region Licht und angenehme Wärme. Auf Gräsern, Blumen und Blättern glänzten Tautropfen wie kleine Opale. Die Luft war erfüllt von vielfältigem Piepsen, Zirpen und Summen.

Tief berührt von dem herrlichen Schauspiel des Sonnenaufgangs, von der Schönheit der Natur im Glanz des jungen Tages und vom Glück, das zwei Menschen empfinden, die den Genuss der Liebe teilen und ihres Lebens froh sind, marschierten Martha und Karl einen Steig bergan in den grünen Wald. Außer ihnen waren zahlreiche andere Wanderer einzeln oder in Gruppen auf Straßen, Wegen und Trampelpfaden ausgeschwärmt, sich an Wiesen und

Feldern, Hügeln und Tälern ergötzend. Immer wieder wurde das Trillern, Piepsen, Zirpen, Summen und Krähen von Gelächter und lärmenden Stimmen übertönt. Karl und Martha nahmen das als Störung wahr, weil sie darin eine Entheiligung dieses feierlichen Morgens sahen. Sie suchten einen weniger begangenen Weg, um Abstand zwischen sich und die anderen Ausflügler zu bringen.

»Ich bin heuer zum ersten Mal aus der Stadt draußen«, sagte Karl nach langem Schweigen.

»Ich auch«, gab Martha zurück. »Wir müssen unbedingt meine Mamsch einmal mitnehmen. Sie liebt die Natur! Trotzdem hat sie schon seit Jahren keinen Wald und keine Wiese mehr gesehen. Vielleicht hat mein Vater wirklich nichts dafür können, aber in den letzten Jahren hat er keinen Sinn mehr gehabt für das Schöne im Leben.«

Der Weg wurde allmählich steiler, und die Sonne sandte ihre Strahlen immer gleißender vom wolkenlosen Himmel. So kamen die beiden Wanderer bald ins Schwitzen, vor allem Karl, der den großen Rucksack schleppte. Aber schon hieß sie ein naher Wald mit seinen Schatten spendenden Baumkronen willkommen.

Am Waldrand blieben Karl und Martha stehen, drehten sich um und genossen mit freudestrahlenden Augen die Aussicht auf die ausgedehnte Landschaft. Ihre Blicke sprangen von Hügel zu Hügel und glitten dann langsam von den nahe gelegenen Gehöften und kleinen Siedlungen in die Ferne, wo einzelne Gebäude und selbst ganze Dörfer zwergenhaft erschienen, bis hin zu den ausgefransten Rändern der Großstadt. Sie berauschten sich am Anblick des unermesslichen Grüns, das die gesamte Gegend mit vielfältigsten Nuancen überzog, durchschnitten von den weißen Linien der Straßen und Wege und zwischendurch belebt von eingestreuten Häusern und kleinen Ortschaften. So blieben sie, eng aneinander geschmiegt, lange stehen.

»Sollten wir da nicht ein bissl rasten?«, fragte Martha schließlich.

»In Ordnung. Aber im Schatten! Und essen wär jetzt auch nicht schlecht«, meinte Karl, den die frische Morgenluft und das Gehen hungrig gemacht hatte.

Aber die Ruhepause dauerte nicht lange. Die noch nicht gestillte Wanderlust trieb sie weiter. Ein solcher Spaziergang durch den Wald verzaubert frisch Verliebte auf eine ganz besondere, kaum erklärbare Weise, vor allem, wenn sie zum ersten Mal – und dann noch bei herrlichem Wetter – gemeinsam unterwegs sind.

Das Paar lauschte den Gesängen der Vögel und dem Rauschen der Blätter, imitierte den Ruf des Kuckucks und spielte Fangen. Karl, leichtfüßig trotz des schweren Rucksacks, lief suchend umher, während Martha sich im dichten Buschwerk verbarg. Bald bewarfen sie einander mit Tannenzapfen, bald balgten sie sich in scheinbarem Ringkampf inmitten des abgefallenen Laubs auf dem Waldboden. Derart übermütig und ausgelassen erreichten sie die Hügelkuppe.

Bei all diesem Spaß war neben harmloser Fröhlichkeit und unschuldigem Vergnügen durchaus noch etwas anderes im Spiel. Erwachende Triebe eroberten im Unterbewusstsein der beiden jungen Leute immer mehr Raum, und die Anziehung des anderen Geschlechts würzte ihr Geplänkel mit einem erregenden Kitzel.

Auf der Anhöhe folgten sie einem Pfad entlang des Grats. Der von Fichten und Föhren durchsetzte Laubwald wich hier dürftigerem Baumbestand, in dem Nadelhölzer – vor allem Kiefern – überwogen. Nach einiger Zeit führte sie der Weg erneut abwärts. Mit einem Satz sprang Karl, der eben noch vor seiner Liebsten gegangen war, auf die Seite und verschwand im Dickicht hinter Sträuchern und jungen Kiefern.

Bald darauf tauchte er wieder auf und rief: »Martha, komm! Hier ist es gemütlich, grad richtig zum Ausruhen. Ein freier Platz mitten im dichtesten Gebüsch – schattig und trotzdem wunderschön!«

Er nahm ihre Hand und zog sie durch eine schmale Öffnung im Gesträuch hinter sich her. Beiden steckte schon die Müdigkeit in den Gliedern, vor allem Martha, die so langes Marschieren auf holprigen Wegen nicht gewohnt war. Nachdem Karl eine Decke auf der Erde ausgebreitet hatte, ließen sie sich mit einem freudigen Seufzer darauf nieder.

Sie aßen Brot mit billiger Wurst, Marthas selbst gebackenen Kuchen und Äpfel. Danach tranken sie aus einer Blechbüchse etwas kalten Tee. Sie teilten alles, von jedem noch so kleinen Rest kosteten beide und jeder bemühte sich, dem anderen das bessere Stück zu überlassen und es ihm in den Mund zu schieben. Und dieses einfache Essen war köstlicher als jedes noch so aufwändige Mahl.

»Und jetzt lies mir was vor. Hast wieder was Neues geschrieben?«, verlangte Martha, nachdem sie sich gestärkt hatten. »Ich hab gesehen, du hast ein Heft eingesteckt.«

Karl gab ihr einen flüchtigen Kuss und entnahm dem Rucksack sein Notizbuch. Und schon trug er mit seiner angenehmen, ausdrucksvollen Stimme Gedichte vor, die von Liebessehnsucht, schicksalhafter Verbundenheit und von einem hungernden Mädchen handelten, das eine wohlhabende Dame vergeblich um ein Stück Brot bittet und dieser unmenschlich geizigen Frau dennoch das Leben rettet. Er las eine »Hymne an das Schweigen« und die tiefsinnige Geschichte über einen Knaben, der sein Lieblingsspielzeug verliert und darüber so traurig ist, dass er auch durch neue, schönere Dinge nicht getröstet werden kann. Noch nach Jahren weckt die Erinnerung an das alte, verlorene Spielzeug sentimentalen Schmerz. Als man es schließlich doch wiederfindet und dem Jungen in die Hand gibt, wundert der sich darüber, dass er den Verlust einer solchen Lappalie je hatte betrauern können.

Dann schwiegen beide. Ein einsamer Kuckucksruf war aus der Tiefe des Waldes zu hören. Von Zeit zu Zeit summte ein umherirrendes Insekt vorbei, und manchmal drangen Stimmen ferner Wanderer an ihr Ohr. Karl legte das Notizbuch beiseite und umfasste mit der Rechten Marthas Taille. Martha, die beim Zuhören in traurig-schönen Bildern versunken war, schlang einen Arm um seinen Hals und legte den Kopf auf seine Brust. Schweigend saßen sie lange so da.

»Karl«, flüsterte Martha plötzlich, »ich bin so glücklich, dass ich dich hab!«

»Meine liebe, teure Martha!« Karl drückte sie fester an sich. »Du bist mein Ein und Alles!«

Und sie begannen, sich ihre gemeinsame Zukunft in hellen Farben und mit Worten voller Hoffnung auszumalen: Wie sie vorhatten, sich gegenseitig das Leben zu versüßen, wie sie sich ein bescheidenes, aber schönstmögliches und gemütliches Nest bauen würden und wie sie versuchen wollten, immer den Gleichklang zu bewahren und nie ein böses Wort füreinander zu haben. Niemand wäre Herr und niemand wäre Knecht, ihre Beziehung ein frei gewähltes Zusammenleben gleichberechtigter Partner.

»Und wenn wir Kinder haben«, sagte Martha, »dann – gell, Karl – dann schlagen wir sie nicht, sicher nicht! Und wir schimpfen sie nicht so grob, wie es viele bei der Erziehung machen.«

»Freilich, Martha. Ich hab das schon immer ausgesprochen feig gefunden, wenn Erwachsene sich an den wehrlosen Kleinen vergreifen. Außerdem sind die eh so leicht zu lenken, wenn sie Zuwendung und Liebe spüren.«

»Ein Kind erziehen, muss was Schönes sein, weil man selber wieder irgendwie zum Kind wird! Und es verbindet die Eltern noch einmal, und es gibt dem Leben einen echten Inhalt und ein Ziel. Dabei bedeutet für viele Menschen ein Kind nur Arbeit und Belastung. Aber für uns wird's ein Grund sein, dass wir uns miteinander freuen! Sogar den Sorgen und Entbehrungen, die wir vielleicht deswegen haben, werden wir schöne Seiten abgewinnen, und es wird uns noch mehr zusammenschweißen.«

Martha bedachte in diesem Augenblick freilich nicht die schrecklichen Lebensbedingungen, mit denen die gegenwärtige – ach so schöne – gesellschaftliche »Ordnung« viele Eltern und Kinder konfrontierte und die im Volk weit verbreitete Geringschätzung von Bildung und Wissen, die zu den schlechten Beziehungen innerhalb der Familien beitrug. Kinder waren allzu oft unerwünscht wegen der erbärmlichen Umstände, in denen zu leben die Eltern gezwungen waren. Aber weder Martha noch Karl dachten in dieser Stunde an die raue Wirklichkeit. Sie hatten die Arbeitslosigkeit und das Elend verdrängt, und wenn sie doch einmal daran dachten, dann wirkte das alles so fern und unwirklich und schien kein echtes Hindernis darzustellen für ihre Liebe und ihr Streben nach Glück.

An diesem Tag, in diesen wenigen Stunden, ließen die beiden ihren trostlosen, von Mangel und Not geprägten Alltag vollständig hinter sich und genossen den Augenblick der Seligkeit und den Traum von ihrer strahlenden Zukunft.

Die Zeit verging und der Abend kam. Die tief stehende Sonne sandte nur noch vereinzelte Strahlen zwischen den Stämmen der Bäume und Sträucher hindurch zu den Liebenden. Diese waren einander nach und nach näher gekommen, versanken mitunter in wortlose Träumereien und vergaßen die große Welt immer mehr, die irgendwo, fernab von ihnen, lärmte und sich weiterdrehte mit ihren kleinen und großen Schmerzen, Ungerechtigkeiten und Banalitäten. Schon wurde es dunkel um Martha und Karl, die sich immer noch eng umschlungen in ihrer Zuflucht verbargen.

Ihre Münder flüsterten schmeichelnde und kosende Worte, tauschten Liebesschwüre aus und bekräftigten diese mit heißen Küssen. Dazwischen herrschte oft über längere Zeit Stille, während der sie gegenseitig dem Pochen ihrer Herzen lauschten. Unterdrückte, kaum beherrschbare Leidenschaft ließ ihren Atem schwer werden und die Nähe des jeweils anderen verwirrte ihre Sinne. Begierig sog Karl die Wohlgerüche des weiblichen Körpers ein. Sehnsucht, ein neuartiges Verlangen und eine unerklärliche Angst ließen Martha erschauern.

»Karl!«, flehte sie flüsternd. »Wir sollten jetzt gehen!«

»Nein Martha! Noch nicht! Zwei liebende Herzen, weit weg von all den anderen Menschen – ist das nicht wunderschön?«

»Karl! Mir ist ein bissl bang! Ich weiß nicht ...«

»Wovor fürchtest dich, Schatz?« Und nach einem tiefen Seufzer setzte er nach: »Martha, ich kann nicht weggehen, bevor wir uns nicht vollständig gehören!«

»Nein, Liebling! Nicht vor der Hochzeit! Und schon gar nicht da, es könnt ja wer kommen!«, widersprach Martha schwach.

Karl blieb beharrlich. »Martha, meine Angebetete«, drang er in sie, »jetzt zeig mir, dass du mich gern hast! Du brauchst keine Angst haben, hierher verirrt sich niemand. Außerdem würden wir den schon lang vorher hören.«

Mit diesen Worten zog er sie an sich und küsste sie auf ihren Mund mit einer Leidenschaft, deren Glut ihr Blut derart erhitzte, dass sich durch die heftige Erregung in ihren bebenden Atem seufzende Laute mischten. Karl, berauscht vom brennenden Wunsch sie zu besitzen, war sich plötzlich seiner Worte so sicher wie nie zuvor und brach mit der unüberwindlichen Kraft der Überzeugung ihren Widerstand, sodass sie sich schließlich hingab.

Den Heimweg legte das junge Paar überwiegend in Stille zurück, beider Brust erfüllt von diesem großen Ereignis, ihre Mienen getragen von feierlichem Ernst.

* * *

Der Abend dieses wunderbaren Sonntags hielt für Karl schließlich noch Schmerzliches bereit. Müde hatte er sich bald von seiner noch erschöpfteren Geliebten und deren Mutter verabschiedet. Gerade als er vom ersten Stock in den zweiten stieg, waren Schreie des Entsetzens, aufgeregte Stimmen und hektisches Wirrwarr zu vernehmen. Türen fielen krachend ins Schloss, hysterisches Kreischen erschallte.

Karl beschleunigte seine Schritte die Stufen aufwärts. Frauen, Männer und Kinder hatten ein Ziel: das oberste Geschoß. Auf der schmalen Treppe herrschte reges Gedränge.

Karl erblickte seinen Vater und rief ihn an: »Warum rennen die alle so – und wohin?«

»Ein Unglück ist geschehen!«, antwortete der und lief weiter.

Karl folgte ihm, einem Impuls der Neugier gehorchend. Im vierten Stock angekommen, konnte er zunächst weder selbst etwas erkennen noch auf anderem Wege das Geringste in Erfahrung bringen. Eine dichte Menschenmenge drängte sich im hinteren Teil des Ganges zusammen. Schreien, Stoßen, Nachfragen. Es roch nach Leuchtgas. Immer noch strömten die Menschen aus den unteren Etagen herauf. Bald war Karl völlig eingekesselt. Jetzt schämte er sich, blind seiner Sensationslust gefolgt zu sein.

Da erschien der Kugelkopf der Hausmeisterin. Mit ihrer Autorität bahnte sie sich einen Weg durch das Menschengewimmel. Und schließlich erfuhr auch Karl den Grund der allgemeinen Aufregung.

In Wohnung Nummer 53 lebte bei Familie Capka ein alter Arbeiter, Peter Müller, als Untermieter. Am Samstag war er gleichzeitig mit Karls Vater aus der Fabrik entlassen worden. Der alleinstehende Alte hasste und fürchtete das Elend der Arbeitslosigkeit so sehr, dass er sich das Leben genommen hatte. Er hatte auf einen Moment gewartet, in dem die Familie außer Haus und er alleine in der Wohnung war. Die Capkas fanden ihn später tot neben seinem Sessel. Die Wohnung war voll des giftigen Gases, alle Ritzen an der Tür und den Fenstern waren sorgfältig verstopft worden.

Niedergeschlagen ging Karl in seine Wohnung. Auch seine Angehörigen, die alle in den vierten Stock gelaufen waren, kamen bald erhitzt und tief betroffen zurück.

Das Gesicht des Vaters zeigte schmerzliche Trauer und seine Stimme zitterte merklich, als er sagte: »Der arme Kerl! So viele Jahre waren wir Arbeitskollegen. So ein End hat er sich nicht verdient. Ein ganzes Leben schuftet man und verbraucht seine ganze Kraft, und dann sind es nur der Strick oder das Gas, die einen vor Elend und Hunger bewahren. Es ist eine furchtbare Welt!«

Die schönen Bilder des Tages verblassten in Karls Erinnerung, und wieder erschien ihm alles trostlos und deprimierend. Der gnadenlose graue Alltag lag ihm schwer auf der Brust. Ein Rundblick durch die enge Wohnung mit den schäbigen Möbeln, die auch das letzte bisschen freien Raum beanspruchten, schmerzte ihn. Allerhand

Gewand hing auf Haken an den Wänden, weil der einzige Kasten zu klein und für einen weiteren kein Platz war. Den nahmen größtenteils die zwei riesigen Bettgestelle ein, deren eines den Eltern, das andere ihm und seinem Bruder gehörte. Anna schlief auf einer faltbaren Liege, die untertags in einer Ecke stand. In einem anderen Winkel befand sich ein weiteres Klappbett, das früher Erna und Heinrich als Ruheplatz gedient hatte. An einer Wand, die stumm, aber deutlich nach frischem Anstrich schrie, hingen ein blinder Spiegel und einige Bilder, von denen eines die Eltern in jungen Jahren zeigte, während auf den anderen verschiedene Heilige zu sehen waren. Als Karl ein kleiner Bub gewesen war, hatte die Mutter jeden Abend gemeinsam mit den Kindern vor diesen Bildern zu Gott und den Heiligen gebetet. Aber im ausweglosen Elend war vor langem schon die fruchtlose Frömmigkeit der Familie erfroren.

»Diese Hunde!« Jäh unterbrach Antons laute, angriffslustige Stimme Karls düstere Gedanken. »Habt ihr das heut in der Zeitung gelesen, dass in Amerika Getreide vernichtet wird? Mit Weizen werden dort Schweine gefüttert und Lokomotiven geheizt, weil sonst wegen der Überproduktion die Preise fallen würden! Und bei uns sind letzte Woche Brot und Mehl teurer geworden!«

»In Amerika hungern ja auch Millionen! Das hab ich vor ein paar Tagen gelesen«, brachte sich Anna aus der Küche ein, deren Türe wie üblich offen stand.

»Zerstückeln sollte man diese Gauner, die in Zeiten wie diesen mit vollgefressenen Bäuchen aus Profitgier Lebensmittel vernichten!«, rief die Mutter aufgeregt.

»Was für ein herrliches Dasein«, murrte der Vater. »Die Fruchtbarkeit der Erde ist für manche Leut ein Unsegen, und mitten im größten Überfluss fehlt vielen Menschen das Allernotwendigste! Ehrlich, das Leben ist nimmer lebenswert. Ich beneid den alten Müller. Der hat's hinter sich, der ist draußen aus der Irrenanstalt, die man Welt nennt.«

Karl schüttelte geistesabwesend den Kopf. Nein, sterben wollte er trotz allem ganz sicher nicht! Er hatte ja seine Martha, und es warteten im Leben noch viele glückliche Stunden auf ihn. Für immer konnten die Umstände nicht so schlimm bleiben. Er interessierte sich genauso wenig für Politik wie der Großteil der Arbeiter, die in indolenter Resignation ihr freudloses Dasein ertrugen. Aber er hatte dennoch vom Kampf der Arbeiterklasse gegen die Ausbeutung durch das Kapital gehört, über die sozialistische Bewegung, die eine Veränderung der Welt anstrebte, und er hegte die vage Hoffnung, dass irgendetwas passieren könnte, was dem herrschenden Elend ein Ende setzte.

Er malte sich die Zukunft nun wieder schöner aus. Er dachte an das eheliche Zusammenleben mit seiner Angebeteten und an die Freuden als Vater von geliebten Kindern, die einst um ihn herumtollen würden. Unter ihren Liebkosungen würde sich seine Müdigkeit verflüchtigen, wenn er von einem anstrengenden Arbeitstag heimkäme. Er sah sich in einer hellen, einfachen, aber gemütlich eingerichteten Wohnung in einem der modernen Bauten, wie sie die Gemeinde Wien laufend errichtete. Im Kreise seiner Familie würde er jeden Sonntag Ausflüge machen und die Schönheit der Natur genießen, im Sommer wandern, im Winter Skifahren oder auf dem weichen Schnee rodeln gehen. Tiefes Mitleid mit seinen Eltern und Geschwistern, deren trostloses, sorgenvolles Alltagsgrau nicht durch solch heilsame Hoffnungen erhellt wurde, überkam ihn. Und er verspürte den lebhaften Drang, ihnen etwas Aufmunterndes, etwas Tröstliches zu sagen, aber so sehr er auch nach passenden Worten suchte – er fand keine und blieb still.

3

Die Tage verstrichen einer wie der andere bei Familie Weber: freudlos und eintönig. Draußen zog der Frühling vorbei, mit blauem Himmel und dann und wann mit Leben spendendem Regen, der aber, wenn er in langen, nassen Schnüren vom Himmel fiel, alles noch trister und farbloser erscheinen ließ. Herr Weber war immer wieder auf Arbeitsämtern anzutreffen, wo er ehrenamtlich in der Gewerkschaftssektion mithalf und Beitragsmarken klebte. Hin und wieder spazierte er durch die Straßen, plauderte mit ebenfalls arbeitslosen Freunden und ehemaligen Kollegen, oder er fuhr mit der Tramway zum Stadtrand, von wo er zu Fuß in den Wald ging, um seiner neuen Leidenschaft zu frönen: dem Schwammerlsuchen. Dabei lief er trotz seines Alters so rastlos zwischen den Bäumen bergauf und bergab, dass sich nur selten jemand fand, ihn zu begleiten.

Die meiste Zeit saß er aber zu Hause, wo er ein aus der Bezirks-Arbeiterbibliothek geliehenes Buch nach dem anderen verschlang. Und jeden Morgen studierte er sorgfältig die Zeitung, neben den Nachrichten auch die Stellenangebote, deren es leider nur wenige gab – die Annoncen von Arbeitssuchenden waren deutlich in der Mehrzahl.

Er war nie ein Freund vieler Worte gewesen, aber seit seiner Entlassung zeigte er sich überaus schweigsam. Er sprach selten und dann nur über den schlimmsten Schicksalsschlag seines Lebens: die Arbeitslosigkeit. Nachts redete er oft im Traum und gestikulierte wild mit den Armen, zum Leidwesen seiner Frau, die neben ihm im gemeinsamen Bett lag. Sein Kummer verfolgte ihn mit höhnenden Albträumen bis in den Schlaf. Einmal stand er bei seinen geliebten Maschinen, die ihm allerdings entglitten, sobald er sie zu berühren versuchte. Schließlich flohen sie vor ihm in wildem Galopp. Ein andermal war er im Laufschritt zu seinem Arbeitsplatz unterwegs, der aber unauffindbar blieb. Er rannte durch alle Straßen, sah die gewaltigen Schlote der Fabrik in der Ferne, konnte sie jedoch nicht erreichen, welche Richtung auch immer er einschlug. Wenn er dann morgens schweißgebadet aus solcher Pein erwachte – der alte Wecker in seinem Kopf, der ihn Tag für Tag pünktlich um halb sechs aus dem Bett gerufen hatte, funktionierte noch einwandfrei –, stand er sofort auf, wusch sich und schlüpfte in sein Gewand, als würde er sich zum Weggehen fertig machen. Doch dann setzte er sich für gewöhnlich ans Fenster und beobachtete die Frauen und Männer, die auf ihrem Weg zur Arbeit unten an ihm vorbeiliefen.

Hin und wieder fragte jemand: »Geh, Vaterl, warum bleibst nicht im Bett? Wozu stehst so zeitig auf?«

»Ich kann nimmer liegen«, gab er dann meist zurück. »Ich hab das vierzig Jahre so gemacht und kann jetzt nicht anders.«

Seine Frau versuchte bald im Guten, bald im Bösen, ihn von dieser Gewohnheit abzubringen. Anton verwünschte ihn jedes Mal halblaut, wenn er von unnötigen Geräuschen geweckt wurde, und Anna murmelte etwas von Rücksichtslosigkeit und Kaprizen eines alten Dickschädels, wenn er viel zu früh am Morgen an ihrer Klappliege anstieß. Einzig Karl blieb ruhig. Sein Herz zog sich in bitterem Schmerz zusammen, wenn er sah, wie sehr der Vater litt.

Arbeitslosigkeit wirkt sich auch auf Körper und Geist eines jungen Menschen fatal aus, bei einem älteren jedoch beschleunigt sie den Prozess des Niedergangs. Der alte Weber verfiel zusehends. Es war erschütternd zu beobachten, wie dieser kräftige Arbeitsmann mit dem entschlossenen Gesichtsausdruck oft gedankenverloren dasaß und mit den Fingern auf die Tischplatte trommelte, nicht wissend, was er mit seinen Händen anfangen sollte. Dabei starrte er mit gequälter Miene vor sich hin, während sich in seinen dunklen Augen eine verzweifelte Frage spiegelte. Nach Wochen erfolgloser Stellensuche war er schließlich überzeugt, nie wieder Arbeit zu finden und zu ungewollter Untätigkeit verdammt zu sein. Wenn er so den Untergang der ganzen Familie bis hin zum Verlust der Wohnung in Riesenschritten auf sich zukommen sah, sanken die dichten Brauen über seinen großen Augen zusammen, seine erschlaffenden Gesichtszüge fielen in Falten und sein ganzes Auftreten wirkte müde und kraftlos. Viele seiner Leidensgenossen suchten erbärmlichen Trost im Suff, aber das wollte der alte Weber nicht. Sein Vater war seinerzeit wegen Alkoholismus und daraus erwachsender Exzesse der Schrecken der Familie gewesen, und der Sohn hatte sich schon früh geschworen, das Gift namens Alkohol zu meiden. Es kommt häufig vor, dass Kinder von Säufern – so sie nicht an ihren Lebensumständen und den erlittenen Schlägen zerbrechen – Rauschmitteln konsequent aus dem Wege gehen.

Anton war trotz seiner grobschlächtigen und ungeschliffenen Art in Wahrheit weder dumm noch skrupellos. Oft fühlte er Unbehagen ob seiner moralischen Unzulänglichkeit und beneidete Menschen wie seinen Bruder Karl oder seinen Schwager Heinrich. Stets aufs Neue bedrückte ihn die Inhaltsleere seiner Existenz, und mehrmals schon hatte er sich entschlossen, ganz von vorne zu beginnen, dem die Lebensenergie aussaugenden Alkohol abzuschwören, nicht mehr mit Kartenspiel sinnlos die Zeit totzuschlagen und Geld zu sparen, um es für nützliche Dinge wie Bücher oder Ausflüge zu verwenden.

In diesen einsichtigen Phasen war er oft über mehrere Tage hinweg freundlicher und weniger reizbar als sonst, sprach kaum, las viel und machte sich Gedanken über die Welt. Dann mied er seine »guten Freunde«, seine »Spezln«, völlig und sein Zigarettenkonsum halbierte sich. Einmal war es ihm derart ernst damit, sein Leben von Grund auf zu ändern, dass er tatsächlich den Vorsatz fasste, das Rauchen ganz aufzugeben. Allerdings hielten sich diese Zustände nie besonders lange. Gewöhnlich wischte ein plötzliches Ärgernis oder ein zufälliges Zusammentreffen mit seinen Saufkumpanen die guten Vorsätze abrupt vom Tisch. Eventuelle Gewissensbisse beruhigte er, indem er sich einredete, irgendwann in der Zukunft, aber spätestens, sobald er eine dauerhafte Beschäftigung gefunden hätte, einen neuen Anfang suchen und sich über die Realisierung seiner bescheidenen, doch ambitionierten Pläne Gedanken machen zu wollen.

Seine Angehörigen wussten wenig über sein Innenleben. Sie nahmen ihn so, wie er sich für gewöhnlich gab, und wenn er seine »guten Tage« hatte, schrieb man die Veränderung einer Krankheit oder einer Depression zu.

Auch er empfand die Arbeitslosigkeit als drückend, vor allem, weil er sich ihretwegen kaum Vergnügungen leisten konnte. Zudem verdammte sie ihn zu ziellosem Nichtstun und hielt ihn in Abhängigkeit von anderen. In seinem schönsten Zukunftstraum sah er sich als Besitzer eines Geschäfts oder einer Werkstatt, kurz: als selbstständiger Unternehmer in bescheidenem Rahmen. Doch dieses Ziel durch eigener Hände Arbeit zu erreichen, war ihm schon als ein zu langwieriges, wenn nicht gar aussichtsloses Unterfangen erschienen, als er noch ein regelrechtes Einkommen gehabt hatte. Für einen Arbeitslosen war das nicht zu machen. Daher zerbrach er sich den Kopf, wie er mit einem Schlag reich werden könnte. Kein Wunder, dass er, der immer schon beachtliche Summen von seinem Verdienst für Lotto und Glücksspiele abgezweigt hatte, selbst jetzt noch einen Teil seines Arbeitslosengeldes dafür ausgab. Ein nennenswerter Gewinn stellte sich allerdings nie ein.

Eines Morgens brachte der Briefträger ein Schreiben. Es enthielt die Mitteilung, dass Antons Antrag auf Verlängerung der Arbeitslosenunterstützung wegen Überziehung der Anspruchsfrist abgelehnt worden war.

Zunächst wusste er nicht, wie er es den anderen beibringen sollte, aber nach einiger Zeit sorgenvollen Grübelns überreichte er den Brief wortlos seiner Mutter. Diese las, was sie in Händen hielt, langsam, beinahe Buchstaben für Buchstaben. Als sie verstand, ließ sie mit einem Aufschrei des Entsetzens das Papier fallen. Die Hände über den Kopf zusammenschlagend rief sie: »Großer Gott! Jetzt können wir wirklich verhungern! Das hat uns noch gefehlt!«

»Was ist passiert?« Herr Weber sah von seinem Buch auf und warf seiner Frau einen fragenden Blick zu.

»Der Anton verliert die Arbeitslose!«, antwortete sie, mit Tränen kämpfend. »Da haben wir's! Jetzt können wir zu fünft mit dreißig Schilling in der Woche leben! Vom Karl und von dir, aber wer weiß, wie lang der Karl noch sein Geld kriegt! Mit dreißg Schilling alles zahlen: Zins, Heizung, Gewand, Wäsche, Essen, Licht – und rauchen wollt ihr ja auch! Aber das eine kann ich dir jetzt schon sagen, Anton: Wirtshaus, Kino und Zigaretten sind gestrichen für dich! Keinen Groschen bekommst von mir. Vielleicht schaust dich auf die Art schneller nach Arbeit um.«

»Na geh«, mischte sich Herr Weber beschwichtigend ein, »verlier nicht gleich den Kopf, Mutter! Freilich ist das ein Unglück. Aber so ist es halt im Leben. Dass der Anton nicht freiwillig auf der faulen Haut liegt, das glaub ich ihm jetzt gern, weil ich das selber kenn, dieses ungewollte ›dolce far niente‹. Und solang ich noch ein bissl von dem verdammten Tabak hab, so lang kriegt auch der Anton hin und wieder seine Zigarette. Der Karl kann froh sein, dass er sich den Unsinn nicht angewöhnt hat, jetzt fehlt's ihm nicht.«

Karl war bereits am frühen Morgen aufgebrochen, um sich auf eine Stellenanzeige hin zu bewerben. Auch Anna war nicht daheim. Sie hatte die Wohnung einige Minuten zuvor verlassen.

»Das Rauchen ist so was Unnötiges«, keppelte Frau Weber ihrem Ehemann hinterdrein, während sie das zweite Fenster öffnete, das trotz der späten Morgenstunde und des schönen Tages noch geschlossen war. »Schau, wie schwarz die Vorhänge schon wieder sind! Vor acht Tagen hab ich sie ganz sauber aufgehängt. Das macht der unselige Tabakrauch. Und wie viel Geld blast ihr Mannsbilder einfach so in die Luft und vergiftet sie auch noch dabei!«

»Irgendeine Freude braucht der Mensch im Leben«, verteidigte sich Herr Weber, der eben seine Pfeife fertig gestopft hatte. »Wenn ich nicht einmal mehr das haben darf, dann pfeif ich auf das ganze Elend da.«

»Von euch Alten red ich ja gar nicht, ihr könnt euch eure Dummheiten eh nimmer abgewöhnen. Obwohl – was haben denn eigentlich wir Frauen, kannst du mir das sagen? Aber die Jungen, die noch nichts geleistet haben im Leben, die sollten sich schämen, den ganzen Tag an so einem grauslichen, stinkenden Glimmstängel zu lutschen! Und du, Anton, du solltest jetzt schnell schauen, dass du was verdienst! Trag Zeitungen aus oder geh von mir aus als Vertreter.«

»Ja, ja! Ich werd schon was tun«, murrte Anton angewidert. »Mich kotzt das ja selber an, auf eure Gnade angewiesen zu sein. Und eins sag ich euch: Wenn man mich mein Brot nicht mit ehrlicher Arbeit verdienen lässt, dann geh ich stehlen oder einbrechen.«

»Du lieber Himmel!«, schrie Frau Weber auf. »Was sagst du da? Das sind die heutigen Jungen! Hat man als Mutter deshalb so viele Entbehrungen auf sich genommen und sich aufgeopfert für sein Kind, dass es ihr dann nur Schande macht und am End im Häfen sitzt?«

»Geh, der Anton meint's doch nicht so«, beruhigte Herr Weber. »Eh klar, dass er sich ärgert, er hat's halt ein bissl übertrieben mit seiner blöden Rede. Aber eins sag ich dir schon, Anton«, und die Stimme des Vaters wurde sehr ernst, »spiel dich nicht mit solchen Gedanken! Wer sich mit dem Teufel einlässt, wird am End von ihm geholt. Und auf Unehrlichkeit gedeiht kein Glück!«

Anton grinste voll Trotz und Verachtung. »Vater, solche moralischen Stubenpredigten sind von gestern. Heutzutage muss jeder selber schauen, wo er bleibt, also ist jeder für sich selbst verantwortlich. Du kannst mir nicht helfen, drum muss ich meinen eigenen Weg gehen.« Bei den letzten Worten hatte Anton den Hut genommen und wollte aufbrechen.

»Anton!«, rief der Vater mit gebieterischer Stimme, sodass der junge Mann automatisch stehen blieb. »Anton, hüt deine Zunge! Noch brauchst du uns. Und wenn du krumme Dinger drehst, gehörst du nicht mehr zur Familie. Hast mich? Mach unserem Namen keine Schand, das bist du uns und deinen Geschwistern schuldig. Ich bin mit Anstand alt worden, und wenn mein eigener Sohn mich in Verruf bringt, das würd ich nicht überleben!«

Anton ging wortlos.

Seine Mutter keppelte noch eine ganze Weile aufgeregt weiter: »Impertinenzler! So ein undankbarer Bengel! Der wird uns noch was anschauen lassen! Wieso ist der nicht wie die andern, so wie der Karl? Ich hab doch immer alle gleich behandelt und erzogen! Jessas, wer weiß, was mir noch blüht! Als ob mein Leben nicht schon traurig genug wär mit all den Sorgen! Was für Zeiten! Arbeitslosigkeit, Teuerung, überall Hunger und Not, und gleichzeitig vollgstopfte Geschäfte! Heut zu leben, ist beileibe kein Vergnügen ...«

Die Wohnungstür ging auf, und durch die dunkle Küche kam Karl ins Zimmer geschlichen.

»Tag«, grüßte er niedergeschlagen und setzte sich erschöpft auf einen Stuhl. »Es ist schrecklich, zum Verzweifeln. Überall.«

»Also nichts?«, fragte die Mutter. »Haben sie dich wieder nicht genommen?«

»Nein«, war Karls knappe Antwort.

Der Vater sah ihn mit besorgter Miene an. »Waren viele Leut dort?«

»So zirka zweihundert. Und einer hat eine Anstellung kriegt. Wir anderen wollten die Fahrtkosten rückerstattet. Die Firma hat sich natürlich geweigert, es hat einen Krawall gegeben, und schließlich haben sie die Polizei grufen. Die hat uns mit Schlagstöcken auseinandergetrieben. Ein paar haben sie ordentlich erwischt, sogar verhaftet haben sie welche, und ich bin davonglaufen. Ich lass mich nicht hauen oder einsperren.«

»Recht so«, stellte Frau Weber fest. »Es hätt ja nichts genützt. Die Herren sind die Herren, und die Herren haben das Geld und das Gesetz auf ihrer Seite. Ein Arbeiter ist nichts wert.«

* * *

Karl plagte die Eifersucht. Er sagte sich zwar selbst, dass dieses im Herzen nagende Gefühl in Wirklichkeit unbegründet war, aber er litt sehr darunter.

Martha erzählte ihm immer alles, was im Büro vor sich ging, all die unbedeutenden Zwischenfälle und all die kleinen Freuden ihres beruflichen Alltags. Karl hörte stets aufmerksam und mit so viel Anteilnahme zu, dass er die Geschichten beinahe nacherlebte. Er genoss die vertrauensvolle Mitteilsamkeit seiner Geliebten, die ihm allerdings so auch vor Augen führte, dass er Tag für Tag nur die Zeit totschlug, während sie hart arbeitete und ihr eine wichtige Rolle zukam, indem sie den Lebensunterhalt für sich und ihre Mutter verdiente.

Nun hatte Martha schon vor Tagen von der Einstellung eines neuen Konzipienten erzählt und dabei beinahe mit zu großem Eifer über ihn berichtet. Sie beschrieb ihn als einen attraktiven jungen Mann mit guten Manieren und herausragenden Fähigkeiten. Er beherrschte neben seiner Muttersprache obendrein Französisch und Englisch in Wort und Schrift und präsentierte sich gegenüber seinen Kolleginnen als perfekter Gentleman. Gestern hatte er Martha angeboten, ihr Englisch beizubringen, das zu lernen sie schon die längste Zeit vorhatte. Jetzt bat sie Karl mitzumachen, weil sie es schön fände, wenn sie sich in einer Fremdsprache unterhalten könnten, die nur wenige verstehen. Außerdem wären Englischkenntnisse möglicherweise beiden einmal von Nutzen. Jeden Samstagnachmittag würde Herr Kerner – so hieß besagter Kollege – sich nach Arbeitsschluss mit Martha in einem Kaffeehaus treffen und mit ihr eine Lektion durchnehmen. Am Sonntag wollte sie dann ihrerseits das Gelernte an Karl weitergeben. So würde erst sie Unterricht in

Englisch erhalten und danach mit ihm gemeinsam üben. Natürlich suchte sie dafür Karls Einverständnis, aber sie ging voll Hoffnung davon aus, dass er ihr dieses kleine Vergnügen nicht versage.

Als Martha vergangenen Abend in einem fröhlichen Wortschwall alles das auf Karl einprasseln ließ, stimmte der zwar – mit spürbarer Zurückhaltung – zu, doch er fühlte einen schmerzhaften Stich im Herzen.

Auch ihr entging seine plötzliche Beklommenheit nicht, darum umarmte sie ihn stürmisch und rief aufmunternd: »Na, na! Mein kleines Dummerchen, wirst doch nicht eifersüchtig sein, oder? Brauchst keine Angst haben, ich bleib für immer die Deine!«

»Aber wenn dir der andere am Schluss besser gefällt? Er hat doch so gute Manieren – und eine Arbeit.«

»Karl, wenn du noch einmal so was sagst, bin ich beleidigt und nehm keine Englischstunden. Ich hab eh kein bissl Freude im Leben, da kann ich auf die eine auch noch verzichten.«

Und Martha zauberte mit impulsiven Küssen und neckischen Worten wieder ein Lächeln auf seine Lippen.

Samstagnachmittag, zu einer Zeit, die er sonst regelmäßig mit seiner Geliebten verbracht hatte, saß Karl schwer bekümmert im Wohnzimmer bei seiner Familie und versuchte, für Marthas bevorstehenden Geburtstag ein Gedicht zu verfassen. Er wollte etwas besonders Berührendes schaffen, war aber zu zerstreut, um passende Verse und gute Reime zu finden. Bald hatte er sein Vorhaben sogar völlig vergessen und starrte mit leerem Blick in eine Ecke.

Wenn er bloß Arbeit hätte! Selbst mit einem bescheidenen Einkommen würde er Martha auf der Stelle heiraten, damit sie ihm niemand mehr streitig machen könnte. Mutter Groner hatte sich schon einverstanden erklärt, beide bei sich aufzunehmen. Er wiederum sehnte sich danach, endlich den derzeitigen Verhältnissen zu entfliehen. Wenn er auch seinen Eltern und Geschwistern in Liebe verbunden war: Aber seit der Kündigung des Vaters herrschten innerhalb der Familie niederschmetternde Schwermut und abstoßende Gereiztheit.

Zu seinem bisherigen Elend und zu den Widrigkeiten seines hoffnungsleeren Arbeitslosendaseins kam nun eine neue Sorge: Er fürchtete um seine Geliebte. Ihn bedrückte nicht einfach nur Eifersucht, sondern die lähmende Angst, ihm würde das bei weitem Beste genommen, das er je gehabt hatte, das einzige Licht in seinem dunklen Alltag, von dem er hoffte, es könnte seine herzerwärmende Sonne in einer kalten, egoistischen Welt sein.

Aber welches Recht hätte er, sie zurückzuhalten, wenn das Glück tatsächlich einen gebildeteren und fähigeren Lebensgefährten für sie auserkoren hatte, der ihr ein sichereres und angenehmeres Leben versprach, als er es ihr je bieten könnte? Wenn er bloß Arbeit hätte! In diesem Fall wäre seine Antwort auf diese Frage eindeutig, denn Wissen lässt sich erwerben und nichts wiegt je den Wert ehrlicher Liebe auf. Er war überzeugt, dass niemand Martha mehr lieben konnte als er.

»Hörst du das, Mutter? Seit der Mann arbeitslos ist, streiten die Nachbarn auch pausenlos.« Annas Worte brachen das Schweigen im Raum und rissen Karl unvermittelt aus seinen Gedanken. Anna bügelte, während Frau Weber mit der Brille auf der Nase beim Fenster saß und Socken und Strümpfe stopfte. Sonst war niemand daheim.

Aus der Nachbarwohnung war durch die Wand ein lautstark ausgetragener Streit vernehmbar. Man konnte deutlich zwei Stimmen unterscheiden: eine scharfe weibliche und eine dunkeltönende männliche. Einige Wörter verstand Karl, manchmal sogar Sätze, meistens die der Frau. In das Gebrüll der Erwachsenen mischte sich das Weinen der verängstigten Kinder.

»Wenn sie sich wenigstens vor den Kindern nicht so ungeniert ausdrücken würden«, sagte Frau Weber empört. »Die verstehen mehr, als man glaubt. Ihr Ältester muss schon so um die zehn sein. Hörst die zwei Kleinen weinen? Aber das kümmert die zornige Mutter nicht. Jessas, wie die mit den Kindern herumschreit!«

Die unflätigen Beleidigungen, die sich die zornigen Nachbarn gegenseitig an den Kopf warfen, waren klar verständlich: Kreteu, Dreckshur, Blindgänger, Kanaille, Hundsviech, Schrapnön, hirnloser Trankler – du bist arbeitsscheu, du lässt uns alle im Dreck ersticken, du trägst unsern letzten Groschen zum Wirt und zu den Huren, und die Kinder hungern, du gibst mein schwer verdientes Geld aus für deinen depperten Schmuck und lauter unnötiges Glumpert ... Diese und ähnliche Beschimpfungen drangen aus der Nachbarwohnung zu Karl, Anna und der Mutter, die aufmerksam und doch voll Abscheu lauschten.

»Furchtbar, furchtbar!«, schüttelte Anna angewidert den Kopf. »Wie Menschen jedes Gefühl für Anstand und Selbstachtung verlieren können!«

»Entsetzlich!«, murmelte auch Karl, der sich an jene Gangszene erinnerte, als dieselbe Nachbarin ihre kleinen Kinder wegen des Schadens geschlagen hatte, der allein ihrer Klatschsucht zuzuschreiben war und der Tatsache, dass sie auf den Buben nicht achtgegeben hatte.

»Da könnt ihr zuschauen, was die Not aus uns macht«, sagte die Mutter. »Die Leut sind grad alle so nervös und gereizt, dass ein ruhiges Miteinander gar nicht mehr möglich ist. Irgendein Dichter hat gesagt: ›Raum ist in der kleinsten Hütte für ein glücklich liebend Paar.‹ Ja, vielleicht für eine Nacht! Aber der Dichter weiß nicht, wie schrecklich das ist, wenn Menschen ihr Leben lang in solchen Löchern hausen müssen.«

Karl versank wieder in seinen eigenen Gedanken: Wenn er nur nicht seine geliebte Martha verlöre! Alles, was er wollte, war, ihr Mann zu werden und mit ihr ein eigenes Leben aufzubauen. Den Rest würden sie schon hinbekommen. Aber ganz anders als die anderen, die einander stumpfsinnig das Leben erschwerten, statt es zu erleichtern und in den grauen, sorgenvollen Alltag ein wenig Licht zu bringen. Wenn er bloß Arbeit hätte – und das bald!

4

Herr Weber ging, ausgerüstet mit Rucksack und Wanderstock, auf einem Feldweg Richtung Wald. Er war mit der Eisenbahn ein paar Stationen in den Wienerwald hinausgefahren, wo er wieder einmal seiner Leidenschaft frönen und Pilze erbeuten wollte. Nicht etwa, weil er einen speziellen Appetit auf sie entwickelt hätte, sondern weil er vorhatte, sich in der freien Natur müde zu laufen und weil sich der ewig alte Sammlertrieb in ihm letzterdings mit der Kraft des Urinstinkts regte.

Nach mehreren Regentagen sandte die Septembersonne wieder ihre warmen Strahlen vom nahezu makellos blauen Himmel auf die dampfende Erde, eine leichte Brise trocknete den feuchten Boden und kühlte den erhitzten Wanderer, der schwitzend einen Anstieg erklomm.

Das beste Schwammerlwetter!, freute sich Herr Weber in Gedanken.

Als er den Wald erreicht hatte, verließ er sofort den Weg und bewegte sich quer durchs Gelände, den Blick auf den Boden geheftet. Es dauerte nicht lange, bis er den ersten Pilz gefunden hatte. Er war frisch und hatte einen schönen, knackigen Schirm. Herr Weber prüfte ihn fachmännisch, ehe er ihn im Rucksack verstaute. Eben wollte er weitergehen, als er hinter sich Schritte hörte.

»Na, warst schon erfolgreich, alter Freund?«, rief ihm der sich nähernde Mittfünfziger zu.

»Ha, servus Fritz!«, antwortete Weber freudig. »Du da? Gehst auch schon spazieren statt arbeiten?«

»Ja, Anton, letzten Samstag haben sie auch mich in Dauerurlaub geschickt. Von den dreihundert Arbeitern in der Fabrik vor zwei Jahren waren wir letzte Woche die zwanzig letzten. Und jetzt ist der Laden komplett dichtgemacht.«

»Neugierig bin ich, wo uns das noch hinführt. Für uns, die wir nicht mehr so jung sind, ist das Arbeitsleben mit Sicherheit vorbei.«

»Das wär mir eh recht.« Fritz machte eine abschätzige Handbewegung. »Ich komm gut ohne diesen Sklavendienst aus. Über vierzig Jahre hab ich nur für andere meine Hände bewegt. Ist das nicht genug? Langweilig wird mir sicher nicht. Wenn ich nur mein bescheidenes Leben weiterführen kann, ohne dass ich als Greis betteln gehen muss – nach all der Schufterei!«

»Das ist ja die Gemeinheit! Wenn man sagen könnt: ›Na gut, jetzt bist so oder so alt, hast so und so lang gearbeitet, jetzt kommen die Jungen dran, für die du Platz machst, denen du dein Werkzeug übergibst. Geh und genieß die restlichen Tage, die dir noch bleiben, such dir eine Beschäftigung, da hast bis zu deinem Lebensende eine kleine Pension, mit der sich's ausgeht, die hast dir mit der Hacklerei verdient.‹ Da würd keiner nein sagen und groß sentimental werden, auch wenn solche Ackergäule wie wir sogar traurig werden, wenn man ihnen das Joch von der Schulter nimmt. Aber unter den jetzigen Umständen muss man verrückt werden, wo man ein Alter in sicherer Not vor sich hat und die eigenen Kinder ohne Arbeit einer aussichtslosen Zukunft entgegensehen.«

Fritz Reiter – so hieß Webers Freund – entdeckte einen Pilz und ging, um ihn zu pflücken. Das animierte auch Weber wieder zu aufmerksamerem Suchen. Also blieben sie ein wenig auseinander, um sich auf der Hügelkuppe erneut zu treffen.

»Zu viele Leut gehen heut Schwammerlsuchen«, raunzte Reiter. »An einem Tag wie diesem grad einmal drei, vier Schirmerln in einer ganzen Stunde ergattern? Ist das was? Ja, früher einmal! Vor zehn Jahren war der Rucksack nach einem halben Tag randvoll!«

»Na eh«, stimmte Weber zu, »auch daran erkennst, dass alles schlechter geworden ist. Damals haben die Leut in den Wäldern aus reinem Vergnügen gesucht, wegen der Freude am Entdecken, heut tut man's aus Bedürftigkeit, damit man was zum Essen hat – oder zum Verkaufen.«

Die beiden Männer setzten ihre Suche fort, trennten sich und kamen wieder zusammen, liefen bergauf und bergab, sprangen wie die Jungen über Steinblöcke und Baumstämme und wateten durch dichtes Laub. Hatte einer von ihnen einen respektablen Pilz herzuzeigen, tat er das mit kindlicher Freude, und bei der Bewunderung des Fundes entflammte ihre Sammelleidenschaft erneut. Doch entging ihrer Wahrnehmung völlig der Rest der sie umgebenden Natur. Sie sahen und hörten die kleinen Sänger im Federkleid nicht, die die Baumkronen belebten. Der rufende Kuckuck, der langschnabelige Specht, der auf der Suche nach schmackhaften Insekten Löcher in die Rinde schlug, ja, selbst das Eichhörnchen, das vor ihnen eilig auf einen Baum floh – sie alle zogen kaum für einen Moment die Aufmerksamkeit auf sich. Noch weniger beachteten die beiden freilich die langen, dunklen Reihen der Ameisen zwischen deren Bau und den zu sichernden Beutestücken oder die unterschiedlichen Käfer, die da und dort schwer beschäftigt am Krabbeln waren. Die Suche nach gelben, grünen oder braunen Pilzkappen trieb sie in erregtem Eifer vorwärts. Und doch entfalteten die Bilder und Töne der Umgebung ihre Wirkung im Unterbewusstsein der zwei Männer, ihre alten Herzen wurden leicht und ihre Lungen atmeten frei und tief die reine, wohlriechende Waldluft.

Plötzlich hörten sie mehrstimmigen Gesang. Seinem Klang folgend stießen sie auf einen Forstweg, der breit genug für einen Pferdewagen war. Hier schien der Schall näherzukommen. Die Worte wurden immer verständlicher, und hinter einer dichten Gruppe von Nadelbäumen tauchte eine Schar lebhafter Jugendlicher auf, die lauthals sangen.

»Liegt dort hinter jenem Walde
nicht ein fernes, fremdes Land?
Blüht auf grüner Bergeshalde
nicht das Blümlein Unbekannt?«

Die Männer blieben stehen und betrachteten die leger gekleideten Vorbeimarschierenden, die wohl zwischen sechzehn und zwanzig Jahre alt sein mochten, alle in blauen Hemden und ohne Kopfbedeckung.

»Immerhin sind die Jungen heute gescheiter!«, sagte Reiter schließlich. »Wir haben in dem Alter unsere spärliche Freizeit – wir haben ja zehn, zwölf Stunden täglich gearbeitet, nicht wahr – im Kaffeehaus mit Kartenspielen oder mit Kegeln vergeudet und dabei noch unser bescheidenes Taschengeld versoffen.«

Weber nickte. »Aber«, gab er nach kurzem Schweigen zu bedenken, »irgendwie haben die nicht so viel Glück wie wir. So jung und schon arbeitslos! Das sind die nämlich sicher. Sonst hätten die heut, an einem Wochentag, keine Zeit zum Spazierengehen. Die Urlaubszeit ist auch schon um.«

»Trotz alledem haben die ihr Leben noch vor sich«, entgegnete Reiter. »Denen gehört die Zukunft. Hoffentlich machen die mehr daraus als wir. Ich wär gern einer von ihnen!«

»Regen? Wind? Wir lachen drüber:
Wir sind jung, und das ist schön!«

Schon hörte man nur noch den Nachhall aus der Ferne. Die Truppe war aus dem Blickfeld der beiden verschwunden. Einige Zeit sahen sie ihnen noch nach, dann gingen sie weiter. Trotz intensiver Suche fanden sie aber keine Pilze mehr. Insgesamt war ihre Ausbeute mager.

Sie befanden sich schon auf dem Heimweg, als Weber plötzlich anhielt. »Wart einen Moment!«, rief er Reiter zu, der drei, vier Schritte vor ihm ging. »Ich brauch eine kleine Pause.«

»Was hast denn?«, fragte der Angerufene, sich umdrehend. »Bist müde?«

»Ich weiß nicht.« Weber atmete schwer. »Plötzlich ist mich so eine Eiseskälte und eine Schwäche überkommen.« Dann sank er auf der Stelle zu Boden.

Reiter eilte zurück zu seinem Freund und sah ihn prüfend an.

»Du zitterst ja! Du solltest da nicht auf dem Boden sitzen. Versuch, weiterzugehen! Da, direkt unter uns im Tal liegt das Kahlenbergerdorf. Von dort fahren wir mit der Eisenbahn nach Wien.«

Mühsam stand Weber auf. Sein Gesicht war kreidebleich. Unter Stöhnen ging er ein paar Schritte, um dann erneut anzuhalten.

»Ich kann mein rechtes Bein nicht bewegen«, klagte er.

Der Freund half ihm, halb trug er den stattlichen Mann. So gingen sie ins Tal. Weber ächzte und seufzte bei jedem Schritt. Sein rechtes Bein hinter sich her schleifend stützte er sein ganzes Gewicht auf Reiters linke Schulter.

»Was hab ich nur, was hab ich nur?«, stöhnte er immer wieder.

»Vielleicht einen rheumatischen Anfall, der geht bald vorbei«, tröstete der andere. »Zu Hause legst dich ins warme Bett und trinkst einen heißen Tee mit Rum oder einen Glühwein, dann geht's dir gleich wieder besser. Schau jetzt nur, dass wir zur Haltestelle kommen.«

Weber schüttelte den Kopf. »Rheumatismus ist das keiner. So was kenn ich. Das wär ein heftigerer Schmerz, da werden dir die Glieder nicht so steif und gefühllos. Mein Bein ist komplett gelähmt, wie bei einem Schlaganfall, und mein Herz verkrampft sich wie in Todesangst.«

Als sie schließlich bei der Station Kahlenbergerdorf eintrafen, fuhr glücklicherweise bald ein Zug ein.

Reiter brachte den erkrankten Freund selbstlos, ja, aufopfernd zu dessen Wohnung. Dort verursachte ihre Ankunft große Aufregung. Frau Weber und Anna beförderten den Kranken ins Bett und bereiteten einen schweißtreibenden Tee, während Karl sofort um einen Arzt lief. Sogar Anton erkundigte sich besorgt nach dem Zustand des Vaters und ließ sich den Vorfall schildern.

* * *

Eines sonntagnachmittags Anfang November saßen Martha und Karl in Frau Groners Wohnung. Vor ihnen auf dem Tisch lagen Hefte, ein Englisch-Lehrbuch und ein Wörterbuch. Die beiden Liebenden übten sich in englischer Konversation, unterstützten sich dabei und prüften einander. Gemessen an der kurzen Zeit, die sie bisher mit dem Lernen zugebracht hatten, musste man ihnen bedeutende Fortschritte attestieren. Sie unterhielten sich schon fließend über einfache Themen, und ihre Aussprache war bemerkenswert korrekt – dank der Lehrstunden, die Martha von ihrem Kollegen erhielt. Sie war mit Begeisterung bei der Sache, und Karl wäre das wohl seinerseits auch gewesen, wenn ihn nicht eine stetig wachsende Eifersucht geplagt hätte. Reibereien kleineren und größeren Ausmaßes sowie gegenseitige Anschuldigungen belasteten ihre Beziehung und stellten sie mitunter auf eine harte Probe. Karl verfluchte die ganze englische Sprache mitsamt dem Konzipienten Kerner, die so sehr sein Liebesglück bedrohten. Immerhin begehrte seine friedvolle Natur nicht auf und er tat, wie Martha wollte.

Aber speziell dieses Mal kämpfte er mit inneren Widerständen und war bei den Übungen nicht mit voller Aufmerksamkeit dabei. Kaum konnte er seine Zerstreutheit und seine Unruhe vor Martha verbergen.

Die desolate Verfassung war nicht allein Folge seiner Eifersucht, sondern obendrein einer Reihe anderer deprimierender Umstände. Der Vater war schon mehrere Wochen im Krankenhaus, und wenn er auch bald heimkäme, so wäre er doch – nach Auskunft der Ärzte – auf Dauer halbseitig gelähmt. Dem ersten Schlaganfall war bald ein zweiter, stärkerer, gefolgt, der ihn beinahe das Leben gekostet hätte. Behandlung und Medikamente verschlangen viel zu viel Geld für eine Familie mit derart bescheidenen Einkünften. Daher war man – trotz großzügiger Zuwendungen von Erna und ihrem Ehemann – bereits gezwungen, die eine oder andere halbwegs verzichtbare Habe zu versetzen, mit wenig Hoffnung, sie wieder auszulösen. Natürlich war die Stimmung bei Familie Weber jetzt noch angespannter als zuvor. Die Mutter weinte, klagte und schimpfte unablässig. Ähnlich verhielten sich Anna und Anton, der im Übrigen selten zu Hause war, wo er sich äußerst zugeknöpft, unfreundlich und reizbar zeigte. Zu alledem gesellte sich die Befürchtung, dass vielleicht auch Karl seine Arbeitslosenunterstützung nicht mehr lange erhalten würde. Seine Hoffnungen auf Anstellung schwanden indes von Tag zu Tag.

In dieser Situation machte Marthas Verhalten Karl umso mehr zu schaffen. Früher war sie derart mitfühlend und voll warmer Anteilnahme gewesen gegenüber allem, was das Herz ihres Freundes bedrückte. Zuletzt aber hatte sie ihn einen jämmerlichen Traumichnichts genannt und ihm vorgeworfen, dass er ihr mit seiner chronischen Mieselsucht jede noch so kleine Freude verderbe. Schließlich hatte sie noch kränkende Zweifel hinsichtlich des Ernstes seiner Arbeitssuche geäußert. In seiner blinden Liebe zu Martha ertrug Karl all dies ohne viel Widerspruch, in der Überzeugung, dass sich am Ende alles fügen würde.

An besagtem Nachmittag aber barst Karls Herz beinahe vor Kummer. Draußen herrschte wahres Herbstwetter mit Windböen und Wolkenbrüchen. Auch das war alles andere als erwärmend für ein derart empfindsames Gemüt wie das seine.

Mutter Groner war auf Verwandtschaftsbesuch in der Nachbarschaft. Also saßen die Liebenden zu zweit in der Wohnung über ihren Büchern und Heften.

»Wo bist du heute nur mit deinen Gedanken, Karl?«, unterbrach Martha unerwartet ihre Nacherzählung einer englischsprachigen Anekdote, die Karl zuvor laut vorgelesen hatte. »Du hörst nicht zu, du korrigierst mich nicht einmal, wenn ich was anderes erzähl, als im Buch steht. In letzter Zeit bist mir gegenüber furchtbar unaufmerksam. Ist dir langweilig mit mir?«

»Aber Martha!«, antwortete Karl mit sanftem Tadel. »Was glaubst denn! Ich bin glücklich, wenn ich mit dir zusammen sein kann. Entschuldige, wenn ich ein bissl abgelenkt bin. Mir geht's grad nicht gut.«

»Sei halt ein Mann! Reiß dich zusammen, schlag dich mit mehr Courage durchs Leben! Nütz die Zeit, studier und lern was, statt immer nur tagträumen und sinnlos lamentieren! Das Leben braucht ganze Kerle, entschlossen und tatkräftig, mit einem Sinn fürs Praktische.«

Martha machte eine kurze Pause, getragen von Stolz über das eben Gesagte. Ihr war nicht bewusst, dass es sich bloß um geistloses Nachplappern von Kerners Phrasen handelte, die ihr allerdings maßlos imponiert hatten. Dann fügte sie in mildernder Absicht hinzu: »Karl, du bist doch ein guter, ein feiner Bursch, und ich hab dich lieb. Aber ich tät mir wünschen, du hättest ein bissl was von der Lebenserfahrung und dem Selbstvertrauen von meinem Kollegen Kerner.«

Karls Gesicht begann nervös zu zucken. Scharfe Worte schoben sich auf seine Zunge, aber er hielt sie unausgesprochen zurück. Stattdessen antwortete er ruhig: »Früher hättest du nie so geredet. Erst seit du den Kerner kennst, findest so viele Fehler an mir. Früher hast mich genommen, wie ich bin. Jetzt bist ständig am Vergleichen, und das geht regelmäßig schlecht für mich aus. Sag's halt grad heraus, dass ich dir nicht mehr genüge. Ich kann dich nicht zurückhalten, so sehr mich eine Trennung von dir auch verletzen würd. Ich kann nichts ändern dran, dass ich nur ein einfacher Arbeiter bin – ohne Arbeit.« Bei den letzten Worten bebte seine Stimme merklich.

Martha war in ihrem Innersten getroffen. Sie verspürte den Impuls, sich Karl an die Brust zu werfen, ihm zu sagen, dass er sich ihre Worte nicht so zu Herzen nehmen solle. Schon setzte sie an, ihm zu versprechen, nie wieder an den anderen zu denken, nur die Seine sein zu wollen und sich nicht mehr mit dem Kollegen zu Englischstunden zu treffen. Doch im selben Augenblick erwuchs in ihr eine Regung, irgendwo zwischen Trotz und Stolz, die sie davon abhielt. Ihrem geistigen Auge drängte sich ein Vergleich der beiden Männer auf. Welch ein Unterschied! Karl, der gute, einfältige Bursche mit dem weichen – für einen Mann zu weichen! – Herz, den ungelenken Bewegungen und dem zerschlissenen Gewand. Auf der anderen Seite Herr Kerner, diese galante, selbstbewusste, weltmännische Erscheinung, elegant in Kleidung und Auftreten. Er vermochte Unterhaltungen mitreißend zu gestalten, ernst und bedeutsam zu formulieren, voll Anstand und doch geistvoll zu scherzen, und sein Lächeln war so sympathisch und wohlwollend! Die feinen Konturen seines Antlitzes wirkten vornehm und zugleich beeindruckend männlich. Und hier Karl, zweifellos intelligent, aber unerfahren. Er schrieb wohl nette Gedichte und ersann hübsche, etwas gefühlsduselige Pläne für die eigene Zukunft und die seiner Familie, war aber komplett unfähig, die Schwierigkeiten des Lebens zu meistern. Wohingegen Kerner ein entschlossener Mann der Tat war, und doch ausgestattet mit einem gewissen Sinn für das Schöne, für die Kunst. Er konnte seinen Lebensunterhalt selbst bestreiten, sogar in solchen Krisenzeiten. Er war noch niemals arbeitslos gewesen und würde es mit Sicherheit auch nie werden. Aber sah er in ihr mehr als eine Kollegin, der er, vielleicht nur zum Zeitvertreib, Englischunterricht gab? Martha beantwortete diese Frage für sich selbst mit ja. Ihr weiblicher Instinkt ließ sie hier nicht im Stich. Dieser Kerner behandelte sie mit viel Respekt und voller Aufmerksamkeit, er schob das Ende ihrer Treffen stets unter tausend Vorwänden hinaus, und wiederholt hatte er sie zu einem gemeinsamen Theater- oder Kinobesuch eingeladen. Die Art, wie er all diese Dinge tat, empfand sie ganz und gar nicht als aufdringlich. Und dann wieder Karl! Er liebte sie aufrichtig. Daran bestand kein Zweifel. Er war ihr völlig ergeben. Natürlich mochte sie ihn auch sehr. War es tatsächlich nur ein Mögen? Martha erschrak. Liebte sie ihn wirklich nicht mehr mit der ganzen Kraft ihres glühenden Herzens? Warum bloß hatte sie den anderen nicht früher kennengelernt? Jetzt war sie nicht mehr frei. Karl hatte schon gewisse Rechte an ihr. Aber eigentlich bemitleidete sie ihn – und nun auch sich selbst.

Marthas Augen füllten sich mit Tränen, und im nächsten Moment wurde ihr zierlicher Körper von einem Weinkrampf erschüttert. Sie verbarg das Gesicht hinter beiden Händen und vergaß den anwesenden Karl.

Der hatte sich anfangs noch eine Antwort auf seine Worte erhofft und Martha erwartungsvoll angesehen, schwankend zwischen Sorge und Zuversicht. Dann bemerkte er mit Staunen, dass sie sich immer mehr in ihre eigenen Gedanken verstrickte. Aber welcher Art mochten diese sein? Immer klarer machte sich in seinem Verstand eine Erkenntnis breit: Martha rang mit sich selbst. Waren die Dinge schon so weit gediehen? Er beobachtete sie nervös mit ängstlich fragenden Augen. Wie würde dieser Kampf in ihrer Seele enden?

Als Martha schließlich in Tränen ausbrach, ließ Karl den Kopf sinken. Einen Moment lang wollte er sie umarmen, mit ihr mitweinen, sie trösten. Aber eine Ahnung hielt ihn zurück. Dann flüsterte er tonlos: »Verloren!« und stand auf. »Auf Wiedersehen, Martha!«

Wie traumwandelnd verließ er langsam die Wohnung. Kurz meinte er, er würde zurückgerufen. Aber nein, es war nur ein neues Aufflammen von Marthas Schluchzen.

* * *

Heinrich näherte sich, von seinem Nachtdienst kommend, schnellen Schrittes einem neuen, eindrucksvollen Haus in der Kopfstraße.

Es war eines der zahlreichen schönen, großen Gebäude mit hellen, menschenwürdigen Wohnungen für Arbeiter, die die Gemeinde Wien unter sozialistischer Verwaltung erbaut und die sich sowohl im Inneren als auch im Äußeren wohltuend von privaten Wohnhäusern für das einfache Volk unterschieden. Ganz offensichtlich stand hinter ihrer Errichtung nicht der Geist der Ausbeutung. Jedes Haus hatte einen großflächigen, begrünten Innenhof mit Bäumen und einem Kinderspielplatz. Jeder noch so kleine Raum empfing direktes Sonnenlicht. Viele Wohnungen hatten Balkone, die im Sommer mit Blumen geschmückt waren, in allen befanden sich Anschlüsse für fließendes Wasser, Gas und Strom und ein modernes WC. In einem Großteil dieser Häuser verfügten die Bewohner über gemeinsame Waschküchen mit Zentralheizung, Waschmaschinen, Wäschetrocknern und Bügeleinrichtungen. Aus Platzgründen konnte manches entfallen, aber ein heller, angenehmer Waschbereich und ein Trockenraum für die Wäsche waren immer vorhanden. Die Mieten waren sehr maßvoll gestaltet, sodass sie zur Verwaltung dieser Häuser und zu ihrer Erhaltung gerade genügten. Weder erstrebte die Gemeinde in diesem Fall Gewinne, noch musste sich das für den Bau aufgebrachte Kapital amortisieren, denn es stammte aus einer Sondersteuer, die zu einem großen Teil den Besitzenden abverlangt wurde. Es verwunderte also nicht, dass es der Wunschtraum vieler Arbeiterfamilien war, in einem solchen Gemeindebau zu wohnen, und dass dort die Lebensbedingungen trotz der allgemeinen Krise deutlich angenehmer und weniger deprimierend waren als in den Wohnklötzen, in denen es an Licht, Platz und lebensnotwendigen Einrichtungen mangelte.

Als Heinrich mit Frau und Kind von den Schwiegereltern auszog und in dieses Haus übersiedelte, waren alle überglücklich. Mit großem Eifer gestalteten sie ihr eigenes Heim, indem sie die aus einem Vorzimmer, einer Küche und einem ausreichend großen Zimmer bestehende neue Wohnung nach und nach möblierten, ausstatteten und schmückten. Heinrich und Erna, in Armut und Hoffnungslosigkeit aufgewachsen, waren leicht zufriedenzustellen, ja, tatsächlich glücklich zu machen. Durch Heinrichs Lohn hatten sie ein bescheidenes, aber regelmäßiges Einkommen, und sie sahen mit Freude ihren Sohn erblühen und stärker und gesünder werden. Sie verstanden sich blendend und führten ein Leben in freudvoller Harmonie.

Nur zwei Dinge trübten ihr Glück: die hartnäckige Krankheit, unter der Erna litt, und die fatale Lage, in der sich die Familie Weber befand. Ernas Behandlung verschlang Unsummen. Heinrich brachte für seine Frau gerne alles auf, was er nur konnte. Oft war es sie selbst, die ihn zurückhielt, sonst hätte er seine letzten Groschen für die Konsultation immer neuer Ärzte und für den Kauf immer teurerer Medikamente gegeben. Zudem unterstützte Erna ihre Eltern nach Möglichkeit und ließ ihnen im vollen Einverständnis mit ihrem Gatten zukommen, was immer für sie entbehrlich war. So kam es, dass die beiden trotz einfachster Lebensverhältnisse nicht nur außerstande waren, etwas auf die Seite zu legen, sondern große Mühe hatten, Schulden zu vermeiden.

Das letzte Unglück für Familie Weber, der Schlaganfall mit der darauffolgenden Lähmung des Vaters, hatte eine katastrophale Auswirkung auf Ernas Gesundheitszustand. Zudem hatte das schlechte Wetter der letzten Woche ihr Lungenleiden so verschlimmert, dass sie für einige Tage das Bett hüten musste.

In dieser Zeit blieben ihre Mutter und die Geschwister abwechselnd bei ihr, wenn Heinrich Dienst hatte. Sie erledigten für sie dringende Arbeiten und betreuten den kleinen Heinz – einen süßen, lockigen, sehr lebendigen Jungen, der sogar Anton zunehmend ans Herz zu wachsen schien. Der war nun häufig zu Gast bei seiner Schwester und spielte stundenlang mit dem kleinen Plappermaul. Heinz war etwa zwei Jahre alt. Seine großen, blauen Augen schauten wissbegierig in die Welt, und es entging ihnen nichts, während sein winziger Mund nicht aufhörte Fragen zu stellen. Im Gegensatz zu seinen Eltern war er sehr bewegungshungrig, und mit seinem lebhaften, lustigen Gebrabbel konnte er jederzeit die gramgebeugte Großmutter wie auch den oft schlecht gelaunten Onkel Anton aufheitern.

Am Abend des Vortages hatte Heinrich ausnahmsweise Frau und Sohn alleine in der Wohnung zurückgelassen, als er zum Bahnhof gegangen war. Während seines gesamten Nachtdienstes dachte er unablässig an die beiden und machte sich Vorwürfe, dass er nicht doch jemanden aus der Verwandtschaft gebeten hatte, die Nacht bei Erna, in seinem freien Bett, zu verbringen. Der Zustand seiner Frau gefiel ihm gar nicht, und sollte er sich verschlechtern, wäre sie völlig hilflos mit dem Kind. Kaum, dass ihn sein Kollege abgelöst hatte, beeilte er sich, nach Hause zu kommen.

Beim neuen Gebäude in der Kopfstraße angekommen, lief er voll Unrast durch den riesigen Hof, schneller als je zuvor. Erst als er in der Wohnung war und auf den ersten Blick alles in Ordnung fand, atmete er erleichtert auf. Seine beiden Liebsten schliefen, wie ihr regelmäßiger und klar hörbarer Atem verriet.

Heinrich schaltete kurz eine Taschenlampe ein: Der Kleine lag mit angezogenen Armen und Beinen und mit roten Wangen im Gitterbett. Welch süßes Bild!

Da schlug Erna die Augen auf. »Bist schon da?«, sagte sie leise.

»Ja, ich bin gelaufen. Ich hab kein gutes Gefühl gehabt. War irgendwas? Wie geht's dir denn, Schatz?«

»Danke, Heinrich. Eh schon besser. Ich werd heut vielleicht ein bissl aufstehen.«

»Spar dir deine Kräfte besser!«

Er legte den Mantel und die Proviantasche ab, die er noch immer in der Hand hielt, und wollte in der Küche Frühstück zubereiten. Aber es gab weder Milch noch Brot. Also ging er beides besorgen.

Gerade als er aus dem Haustor trat, wankte eine Gruppe Männer torkelnd und grölend an ihm vorbei. Mitten unter den Betrunkenen erkannte er seinen Schwager Anton.

Unverschämter Kerl!, dachte Heinrich voller Zorn. Er hat kein Einkommen, zu Hause herrschen die schlimmsten Zustände, aber er säuft und schlägt sich in Wirtshäusern mit so einem Gesindel die Nächte um die Ohren! Wo hat der nur das Geld her? Arme Schwiegereltern!

Wieder zu Hause stellte Heinrich in der Küche den Morgenkaffee zu und brachte seiner Frau das Frühstück ans Bett.

Jetzt war auch der Junge wach. Der Vater hob ihn auf den Nachttopf und zog ihn danach an. Zuerst wehrte sich der noch ganz verschlafene Bub dagegen, auf den Topf gesetzt zu werden.

Aber der Vater beruhigte ihn mit liebevollen Worten, bis der Kleine schließlich selbst voll Stolz verkündete:

»Eins nit Simmer lulu, Eins Toff lulu, Eins baff, sehr baff.»

Er konnte noch kein R aussprechen, und »brav« nannte man ihn immer, wenn er etwas gut gemacht hatte. Er hörte dieses Lob mit Freude und bedachte sich auch selbst gern damit.

Danach fütterte ihn der Vater, Löffel für Löffel, ihn von Zeit zu Zeit zum Essen ermunternd, aber auch bei Bedarf darauf hinweisend, dass er noch nicht alleine essen könne, sondern damit warten müsse, bis er größer sei. Aber dann würde der Vater ihm einen eigenen, wunderschönen Löffel kaufen – vorausgesetzt, er äße jetzt brav.

Heinrich tat das alles ganz selbstverständlich, mit reichlich Geschick und Geduld. Von ihm konnte sich manche Mutter etwas abschauen.

Dann heizte er ein, und erst, als es im Zimmer behaglich warm war, gestattete er Erna aufzustehen. Arbeiten ließ er sie nicht. Sie protestierte zwar, aber sie wäre dazu nicht wirklich in der Lage gewesen. Ihr Gesicht war kreidebleich und sie hielt sich kaum auf den Beinen. So spielte sie beim Ofen sitzend mit dem Kind.

Währenddessen brachte Heinrich die Wohnung in Ordnung und wusch das Geschirr. Er ging zur Kommode, öffnete eine Lade und stöberte darin.

Plötzlich wandte er sich mit einer Frage an seine Frau: »Erna, wo ist das Geld? Heut ist einiges zu zahlen: Der Gaskassier kommt, die letzte Rate für mein neues Gewand ist fällig – und auch der Zins für deine Mutter.«

»Das ist im Kuvert, dort, wo du's gestern hingetan hast.«

»Aber da ist kein Kuvert.«

Er suchte weiter. Erna schleppte sich zu ihm. Gemeinsam leerten sie die Schublade und räumten alles einzeln wieder ein: Zeugnisse, Rechnungen, Notizhefte, Fotos, Briefpapier und anderes. Aber das Kuvert mit dem Geld war nicht dabei. Erna wurde nervös.

»Reg dich nicht auf, Schatz, ich bitt dich«, versuchte Heinrich sie zu beruhigen, obwohl er selbst in Sorge war. »Denk einmal nach, hast du's nicht möglicherweise doch rausgenommen?«

»Nein, sicher nicht, Heinrich! Ich war in der letzten Zeit gar nicht am Kasten. Ich hab nicht einmal noch die paar Schilling aufgebraucht, die du mir vor ein paar Tagen gegeben hast.«

Systematisch durchsuchten sie die zweite Schublade, dann die ganze Kommode. Heinrich sah in allen Möbeln und in sämtlichen Hosen- und Rocktaschen nach. Schließlich durchforstete er jeden Winkel der Wohnung, in die sich das Kuvert verirrt haben mochte. Aber alle Mühe war vergeblich: Das Geld war und blieb verschwunden.

»Wie viel war's denn?«, fragte Erna endlich, völlig erschöpft von der nervenaufreibenden Suche.

»Na, fast ein ganzer Monatslohn: Ein bissl was über zweihundert Schilling.«

Da begann Erna zu weinen, tränenüberströmt schluchzte sie: »Heinrich, ich hab einen schrecklichen Verdacht. Der Anton war gestern Nachmittag da, und er hat an irgendeinem Kasten rumhantiert, als du nicht im Zimmer warst. Ich hab das aber gar nicht beachtet. Um Gottes Willen! Wer denkt denn an so was!«

Heinrich war bestürzt, und sofort fielen ihm die Betrunkenen ein, die mit Anton in der Früh am Haus vorbeigezogen waren. Jetzt war klar, woher das Geld für die nächtliche Zecherei stammte.

Aber Heinrich sagte zu seiner Frau: »Erna, wir sollten nicht voreilig sein mit einem derartigen Verdacht gegen deinen Bruder. Kann doch sein, dass das Geld noch auftaucht, obwohl ich nicht wüsst, wo's noch sein könnt. Wenn ich ehrlich bin, war's ein bissl unvorsichtig von mir, es einfach so in die Schublade zu legen.«

»Geh, sicher hat's mein Bruder gestohlen!«, stieß sie hervor. »Dem trau ich so was zu! Der undankbare Kerl!«

Als der kleine Heinz die Mutter weinen sah, lief er zu ihr und heulte aus Mitgefühl mit ihr mit.

»Beruhig dich, Schatz!«, tröstete Heinrich seine Frau und streichelte ihre tränennassen Wangen. »Auch wenn das für uns eine beachtliche Summe ist, ist es das Geld nicht wert, dass deine Gesundheit leidet wegen der Aufregung. Überleg lieber mit mir, wie's jetzt weitergeht!«

»Was willst denn machen, Heinrich?«, fragte sie, ihre Tränen trocknend.

»Na, zuerst einmal kein Wort zu irgendwem. Fremdes Mitleid bringt uns das Geld nicht wieder, und wenn deine Eltern davon erfahren, kränken sie sich und machen sich noch mehr Sorgen. Und dir ist eh klar, was das für deinen Vater bedeuten könnt. Wir müssen unsere Ausgaben einschränken. Nachher geh ich zu meiner Geschäftsleitung und frag um einen Vorschuss aufs nächste Gehalt an.«

Erna stimmte allem erleichtert zu. Sie schlang den rechten Arm um den Hals ihres Mannes und zog ihn an sich. Mit der Linken schnappte sie die Hand ihres Kindes, das ebenfalls von ihr gedrückt werden wollte.

»Du bist wie immer mein guter, gescheiter Mann«, sagte sie dankbar und liebevoll. »Wir kriegen das schon hin, gell, Heinrich?«

»Na sicher, Erna. Aber jetzt nimm schon den kleinen Schreihals zu dir. Der ist ja schrecklich eifersüchtig.«

Heinz hüpfte auf und ab, zog an der Hand der Mutter und schrie: »Mama, Eins nehmen! Nit Papa Bussi! Eins-Mama!«

* * *

In einer Laune, um die ihn niemand beneidet hätte, gepeinigt von nebulösen Ängsten, knotzte Anton in einem Polstersessel in einer hinteren Ecke des obskuren Volks-Cafés. Den Oberkörper hatte er halb über den Tisch gestreckt, auf dessen Platte er mit der linken Hand den Kopf abstützte, während die Finger der rechten unaufhörlich darauf trommelten. Seine Augen starrten durch das Fenster auf die enge, schon im abendlichen Dunkel liegende Straße. Erste Wohnungsbeleuchtungen und die Lichtkegel der Straßenlaternen spiegelten sich auf dem nassen Trottoir. Der Regen fiel dicht und wurde gelegentlich von Windböen gegen die Scheiben gepeitscht.

Das Café war fast leer. Da und dort saßen Zeitung lesende Männer, in der gegenüberliegenden Ecke wartete gelangweilt eine Prostituierte auf ihren Zuhälter, und in der Mitte des Saals spielten ein paar Männer auf einem reichlich abgewetzten Tisch Billard. Es versteht sich von selbst, dass die Gäste durchwegs der besitzlosen Klasse angehörten.

Anton saß bereits mehrere Stunden so da, dennoch stand erst die zweite Flasche Bier noch halbvoll vor ihm. Er war nicht zum Trinken hergekommen, sondern um in sich zu gehen, seine Ruhe zu finden und wieder einen klaren Verstand zu erlangen.

Kurz nachdem er die günstige Gelegenheit genützt und Schwager Heinrichs Geld gestohlen hatte, hatten sich in ihm heftige Gewissensbisse geregt. Er war erschrocken, als er die große Summe sah, die sich in dem Kuvert befand. Das war Heinrichs ganzer Lohn, mit dem die Familie einen Monat lang ihr Auslangen finden musste! Aber was hätte er tun sollen? Es reumütig zurückbringen? So hätte er nicht nur den gesamten Betrag wieder hergeben müssen, sondern sich obendrein noch eine beschämende Moralpredigt anhören können, denn das Geld unbemerkt in die Kommode zurückzulegen, war wohl kaum möglich. Vielleicht hatte man das Fehlen des Kuverts auch schon bemerkt.

Anton beschloss also, sich nicht von seinem Gewissen leiten zu lassen und begab sich ins Wirtshaus, um seine lästigen Skrupel zu ersäufen. Dort traf er »gute Freunde«, die ihn in Beschlag nahmen, kaum dass sie die Scheine bei ihm gesehen hatten, und ihn vom Bierlokal ins Kaffeehaus und von dort zur Weinhalle zerrten. Dabei war er gestern Früh von seinem Schwager gesehen worden und ein Schrecken war ihm in die Glieder gefahren. Als er nicht zur Rede gestellt wurde, fiel ihm ein zunächst großer Stein vom Herzen.

Die Sauftour ging über zwei Nächte und einen ganzen Tag, bis Anton sich schließlich gewaltsam seiner Kumpane entledigte, was in eine wüste Schlägerei mündete. Nach mehrstündigem, ziellosem Umherstreifen durch die Straßen war er wieder völlig ausgenüchtert. Er aß in einem einfachen Lokal zu Mittag und kam schließlich in dieses Café.

Die Hälfte des gestohlenen Geldes hatte er auf liederlichste Weise verprasst. Das Haushaltsgeld einer ganzen Familie für mehrere Wochen hatte er buchstäblich aus dem Fenster geworfen – oder genauer: in die Kassen von Wirten und Kaffeehausbetreibern.

Lange saß er so da, während er in seinem Kopf schwere Gedanken darüber wälzte, was er nun anstellen sollte, und Gewissensbisse ihm Schmerz und Verwirrung bereiteten.

Ja, was konnte er wirklich tun? Heimgehen? Unmöglich! Seine Eltern wussten sicher schon Bescheid. Anton war klar, dass Heinrich und die anderen in ihm nur noch den Dieb sahen. Aber das verbliebene Geld würde nicht lange reichen. Auch hatte er keine andere Kleidung bei sich als die, die er am Körper trug.

Er musste also etwas unternehmen! Aber er hatte große Mühe, seine Gedanken zu sammeln und sich auf eine Sache zu konzentrieren. So sehr er sich auch den Schädel zermarterte, er fand keinen Ausweg aus dieser misslichen Lage, in die er sich durch seine unüberlegte Tat gebracht hatte.

Bisher hatte er wenigstens ein Heim und tägliches Essen bei seinen Eltern gehabt. Zu ihnen konnte er nicht mehr zurück, ihnen konnte er nie wieder unter die Augen treten. Zum ersten Mal in seinem Leben stand er ohne Dach über dem Kopf da, und bald wäre er obendrein komplett mittellos ... Sollte er nicht doch zu seiner Schwester gehen und sagen: Schau, Erna, ich war dumm und gemein. Da ist, was noch übrig ist, nimm's und verzeih mir. Ich werd dir den Schaden ersetzen.

Aber nein, dafür war es zu spät! Sicher waren alle längst im Bilde, die Eltern und die Geschwister. Schon bisher hatte man in der Familie keine allzu hohe Meinung von ihm gehabt, und daran war er selber schuld, das wusste er. Aber jetzt? Was würden seine Angehörigen nun von ihm halten? Heinrich hatte den Diebstahl möglicherweise bereits angezeigt. In diesem Fall würde die Polizei nach ihm suchen, und ihm drohte Arrest. Aber das war unwahrscheinlich. Wenn man ihn verdächtigte, würde man das Fremden gegenüber nicht an die große Glocke hängen, um einen Skandal zu vermeiden. Dennoch: Was blieb ihm jetzt übrig? Er könnte das Leben bis zum letzten Groschen auskosten und sich dann selbst stellen. Unsinn! Er dachte für einen Moment sogar an Selbstmord, verwarf die Idee aber sofort wieder. Zum Abkratzen bleibt noch Zeit genug. Betteln? Nie! Besser stehlen und rauben!

»Verzeihung, der Herr!«, machte sich plötzlich ein Kellner beim Fenster zu schaffen. »Gestatten, dass ich den Vorhang zuzieh!«

Anton zuckte zusammen, als hätte man ihn auf frischer Tat ertappt.

Diebstahl wäre also seine letzte Chance, sich am Leben zu halten. Tausendfach verfluchte Welt! Ein Moralapostel war er ja nie gewesen, aber nur eine ausweglose Notlage würde aus ihm einen Verbrecher machen!

Er dachte an seinen Vater, der den ganzen Tag hilflos herumsaß. Was für ein kräftiger, gesunder Mann war das vor wenigen Jahren noch gewesen! Ihn hatte Anton stets aufrichtig respektiert. Jetzt war er ein Häuflein Elend, ruiniert durch die fürchterlichen Umstände. Hätte man ihn nicht so plötzlich aus seinem Arbeitsleben gerissen, hätte man ihn nicht hineingestoßen in ein Dasein voller Angst und Sorge, in dem er seine Familie und seinen eigenen Lebensabend von Hunger und Mangel bedroht sah, wäre er wohl bis zu seinem siebzigsten Lebensjahr gesund und kräftig geblieben, wie einst auch Antons Großvater.

Bitter war für Anton nicht nur die Vorstellung, dass seine Eltern ihn verfluchen und seine Geschwister ihn als Schandfleck der Familie verachten würden. Er wäre im schlimmsten Fall sogar schuld am Tod des Vaters.

Ach, zum Teufel! Wie gesagt: Seine Familie konnte ihm nicht helfen, also war er gezwungen, eigenständig zu handeln, ohne auf die Interessen anderer Rücksicht zu nehmen.

»Hallo, Anton! Soll dich der Teufel in der Luft zerfetzen!« Mit diesem netten Gruß stellte sich ein etwa dreißigjähriger Mann an seinen Tisch. »Dass man dich wieder einmal trifft! Du machst ein müdes Gesicht, als würdest du über die Unsterblichkeit der Maikäfer philosophieren! Wir haben uns lang nicht gesehen! Kriegst noch die Arbeitslose? Weil, ob du schon was gefunden hast, frag ich erst gar nicht.«

Anton war zunächst über das Erscheinen des Mannes gar nicht erfreut und richtete sich mit abweisender Miene in seinem Sessel auf. Doch bald fühlte er sich wohl bei dem Gedanken, vielleicht mit jemandem über seine Situation sprechen zu können. Dieser Jemand war Kurt Lechner, sein ehemaliger Arbeitskollege, ein Schrank von einem Mann, nicht dumm, aber faul. Gewissen oder Anstand schienen ihm fremd, doch er wusste oft Rat, wenn andere in der Klemme steckten.

Also reichte ihm Anton die Hand und sagte: »Servus, Kurt! Was machst du immer so? Mir geht's grad hundig. Ach, was red ich! Hundig? Nein, kein Hund war je in meiner Lage. Keine Arbeit, kein Geld, und jetzt, weil ich von zu Hause hab fortmüssen, auch noch obdachlos. Hol's der Teufel!«

»Na, na«, spöttelte Lechner, »für einen Mann gehört es sich nicht, dass er weinerlich und verzagt ist wie ein Kind, dem die Mutter weggestorben ist. Aber warum hast du abhauen müssen von daheim? Doch nicht nur wegen der schlechten Zeiten?«

»Ich hab mich gestritten ...«, antwortete Anton zögernd.

»Unter diesen Umständen nicht sehr schlau! Warst schon im Obdachlosenasyl? Wie lang bist jetzt fort von der Familie?«

»Zwei Tage. Bis jetzt bin ich auf der Straße herumgelaufen oder im Kaffeehaus gesessen. Meinst, sie nehmen mich im Asyl, auch ohne Ausweis?«

»Schwer. Du musst dir dringend Papiere besorgen, entweder deine oder neue. Ich schätz mal, du hast Geld mitgehen lassen, als du von daheim weg bist. Du könntest mir einen Kaffee und ein paar Zigaretten spendieren, ich bin grad gar nicht flüssig. Allerdings arbeit ich an einem Plan, der mich für einige Zeit von meinen finanziellen Sorgen befreien wird. Wenn du gescheit bist und nicht feig, kannst mitmachen. Halbe-halbe.«

Anton, zunächst angewidert von dem wichtigtuerischen Gerede, horchte interessiert auf. »Und was wär das? Doch nichts Riskantes?«

»Aber geh, es braucht nur ein bissl Mut und Geschick. Fast kein Risiko. Aber bevor wir die Einzelheiten besprechen, erlaubst mir, dass ich bestell. Herr Ober! Einen Kaffee mit Kuchen und ein paar Zigaretten!«

Lechner trank und aß genüsslich und still, was der Kellner heranschaffte. Anton beobachtete ihn forschend und überlegte, wie er es anschließend anstellen könnte zu zahlen, ohne preiszugeben, wie viel Geld er noch besaß. Er stand auf und ging aufs Klosett. Dort versteckte er den größeren Teil seiner Barschaft in der Hosentasche, nur wenige Schillinge im ledernen Geldbörsl lassend.

Als er wieder zurückkam, sagte er: »Also, Kurt, jetzt red ...!«

Der Freund sah sich prüfend um, rückte näher zu Anton und begann mit leiser Stimme: »Na gut, horch zu, Anton! Aber, bevor ich dir sag, worum's geht, versprich mir, du sagst keinem ein Sterbenswort über die Geschichte, wenn du nicht mitmachst. Wenn du quatschst und mir Probleme machst, das würd ich dir nie verzeihen. Verstanden?«

»Keine Sorge!«, Anton machte eine beruhigende Handbewegung. »Ich bin kein Schulbub mehr. Wenn mir deine Geschichte nicht zusagt, weiß ich einfach nichts davon.«

»Gut«, sprach der andere weiter. »Aber du musst wissen, ich steck selber in einem ausweglosen Schlamassel. Ich find keine Arbeit und komm auch sonst zu keinem Geld. Ich bin überall vom Pech verfolgt in letzter Zeit, ob ich gespielt hab oder gewettet, oder ob ich mein Glück bei den Frauen probiert hab. Und wegen einer Lappalie war ich zwei Monate im Häfen. Drum mach ich jetzt gleich was Größeres. Ganz zufällig kenn ich eine alte Trafikantin, der ich hin und wieder einen Gefallen getan hab. Ihr Geschäft geht wie geschmiert, und sie hat eine schöne Stange Geld. Aber sie ist furchtbar geizig und lebt in ständiger Angst vor einem Überfall. Drum trägt sie ihren Schatz immer bei sich. Zuerst hab ich mein Glück bei ihrer bildhübschen Tochter probiert, die ist eine Angestellte bei der Post. Eine Zuckermaus, sag ich dir! Aber die arrogante Schnepfe hat mich abblitzen lassen. Also hab ich andere Möglichkeiten ausgekundschaftet, an das Geld der Alten zu kommen, und hab herausgefunden, dass sie jeden Abend hinter verschlossener Tür und eisernen Rollbalken sitzt und ihre Scheine und Münzen zählt. Und dabei ist sie oft ganz allein! Das Mädel geht fast täglich aus und kommt nicht vor zehn Uhr heim.«

Lechner schwieg eine Weile und versuchte, in Antons Gesicht zu lesen. Dem mangelte es offenbar entweder an Interesse oder am Verständnis für die Sache. Er sah den Erzählenden fragend an und meinte: »Aha, und?«

Lechner steckte sich eine Zigarette an und sprach weiter, leiser als zuvor. »Folgendes: Wir schauen, ob und wann die Kleine fortgeht. Dann gehen wir zum Haus der Alten und klopfen an ihre Tür. Dann schaust du, dass du unter einem Vorwand in ihre Wohnung kommst. Dort bringst das Mutterl zum Schweigen – ich hab Chloroform –, und dann komm ich. Am Anfang darf mich nämlich keiner sehen, weil mich die Alte kennt. Wir schnappen uns alle Wertsachen und hauen ab. Klar, dass wir niemanden umbringen oder verletzen. Die Hauptsache ist, dass uns kein Nachbar sieht und die Frau nicht schreit. Du brauchst Gewand, das du anschließend verstecken kannst, und du musst dein Gesicht unkenntlich machen. Das ist mein Plan. Was sagst?«

Anton kratzte sich ungläubig im Nacken. Dann zündete er sich eine Zigarette an und sagte kopfschüttelnd: »Zu riskant! Wenn die uns schnappen, kriegen wir ein Jahr oder mehr. Und was, wenn uns die Alte abkratzt? Das geht schnell. Außerdem weiß ich nicht, ob ich für so was der Richtige bin. Ich hab bisher noch nichts Unanständiges gemacht.« Bei diesen Worten richtete Anton seinen Blick unwillkürlich zu Boden.

»Na gut«, sagte Lechner spöttisch. »Wenn du feig bist und nichts riskierst, dann geh eben betteln von Tür zu Tür. Und sogar dafür kannst eingesperrt werden. Überleg dir also meinen Vorschlag noch einmal, und wenn du nicht mitmachen willst, dann halt zumindest den Mund und erzähl niemandem, was du grad gehört hast!«

»Jetzt wart einmal, Kurt!«, antwortete Anton verunsichert, »ich hab noch ein paar Fragen!«

Anton wollte einiges wissen, äußerte seine Zweifel über dieses und jenes und sagte schließlich, nachdem Lechner ihn mit einleuchtenden Antworten von der relativ einfachen Durchführung überzeugt hatte: »Dann sei's so in Teufels Namen! Ich wollt nie ein Verbrechen begehen, aber die Umstände und die Menschen stumpfen einen ab. Wann geht's los?«

»Wenn du magst, gleich heut Abend. Nach meinen Beobachtungen ist die Trafikantin allein zu Hause.«

Anton zahlte die ganze Zeche und brach mit seinem Kameraden auf, wobei er seine Aufregung kaum im Zaum zu halten vermochte. Er hatte das unangenehme Gefühl, jeder müsse ihm ansehen, dass er etwas Übles im Schilde führte. Tief im Inneren fühlte er, dass er im Begriff war, sich auf eine Sache einzulassen, die ihm sein Leben verpfuschen konnte und die er am Ende bereuen würde.

5

Tick-tack, tick-tack! tickte schnarrend, laut und monoton die alte Wanduhr. Wenn man eine Zeit lang lauschte, fühlte man ganz unwillkürlich eine leichte Liderschwere. Ihre Zeitangabe war seit jeher eine eher ungefähre.

Und wie dieses Ticken heute hallte! Wohl, weil es sich seit Längerem um das einzige in der Wohnung der Familie Weber vernehmbare Geräusch handelte, so man den Straßenlärm und die fernen Schreie, die ab und zu gedämpft von draußen ins Zimmer drangen, aus Gewohnheit ausblendete.

Beim bereits abkühlenden Ofen saß, in kummervolles Brüten versunken, der alte Weber. Beiderseits neben ihm lehnten zwei Krücken an der Wand, bereit, ihrem Herrn zu dienen, sobald dieser aufstehen und fortgehen mochte. Die Pfeife in seinem Mund war unbemerkt erloschen.

Sein Herz war voll Bitterkeit, und seine Gedanken kreisten bald um den eigenen jämmerlichen Zustand, bald um das Schicksal seiner Angehörigen, in erster Linie um jenes von Anton. Der war vor ein paar Wochen spurlos verschwunden. Vielleicht war sein Aufenthaltsort den anderen ja bekannt, und sie wollten es ihm nur nicht sagen. Er erlebte sich als völlig hilflos, ja, ohnmächtig. Manchmal wollte er losheulen, so schrecklich abhängig war er von seiner Umgebung. Er musste alles glauben, was man ihm die Güte hatte mitzuteilen, und nehmen, was man ihm gab. Möglicherweise liebte der Vater unter seinen Kindern gerade den raubeinigen Anton am innigsten, weil er ihm am ähnlichsten war. Und es konnte gut sein, dass der etwas angestellt hatte und schon hinter Schloss und Riegel saß.

Anna strickte beim Fenster an einem Strumpf. Schwere, trübsinnige Gedanken plagten auch sie. Heute war ihr zweiunddreißigster Geburtstag. So wird man alt, drängte es in ihr hoch, und man hat nichts, wofür es sich zu leben lohnt. Ein wenig beneidete sie Erna um deren Glück. Diese hatte ein Heim, ein Kind und einen Ehemann mit fester Anstellung und Salär, war von Dingen und Menschen umgeben, denen sie Liebe schenken konnte, und sie erfuhr ihrerseits Zuneigung und Freude. Dass aber auch nichts wenigstens annähernd perfekt sein durfte! Denn Erna war krank, und es war beinahe absehbar, dass sie nicht mehr lange zu leben hätte. Anna selbst war auch nicht völlig gesund, und ein eigenes Kind wäre ihr wohl nie vergönnt, selbst wenn sie dereinst heiratete. Würde sie das je? Nun ja, vor ein paar Wochen hatte sie einen Chauffeur kennengelernt, einen kräftigen, gutaussehenden Mann, für den sie schon etwas empfinden könnte und der sie seinerseits offensichtlich sehr verehrte. Ihr Herz bebte vor Vorfreude auf ein spätes Liebesglück und sie träumte bereits von einer Hochzeit, einem eigenen Heim und allerlei schönen Dingen. Und sie bedauerte in dieser Lage, dass ihr die Mutterschaft versagt war. Was wird mein Geliebter dazu sagen?, dachte sie ängstlich. Als sie sich noch keine Kinder hatte wünschen dürfen, waren sie ungewollt in ihr Leben geplatzt ...

Aber – und fatalerweise drängt sich immer und überall dieses störende, ja *zer*störende »Aber« dazwischen – sie hatte vor kurzem erfahren, dass dieser Mann häufig trank, oft bis zu dem Punkt, an dem er sich nicht mehr unter Kontrolle hatte und zur gewalttätigen Bestie wurde. Das erschütterte sie, und sie wollte in ihrer Verzweiflung nichts mehr von ihm wissen. Sie sagte ihm das auch, doch er flehte sie an, ihn nicht zu verlassen. Sie wäre sein guter Engel, und er würde dem Alkohol abschwören, sich das verdammte Kartenspielen abgewöhnen, aus Liebe zu ihr ein völlig anderer Mensch werden und so weiter. Und nun saß Anna strickend beim Fenster, und ihre Gedanken schwankten zwischen Furcht und Hoffnung. Sie brachte es nicht über sich, den Mann gehen zu lassen, denn sie war überzeugt, dass sie nie wieder eine Chance bekäme zu heiraten, wenn sie diese hier nicht ergriffe. Andererseits beunruhigte sie die Aussicht auf ein kummervolles Leben mit einem unverbesserlichen, zu Handgreiflichkeiten neigenden Säufer.

Beim Tisch saß Karl mit einem Buch. Er las gerade nicht wirklich, denn er starrte seit über einer halben Stunde auf dieselbe Seite und kam nicht an ihr Ende. Mitten im Absatz weckte ein beliebiges Wort ein Bild in ihm, und seine Gedanken begannen ziellos abzuschweifen. In Wahrheit nicht ziellos, denn sie folgten mehr oder minder bewusst alle derselben Spur: den Schemen einer weiblichen Gestalt, die Karl in seinem Geiste immer wieder zu sich rief und die in Wirklichkeit zu treffen er heiß ersehnte, auch wenn er bisher nicht den Mut dazu aufbrachte.

An jenem Sonntag, an dem er Martha in der Überzeugung verlassen hatte, dass sich zwischen sie und ihn ein anderer Mann gedrängt hatte, war Karl noch lange durch die Straßen gelaufen, bis er sich schließlich ein wenig beruhigte. Sein tobender Schmerz begann einer hoffnungslosen Resignation zu weichen. In diesem Moment empfand er nichts als gähnende Leere in seinem Inneren, und die Sinnlosigkeit des Daseins erschien ihm derart unerträglich, dass er in Betracht zog, alldem ein Ende zu setzen. Selbstmord. Dieser Gedanke war ihm tröstlicher als jeder andere, und beinahe genussvoll sann er über Mittel und Wege, sich das Leben zu nehmen.

Vielleicht hätte er seine unglückselige Absicht in die Tat umgesetzt, hätte er sie in seiner Unentschlossenheit nicht stets aufgeschoben. Nach einigen Tagen, in denen er jeden Kontakt mit der geliebten Frau vermieden hatte, gewann er wieder Zuversicht. Er setzte seine Lage in Vergleich zu dem Elend der Obdachlosen, die immer wieder in den kleinen Hof des Hauses kamen, um singend und musizierend zu betteln, nur dürftig bekleidet bei Frost und schlechtem Wetter. Er sah seinen Vater die ihm auferlegten Qualen erdulden, und er beobachtete in mitleidiger Bewunderung Blinde, Krüppel und andere vom Schicksal Geschlagene, die derart selbstverständlich weiterlebten, als ob sie noch irgendetwas erwarten durften. Er aber hatte noch Aussichten im Leben! Er war jung und gesund, und die Umstände konnten nicht immer so trist bleiben – und wer wusste, ob er nicht früher oder später Marthas Liebe würde zurückerobern können! Er hegte die Hoffnung, dass sie einst reumütig zu ihm zurückkehren, dass sie diesen Kerner als schamlosen Blender entlarven würde, der ihm trotz all seiner scheinbaren Vorzüge nicht das Wasser reichen konnte.

Schließlich begann Karl mit langen Spaziergängen, weil er hoffte, auf diese Art Martha zu begegnen. Wenn er sie irgendwo erblickte, ging er, Augenkontakt meidend, in einigem Abstand an ihr vorüber, und wartete darauf, dass sie ihn anriefe. Doch dazu kam es nicht, ganz im Gegenteil: Martha wandte ihrerseits den Kopf ab und beschleunigte die Schritte. Nach solchen Fehlschlägen verfiel er stets in grenzenloses Selbstmitleid und beschloss, künftig jedes Aufeinandertreffen zu vermeiden, bis die Sehnsucht ihn erneut zu genau dem gleichen Spiel trieb, das er allerdings kaum ertrug. Seine Angehörigen, denen sein blasses und unglückliches Aussehen nicht entging, erkundigten sich wiederholt nach dem Grund und vermuteten gar eine Krankheit dahinter.

Tick-tack, tick-tack! ging die Wanduhr unermüdlich. Doch für Karl klang das etwas anders: Weg-weg, weg-weg! Und in diesem monotonen Klackern hörte er einmal ein hartes, gnadenloses Urteil, einmal bissig-bösen Spott und ein andermal die wohlgemeinte Mahnung: »Aus ist aus, vorbei, verlor'n! Jetzt lass sie los und schau nach vorn!«

Die Vergangenheit loslassen, die so schön war? Karl dachte an die erste Zeit seiner heimlichen romantischen Beziehung zu Martha, an den ersten gemeinsamen Ausflug. Seine Vorstellungskraft ließ ihn all diese süßen Stunden mit der Geliebten noch einmal erleben. Bis ins kleinste Detail käute er ihre gemeinsam erdachten Zukunftspläne wieder: Wie sie ihr Zuhause einrichten wollten, wie sie sich vorgenommen hatten, zu wandern und zu reisen, um miteinander die Schönheiten der Natur zu genießen, und wie sie, etwas später, ihre Kinder erziehen wollten. Sie hatten sich zum Ziel gesetzt, alles in perfekter Harmonie zu gestalten, sämtliche Lasten des Alltags gemeinsam zu tragen, jede Freude miteinander zu teilen und sie auf diese Weise zu verdoppeln. Ihre Ehe sollte beispielhaft sein. Und das alles blieb nun Illusion. Es würde niemals geschehen.

Lautes Pochen an der Wohnungstür und schrilles Klingeln rissen Anna und Karl jäh aus ihren Gedanken. Auch Herr Weber erwachte aus dem seichten Schlaf, der ihn seit einiger Zeit umfangen hatte. Die Pfeife fiel ihm aus dem Mund, schlug laut auf dem Boden auf und zersprang in drei Teile.

»Was ist los?«, fragte er erschrocken, noch nicht ganz munter.

»Es kommt jemand«, antwortete Anna beunruhigt, während Karl schon in die Küche lief, um die Wohnungstür zu öffnen.

»Guten Tag!«, grüßten zwei fremde Männer synchron und betraten ohne weitere Umstände geradewegs die Wohnung, den verdutzten Karl zur Seite schiebend. »Sind wir hier richtig bei Familie Weber?«, fragte einer, »genauer: bei Herrn Anton Weber?«

»Ja, meine Herren, mein Vater sitzt drinnen. Kommen Sie bitte mit.«

Karl bemerkte mit einigem Unwohlsein die abwägenden Blicke, mit denen sie alles musterten. Im Zimmer drehte sich einer der beiden Fremden zu Herrn Weber.

»Wir sind von der Kriminalpolizei, hier mein Ausweis.« Er hielt einen kurzen Moment lang eine Karte mit Foto vor die Nase des völlig verstörten Alten. »Wir müssen Sie zunächst bitten, uns ein paar Fragen zu beantworten.«

»Natürlich, meine Herren!« Herr Weber hatte Mühe, nicht zu stottern. »Fragen Sie nur. Anna, stell Sesseln her für die Herren!«

Anna und Karl brachten die zwei freien Stühle, die sich noch im Zimmer befanden. Die Polizisten setzten sich nach einigem Zögern, die Geschwister blieben stehen.

»Zuerst«, begann einer der Beamten, »sagen Sie uns, wo sich Ihr Sohn Anton aufhält.«

Der alte Weber erschauerte. Also suchten sie seinen Buben! Tausend schlimme Gedanken rasten ihm durch den Kopf.

»Das ist mir wirklich nicht bekannt, verehrte Herren. Er war schon zwei oder drei Wochen nicht da.«

»Warum haben Sie sein Verschwinden nicht bei der Polizei gemeldet? Sie wissen doch sicher, dass ein Umzug oder ein längeres Fortbleiben vom ordentlichen Wohnsitz beim Meldeamt anzuzeigen ist.«

»Wir haben doch gehofft, dass der Anton wieder zurückkommt.«

»Warum ist er fortgegangen?«

»Weil ... weil ... das weiß ich selber nicht so genau. Wir sind alle ohne Arbeit, die Not wird immer größer, da gibt's schon ab und zu Reibereien in der Familie.«

»Na schön. Und Sie haben nichts mehr von ihrem Sohn gehört?«

Bei dieser Frage richtete auch der zweite Polizist, der bisher scheinbar teilnahmslos zugehört hatte, scharfe, prüfende Blicke auf das Mienenspiel Webers und seiner Kinder.

Die Antwort kam ohne Zögern: »Nein, meine Herren, ich hab nichts mehr von ihm gehört seit er weg ist.«

Die Polizisten wechselten einen kurzen Blick und erhoben sich. »Auch wenn wir Ihnen das glauben, Herr Weber, wir müssen trotzdem die unangenehme Pflicht erfüllen und uns in Ihrer Wohnung nach Ihrem Sohn oder verdächtigen Gegenständen umsehen. Hier ist der Gerichtsbeschluss für eine Hausdurchsuchung.«

Vor Webers Augen begannen Buchstaben zu tanzen, lösten sich vom Papier und wurden größer und größer. Sein Blick verdunkelte sich und, seine letzten Kräfte sammelnd, fragte er: »Was hat er denn angstellt, mein Bub?«

Wieder beobachteten die Polizisten die anderen drei mit forschendem Blick.

»Haben Sie nicht von dem Raub gelesen?«, antwortete einer, »den zwei Spitzbuben in der Trafik von der Emma Kratky vor drei Wochen in Ottakring begangen haben? Dabei ist das bedauernswerte Opfer schwer verletzt worden, beinah ermordet. Ein Täter ist schon gefasst. Und er beschuldigt Ihren Sohn der Komplizenschaft.«

»Unmöglich! Der lügt!«, riefen Anna und Karl wie aus einem Mund, während ihr Vater mit einem Seufzer des Schmerzes nach vorne kippte und, bevor jemand eingreifen konnte, plump zu Boden fiel.

Sofort halfen alle zusammen, den kaum hörbar röchelnden alten Weber aufzuheben und aufs Bett zu legen. Ein Beamter öffnete seine Kleidung, der andere brachte ihm frisches Wasser und schickte Karl um einen Arzt.

Anna begann zu weinen und war nicht mehr zu halten. In diesem Moment kam Frau Weber nach Hause, die den Nachmittag bei Erna verbracht hatte. Anna lief sofort auf sie zu und berichtete ihr heftig schluchzend, was eben geschehen war.

Ansatzlos stimmte Frau Weber in die Klage ein und begann über Anton herzuziehen, der an allem schuld wäre und von dem sie schon lange gesagt hätte, er würde noch Unglück über die ganze Familie bringen, und sie hatte auch Schimpftiraden für die rücksichtslose Polizei, die nicht einmal einen Schwerkranken verschone, für den jede Aufregung bedrohlich sei.

Schließlich gelang es einem Beamten, die Frauen ein wenig zu beruhigen, indem er mit fester Stimme anordnete: »So, liebe Frau. Sie kümmern sich jetzt um den Ohnmächtigen! Befeuchten Sie von Zeit zu Zeit seine Schläfen und entkleiden Sie ihn vollständig. Bald ist ein Arzt bei Ihnen. Und Sie, Fräulein, sind so gut und helfen uns bei der Amtshandlung. Öffnen Sie bitte alle Schränke und Kästen.«

Die beiden Polizisten durchsuchten die Möbel und die Winkel der Wohnung nur sehr oberflächlich. Schon nach wenigen Minuten gingen sie wieder, nahmen aber ein paar von Antons persönlichen Dingen mit, darunter einige Fotos.

* * *

Martha Groner stand vor dem Wandspiegel und machte sich sorgfältig zum Ausgehen bereit. Sie hatte ihr bestes Kleid angezogen, dessen Schnitt der letzte Schrei war, lang, mit üppigem Faltenwurf und pompösem Zierrat. An den Füßen hatte sie neue Stiefel, hoch und modern, wenn auch ein wenig derb. Derartiges trugen die Damen seit einigen Saisonen, zu Anfang vermutlich als Schutz vor dem Schnee, aber mittlerweile auch bei trockenem, mildem Winterwetter.

Ihren Kopf bedeckte ein ziemlich ausgefallener, moderner Hut mit einer Schmuckfeder. Abschließend zupfte sie die Locken zurecht, die unter dem Hutrand hervorhingen, und lächelte ein letztes Mal, offensichtlich sehr zufrieden, ihrem Spiegelbild zu. Dann warf sie den Mantel über, der gerade bis zur Wade reichte und zum deutlich längeren Rock einen seltsamen Kontrast bildete. Aber – nicht auf die Mode geschimpft! Sie war, sie ist und sie wird immer sein. Auch wenn viele sie missbilligen, erliegen sie ihrem Ruf dann doch auf die eine oder andere Weise.

Die Uhr schlug zwei.

»So, Mamsch«, sagte Martha zu ihrer Mutter, die in der Küche das Mittagsgeschirr spülte, »ich geh jetzt. Mach dir keine Sorgen, wenn's heut abend später wird. Wir gehen ins Kino, einen Film schauen. Der soll sehr sehenswert sein, wie ich gehört hab.«

Ein Seufzer war Frau Groners ganze Antwort.

Die Tochter sah sie einen Moment lang ratlos an.

»Wenn dir langweilig ist, Mamsch, dann dreh das Radio auf oder lies eins von den Büchern, die ich gestern gebracht hab! Besser wär's natürlich, du würdest auch ein bissl weggehen. In letzter Zeit sitzt du nur mehr zu Haus. Soll ich dir das Radio vielleicht gleich aufdrehen, damit du ausländische Musik hören kannst? In Wien haben sie das Senden eingestellt.«

»Nein, lass, Martha! Mir tut der Kopf weh, und ich will den Apparat gar nicht sehen, weil er mich immer an den armen Karl erinnert. Er ist so ein guter Bub und hat das Unglück nicht verdient. Wie er immer traurig und scheu durchs Haus schleicht! Und so hat er dich mögen, und so gut war er zu uns!«

Martha stand schon in der Tür, lauschte aber noch den Worten der Mutter. Sie senkte den Kopf.

»Ich kann halt auch nichts machen, dass mir ein anderer besser gefällt als er. Und er hat ja mich verlassen, nicht ich ihn. Außerdem, oft weiß ich selber nicht, was ich tun soll, weil mich so eine Sehnsucht packt nach ihm. Aber er geht mir aus dem Weg. Und wenn du den Kerner kennen tätst, würdest mich sicher verstehen und würdest auch sehen, dass der besser ist. Er ist so höflich, gebildet, fesch und temperamentvoll, er hat Arbeit und ...«

»Hör schon auf!«, unterbrach die Mutter die Lobeshymne. »Ich will nichts hören von ihm, und kennenlernen will ich ihn schon überhaupt nicht.«

»Aber Mamsch!«, in Marthas Stimme schwangen Ärger und Trotz mit. »Du selber hast gesagt, ich soll mich nicht mit dem Karl treffen, sondern mit einem andern, der nicht so ein Grundler ist.«

»Da hab ich den Karl noch nicht gekannt!«

»Und jetzt kennst den Kerner nicht! Der Karl ist eh arm und kann nichts dafür, aber jetzt ist auch noch sein Name angschwärzt wegen seines Bruders, der eingsperrt ist, weil man ihn für einen Verbrecher hält.«

»Schluss jetzt, Martha!«, ereiferte sich die Mutter. »Schäm dich, so zu reden! Nur dumme und böswillige Leut sprechen einem die Ehre ab wegen der Gaunereien von einem Verwandten. Mich plagen fürchterliche Vorahnungen wegen dir, und mein Gefühl hat mich noch nie getäuscht.«

Martha war betroffen.

»Mamsch«, flehte sie, »mach's dir selber und mir nicht so schwer! Ich hab dich sehr lieb, meine einzige Mamsch du, und ich weiß, und ich bin dir dafür dankbar, dass du immer nur des Beste willst für mich. Aber das verstehst halt nicht. Mach's gut, auf Wiedersehen!« Sie ging zur Mutter, die über eine Waschschüssel gebeugt stand, und küsste sie auf die Wange. Dann verschwand sie rasch, um keine Erwiderung mehr entgegennehmen zu müssen.

Leidige Geschichte! Beim Anziehen war sie in einer so heiteren Laune gewesen! Die ganze Zeit hatte die Vorfreude auf den heutigen Nachmittag mit Kerner sie erfüllt, und jetzt, unmittelbar vor dem Treffen, war sie in der Stimmung, sich zu verkriechen und zu heulen.

Wie viel Bitternis hatte Martha erfahren, seit sie Kerner kennengelernt hatte! So sehr sie es auch versuchte, sie konnte sich über ihre Gefühle nicht klar werden. Wenn sie an Karl dachte, an die glücklichen Stunden mit ihm, an den Halt, den er ihr in vergangenen schweren Tagen der Not geboten hatte, und ihn sich jetzt in seiner Trauer und Verzweiflung vorstellte, tat ihr das tief im Herzen weh. Dann war es ihr, als würde die schattenhafte Erinnerung an ihren ersten Geliebten und an die Erlebnisse mit ihm sie für immer verfolgen und ihr nie gestatten, mit einem anderen glücklich zu werden. Alles wäre ganz anders, wenn Karl besser dastünde, wenn er sein eigenes Auskommen hätte, damit er an eine Hausstandsgründung denken könnte. Dann wäre auch sein Auftreten selbstbewusster, heiterer und männlicher. Warum war die Welt so ungerecht, so schlecht eingerichtet, dass ein junger, intelligenter und warmherziger Mensch wie Karl keine Chance bekam? Warum wurde jemand, der schon ohne eigenes Zutun zu einem armseligen, untätigen Dasein verdammt war, noch darüber hinaus vom Schicksal verfolgt? Es war schrecklich, aber eine Tatsache: Not schafft Not, und Leid schafft Leid. Die Arbeitslosigkeit traf Karl nicht nur, indem sie ihn von allen Genüssen des Lebens ausschloss und seine Zukunft verdüsterte, sie war mit Sicherheit auch daran schuld, dass sein Bruder auf die schiefe Bahn geraten war und sein Vater gelähmt zu Hause saß.

Der Lärm, mit dem die Trambahn vor Martha zum Stehen kam, riss sie aus ihren trüben Überlegungen. Erst jetzt fühlte sie die klirrende Kälte, die trotz der Wintersonne herrschte. Diese, schon tief unter den südwestlichen Horizont gefallen, schickte ihre dürftigen Strahlen aus einer weiten Ferne, und der frostige Dezemberwind fegte durch die Straßen.

Martha blickte auf die Uhr: Es war kurz vor drei. Da sollte sie am vereinbarten Treffpunkt sein. Aber die Elektrische war so lange nicht gekommen! Eine Verspätung ist unangenehm, noch dazu, wenn man weiß, dass der andere in der Kälte wartet. Sie würde sich schon irgendwie herausreden. Jetzt wollte sie nur ihre Unbeschwertheit wiederfinden, sonst könnte sie am Ende noch den ganzen Nachmittag mit ihrer schlechten Laune verderben.

Angestrengt versuchte sie sich auf das Treffen mit Kerner einzustimmen. Es war das erste Mal, dass sie seiner Einladung Folge leistete, mit ihm einen ganzen Sonntagnachmittag zu verbringen und am Abend mit ihm ein Kino zu besuchen. Freilich war sie schon an vielen Samstagen mit ihm zusammen gewesen, aber doch jeweils bloß ein paar Stunden. Und bisher hatte sie sich mit ihm immer nur zum Lernen verabredet, auch wenn sie danach alles Mögliche unternommen hatten, etwa Kaffeehaus-Spiele, Spaziergänge in Schönbrunn oder Praterbesuche. Heute traf sie sich mit Kerner ohne jeden Vorwand.

Ihre Bande zu Karl waren zerrissen. Als er damals von ihr gegangen war, hatte sie mit seiner baldigen Rückkehr gerechnet. Sie hatte Tag um Tag, Woche um Woche gewartet, dass er sich persönlich oder per Brief bei ihr melden würde. Das war oft ihr sehnlichster Wunsch gewesen, doch immer musste sie feststellen, dass es wieder Abend geworden war, ohne dass Karl seinen Anspruch auf sie geltend gemacht hätte. Also verzichtet er auf mich, hatte sie gedacht, zunächst in gekränktem Stolz, dann mit grimmiger Befriedigung. Nie wäre Martha draufgekommen, dass es an ihr läge, den ersten Schritt zu tun, da er sie blutenden Herzens für sich verloren glaubte, und dass sie es war, die ihn auf Distanz hielt, indem sie jeder noch so zufälligen Begegnung mit ihm aus dem Weg ging. Als sonderbar empfand sie bloß, dass sie in der Lage war, derart ungerührt an ihn und die gemeinsamen Zeiten zu denken. Hatte sie sich so sehr geirrt, als sie sich unsterblich in ihn verliebt glaubte?

Kaum war Martha ausgestiegen, erschien auch schon Kerner. Er, einen Kopf größer als Martha, etwa vierunddreißig Jahre alt und elegant gekleidet, reichte ihr seinen Arm. Sein glattrasiertes Gesicht war von erstaunlicher Ebenmäßigkeit, seine Züge verrieten Ruhe und Selbstbeherrschung, wenn sie auch ein wenig verlebt und verbraucht wirkten. Die dunklen Augen blickten fordernd, stets begleitet von einem verständnisvollen, wohlwollenden Lächeln. Seine ebenfalls dunklen Haare waren glatt zur Seite gescheitelt.

»Jetzt sind Sie doch noch gekommen, mein liebes Fräulein!«, sagte er in fröhlichem Ton, während er sie durch den dichten Straßenverkehr auf dem Museumsplatz führte. »Ich hab schon geglaubt, Sie können Ihre Zusage nicht einhalten.«

»Pardon«, antwortete Martha entschuldigend, »dass ich Sie zu lang hab warten lassen. Die Mutter ist ein bissl leidend, drum hab ich noch was herrichten müssen, bevor ich hab gehen können.«

»Sie brauchen sich überhaupt nicht entschuldigen, Fräulein! Frauen haben halt einmal das Privileg, sich verspäten zu dürfen. Und ich find es beachtlich, dass Sie sich um Ihre Mutter kümmern.«

Sie mit höflichem und geistvollem Geplaudere erheiternd führte er Martha durch die Breitestraße Richtung Stadtzentrum und schließlich in einen Hausflur.

Im zweiten Stock hielt Kerner mit einem Mal inne und sagte: »Ach so, ich hab ganz vergessen: Meine Eltern sind heut nicht daheim, drum sind wir allein in der Wohnung. Ich würd es natürlich verstehen, mein sehr verehrtes Fräulein Martha, wenn es Ihnen nicht recht wär, sich mit mir, einem fremden Mann, zu zweit in einem geschlossenen Raum aufzuhalten. In dem Fall bitt ich um Verzeihung und begleite Sie in ein Kaffeehaus oder wohin immer Sie wollen. Aber wenn Sie mir so weit vertrauen, dass Sie mit mir hineingehen, dann könnten wir nach Herzenslust Musik machen, singen und uns bis zum Abend unterhalten, bevor wir ins Kino gehen. Ich bin ein Ehrenmann und die Welt samt ihrer Klatschsucht wird über uns beide heut nicht das Geringste erfahren.«

Martha war verunsichert und überlegte einen Moment. Hätte er nichts gesagt, hätte sie sich nicht lange den Kopf zerbrochen über die Schicklichkeit oder Unschicklichkeit dieser Situation. Sie liebte ihn doch, und soweit sie es beurteilen konnte, er auch sie. Früher oder später würden sie einander ihre Gefühle gestehen, warum also nicht hier und jetzt? Aber seine Worte hatten sie zum Nachdenken gebracht. Konnte man die Umstände grundsätzlich als verwerflich betrachten? Dann würde ihr Ansehen bei ihm möglicherweise Schaden nehmen, wenn sie seinem Vorschlag ohne weiteres nachkam. Aber er klang aufrichtig und ruhig, und sein Blick war dabei einfach nur fragend.

»Ich vertraue Ihnen völlig«, antwortete Martha nach kurzem Zögern.

»Herzlichen Dank, Fräulein Martha!«

Kerner sperrte die Wohnungstür auf und führte sie durch den Vorraum in einen Salon, der auch als Esszimmer dienen konnte und es vermutlich auch tat.

Dort nahm er ihr Mantel und Hut ab und schlug ihr vor, die Zeitungen und Magazine auf dem großen Tisch in der Mitte des Salons durchzusehen. Er wollte in der Zwischenzeit den Gasofen anheizen, weil es sonst zum Sitzen zu kalt wäre, und in der Küche Tee zubereiten.

Plötzlich wurde Martha nervös, und Unbehagen machte sie schauern. Oder war es nur die Kälte? Sie blätterte ein paar Hefte durch, aber die Bilder darin drangen nicht in ihr Bewusstsein. Sie musste an ihre Mutter denken – was sie wohl gerade machte? – und an deren letzte Worte. Jetzt beschlich sie eine Unruhe, und das Gefühl überkam sie, dass das, was sie tat, möglicherweise falsch war, verboten, vielleicht gar der Beginn eines furchtbaren Verhängnisses.

Als Kerner schließlich mit dampfendem Tee und diversen Bäckereien zurückkam, wurde ihr wieder leichter. Mit seinen teils witzigen, teils spannenden Erzählungen vertrieb er ihre angstvollen Gedanken.

Sie tranken Tee, naschten Süßigkeiten und plauderten über Vorfälle im Büro, über das Wetter, das den Wintersportler Kerner so ganz ohne Eis und Schnee nicht wirklich glücklich machte, über Literatur – Martha hatte schon zahlreiche Bücher gelesen, aber was Kerner über alte und neue Schriftsteller wusste, beeindruckte sie sehr – und schließlich über Musik.

»Können Sie tanzen, Fräulein?«, fragte er sie.

»Nein, aber das war mir auch noch nie ein Bedürfnis.«

»Na, ich bin auch kein passionierter Tänzer, obwohl ich schon Komplimente gekriegt hab für meine, wie die Leute sagen, saubere Tanzerei. Ich mein aber, der Mensch muss alles können und überall mitmachen, so gut er kann. Drum rat ich Ihnen: Lernen Sie tanzen, ob's Ihnen nachher zusagt oder nicht.«

»Ich hatt doch keine Gelegenheit.«

»Gelegenheiten gibt's immer. Wenn Sie wollen, geh ich mit Ihnen einmal in die Tanzschule oder auf einen Ball.«

»Sie sind so aufmerksam!«, strahlte Martha, und Kerner meinte, ein wenig Koketterie in Ihren Worten zu bemerken. »Sie bringen mir einfach so Englisch bei, Sie wollen mir Musikstunden geben und helfen mir, dummen Gans, die große Welt kennenlernen, im Büro und privat. Wie soll ich Ihnen für Ihre selbstlose Mühe denn danken?«

»Ach was! Ich bin gar nicht so selbstlos wie Sie glauben!« Lächelnd schüttelte er den Kopf. Und, ernster werdend, sprach er weiter: »Alles das – was übrigens nicht der Rede wert ist – mach ich gern, weil ich Sie mag, Martha. Ich hab Sie vom ersten Moment an mögen, als ich Sie gesehen hab, mehr als jede andere bis zu dieser Stunde. Und ich mag Sie nicht nur, ich hab mich ganz und gar in Sie verschaut, wertes Fräulein, wie sich ein Mann nur in eine Frau verschauen kann.«

Er sagte das sanft, mit ungewöhnlicher Herzenswärme in der Stimme, jedoch ohne äußerlich erkennbare Gemütsregung. Im ersten Moment war Martha von seinen Worten etwas überrascht und verunsichert – so hatte sie sich ein Liebesgeständnis nicht vorgestellt –, doch bald durchströmte sie ein verwirrendes Glücksgefühl und sie senkte den errötenden Kopf.

»Magst du mich auch, vielleicht sogar ein bissl mehr als das, Martha? Oder hab ich mich getäuscht mit dem Gefühl, dass ich dir auch nicht ganz gleich bin, dass meine Zuneigung ein Echo gefunden hätt in deinem Herzen?«

Sein Ton war mehr flehend als fragend.

Beinahe hätte Martha sich ihm an den Hals geworfen und losgeweint, aber sie beherrschte sich und flüsterte: »Nein, du täuscht dich nicht, Arthur! Ich hab dich sehr gern.«

Er zog sie an sich, küsste sie auf die Lippen und streichelte ihre Wangen. So verbrachten sie einige Zeit in stiller Umarmung. In Marthas Brust rangen widerstreitende Gefühle. Sie presste sich an ihn, als wollte sie bei ihm Schutz suchen vor einem sie verfolgenden Schatten und vor ihrem Gewissen.

Da machte sich Kerner behutsam frei und stand auf. Er drehte im dunkel gewordenen Zimmer das Licht an, ging zum Schrank und kam mit einer Zither zurück. Und dieses schöne, reich verzierte Instrument hielt er Martha jetzt entgegen.

»Da, für dich, als Erinnerung an die erste Zeit unserer Liebe! Ich bring dir das Spielen bei.«

Außer sich vor Freude bat Martha sofort um die erste Lektion. So verbrachten sie lange Zeit mit Grundübungen des Zitherspiels. Martha erwies sich als gelehrige Schülerin, und Kerner erklärte mit Eifer, aber geduldig, korrigierte sanft, wenn nötig, und ermunterte durch Lob. Schließlich sang er selbst einige Lieder, sich auf dem Klavier begleitend, das in einer Ecke des Zimmers stand.

Es war schon spät am Abend, als sie schließlich die Wohnung verließen, um ins Kino zu gehen.

Wie in einem Traum bewegte sich Martha an der Seite ihres Begleiters. Kaum spürte sie die beißende Kälte und ihr Blick gewahrte weder die Sterne am Himmel noch die vielen dahineilenden Menschen am Gehsteig. Sie lauschte mit Vergnügen den zärtlich schmeichelnden Worten des

Mannes, den sie über alles schätzte und bewunderte, und im Traum malte sie sich eine herrliche, eine sichere Zukunft an seiner Seite aus.

Da fuhr sie jählings zusammen. Sie wandte sich um, und ein Schreck durchzuckte ihren Körper. Bei der Tramway-Station stand Karl. Er fixierte sie steinern und grüßte mit kaum wahrnehmbarem Kopfnicken und einem bitteren Lächeln.

»Was hast du, Liebling?«, fragte Kerner, ihre plötzliche Unruhe fühlend.

»Nichts, Arthur«, antwortete Martha und verbarg ihre Aufregung so gut sie konnte, »mir ist nur etwas kühl geworden.«

»Wir sind eh bald im Warmen. Da vorne an der Ecke ist schon das Kino.«

Marthas fröhliche Stimmung und das Glücksgefühl waren verflogen. Sie blieb, trotz aller Mühe sich zu beruhigen, zerstreut und nervös, die ganze Zeit des Wartens über und auch während des Films.

»Vielleicht hast du dich erkältet, Martha«, sagte Kerner, als sie das Kino verließen, »weil wir ganz abrupt aus der überheizten Wohnung in den kühlen Abend hinausgegangen sind. Hoffentlich nichts Schlimmes! Ich bring dich mit einem Auto heim.«

Er rief ein Taxi, das die beiden zum Haus Turmstraße Nummer 4 fuhr.

* * *

»Ach du lieber Himmel! Mein Vater, mein lieber Vater! So plötzlich verlässt du uns für immer, und ich hab dich schon so lang nicht gesehen! Warum hab ich dich nicht besucht in den letzten Tagen? Warum hab ich auf die anderen gehört, hab auf meine unwichtige Gesundheit geschaut und bin zu Haus geblieben! Jetzt hat dich der Tod für immer von mir weggenommen! Mein lieber Vater!«

In verzweifelter Klage brachen diese Worte aus Erna heraus, immer wieder unterbrochen von anfallartigem Schluchzen, das ihren Körper durchbebte. Die Hände mit verschränkten Fingern auf ihren Kopf gedrückt schien sie ein lebendes Abbild des Schmerzes.

Heinrich stand mit tränenfeuchten Augen hinter ihrem Sessel. Auf dem Arm hatte er den kleinen Sohn, der vor Schreck schrie und um alles in der Welt zur Mutter wollte.

Karl kauerte auf dem Sofa. Mit geröteten Augen starrte er ins Nichts. Sein Mund war halb geöffnet, das Gesicht schien in Leid erfroren und die Brust hob und senkte sich in schweren Atemzügen. Er war hergekommen, um die traurige Nachricht vom Ableben des Vaters zu überbringen. Im Moment waren die Tränen in seinen Augen aufgebraucht, wie auch die Gedanken dahinter.

Er hatte zuletzt zu viel ertragen müssen. Nicht genug, dass er schon die längste Zeit ohne Beschäftigung war, nicht genug, dass man vergangene Woche auch ihm die Arbeitslosenunterstützung gestrichen hatte, dass er Hunger litt und auch Mutter und Schwester hungern sehen musste, weil die geringen Einkünfte, die nur aus der kleinen Alterspension des Vaters und Ernas Zuwendungen bestanden, von Vaters Krankheit aufgezehrt wurden. Nicht genug, dass er mit eigenen Augen mitansehen musste, wie die Frau, die er liebte, glücklich war in den Armen seines Nebenbuhlers, mit dem sie von Vergnügung zu Vergnügung zog. Nein! Sein Schicksal war so gnadenlos, dass es nicht aufhörte, ihn aus dem Schmerzenskelch zu laben. Schon seit Tagen waren die Zeitungen voll von Berichten über das ruchlose Verbrechen und die Verhaftung seines Bruders, und der Name seiner Familie wurde in dicken Lettern durch den Schmutz gezogen. Gestern früh hatte er obendrein noch seinen Vater verloren, dessen verletztes, verbittertes Herz von einem neuen Schlaganfall für immer zum Stehen gebracht worden war.

Das erste Wüten von Ernas Schmerz wich einem ruhigeren, bewussteren Leiden. Sie schrie ihre Klagen nicht mehr heraus, doch die Tränen flossen in Strömen. Heinrich versuchte ab und zu, sie zu trösten. Das kreischende Kind klammerte sich an die Mutter.

Die stand mit einem Ruck auf und packte Heinz: »Mein Schatz! Jetzt gibt's keinen Großvater mehr, der dich lieb hat und der mit dir spielt. Du kommst jetzt mit mir, und wir sehen ihm noch einmal in sein geliebtes Gesicht!«

Nur durch langes Zureden konnte Heinrich sie überzeugen, dass es dieses Mal besser wäre, ohne den Buben zu gehen, damit dieser nicht erneut Zeuge einer verstörenden Szene würde.

Als sie schließlich auf dem Weg waren, erzählte Karl seiner Schwester, dass Anna und er am Morgen von der Mutter mit dem Ruf geweckt worden waren: Schnell! Schnell! Lauft um einen Doktor! Der Vater liegt im Sterben! Doch der Arzt, den er sofort geholt hatte, vermochte nur noch Vaters Tod festzustellen. Die Mutter wollte aus Schmerz und Verzweiflung aus dem Fenster springen, um ihm zu folgen. Sie hatten Mühe, sie davon abzuhalten. Eine Zeit lang ließen sie sie dann nicht alleine.

»Es wird das Beste sein«, meinte Erna, »wenn die Mutter aus der Wohnung auszieht, wo sie alles an den Vater erinnert, und zu uns kommt. Der Heinrich ist sicher einverstanden. Er will eh, dass immer wer da ist, wenn er Dienst hat.«

Karl nickte zustimmend.

»Aber was macht Ihr, du und die Anna?«, fragte Erna nach einiger Zeit.

»Anna wird wahrscheinlich heiraten. Und ich ... ich weiß nicht. Vielleicht wandere ich aus.«

»Du willst weg? Wohin?«, schüttelte die Schwester ablehnend den Kopf. »Nein, Karl, das kannst doch nicht machen! Für dich haben wir immer was zum Essen übrig. Wenn wir auch sehr bescheiden leben werden, aber leben werden wir. Und Anna muss auch nicht weg. Ihr könnt beide in der Wohnung der Eltern bleiben, ihr habt ein Recht drauf, die Anna und du! Und irgendwann findest du auch Arbeit!«

»Nein, nein, Erna! Ich will euch nicht zur Last fallen. Lieber geh ich weg und such mir irgendwo anders was. Das Essen werd ich mir zusammenbetteln bei den Bauern. Und da und dort werd ich auch was zu tun kriegen.«

»Aber was sagt die Martha dazu?«

»Die Martha? Ha, ha!«, Karl lachte bitter. »Die interessiert das einen feuchten Dreck! Die hat einen Besseren gefunden.«

»Na ehrlich? Du hast einmal was erzählt von einem Streit zwischen euch, aber ich hab nicht geglaubt, dass das so ernst ist. Ich hab mich nur gewundert, dass du in letzter Zeit am Sonntag fast immer daheim warst und dass du sie nie mitgenommen hast zu uns, wie halt früher ab und zu. Magst sie denn noch?«

Karl antwortete nicht. Seine Kehle schnürte sich zu und er kämpfte gegen die Tränen.

Erna atmete tief und sagte mitleidig: »Du Armer! Du hast viel verloren: deine Arbeit, deine Frau und deinen Vater!«

6

Die Monate vergingen, und mit ihnen der Winter.

Er war, wie generell die Winter in der krisengeschüttelten kapitalistischen Welt, eine schreckliche Zeit des Leidens für Abertausende unschuldiger Opfer dieser unseligen Wirtschafts- und Gesellschaftsordnung. Die Arbeitslosigkeit erreichte ein bisher ungekanntes Ausmaß. Kälte, Hunger und Dunkelheit herrschten mehr denn je in den Wohnungen der sozial Schwachen, so diese überhaupt ein Dach über dem Kopf hatten. Allerortens pochten von früh bis spät frierende und darbende Menschen um Almosen bittend an Türen, vor allem in den Vierteln der Ärmeren, denn Reiche pflegten solchen Bettlern meist gar nicht erst die Tür zu öffnen.

Wenn es abends zu schneien begann, bildeten sich sogleich lange Schlangen Arbeitswilliger vor den Aufnahmestellen für Schneearbeiter. Viele dieser hungernden und unzureichend bekleideten Personen mussten nach mehrstündigem Stehen in eisigem Wind aufgeben und fortgehen – oder weggetragen werden. Später, im Verlauf des Morgens, wenn man mit den Einstellungsformalitäten begann, kam es oft zu wilden Handgreiflichkeiten wegen der wenigen Stunden schlecht bezahlter Arbeit. Wer je Zeuge einer solchen Szene wurde, und wer einmal gesehen hat, wie die mehreren Hundert, die nicht das Glück hatten, eine Schaufel in die Hand zu bekommen, mit hängenden Köpfen – manche in Tränen ausbrechend – davonschlichen, nennt diese Menschen nie wieder »arbeitsscheue Schmarotzer«.

Auch Karl Weber ließ solche Gelegenheiten, ein paar Schillinge mit Schneeschaufeln zu verdienen, nie verstreichen. Indes war es ihm nur äußerst selten vergönnt, nach langem, zermürbendem Schlangestehen aufgenommen zu werden.

Er versuchte, auf den unterschiedlichsten Wegen an etwas Geld zu kommen, etwa mit Heimarbeiten. So ergatterte er in einem Fall einen Sack Nüsse, die er für einen Konditor in tagelanger Arbeit knackte und schälte. Ein anderes Mal gab ihm ein Händler den Auftrag, ein paar tausend Adressen zu schreiben – auch diese mühevolle Arbeit brachte ihm einen Bagatellbetrag ein. Schließlich ging er für Handelsunternehmer als Vertreter von Tür zu Tür, wobei in den wenigsten Fällen ein Geschäft zustande kam. Das war die unangenehmste Tätigkeit: Den ganzen Tag lief er treppauf, treppab, bis er endlich einmal eine Kleinigkeit verkaufte. Dennoch blieb die vereinbarte Provision oft aus, weil die Käufer mit der Bezahlung in Verzug gerieten. An manchem Abend, wenn Karl von einer solchen Tour erschöpft, frierend und enttäuscht zu Hause ankam, fasste er den festen Entschluss, damit aufzuhören, was immer auch kommen möge. Doch bald wurde ihm wieder in aller Deutlichkeit klar, dass er nur dank des guten Willens seiner Verwandten und auf deren Kosten sein Dasein fristete, und wie schwer diese selbst gegen das Elend ankämpften. Und er ging wieder los, um sein Glück mit neuen Artikeln zu versuchen.

Als sich der Frühling ankündigte, reifte in Karl mehr und mehr ein Gedanke: von daheim fortzugehen, den bedrückenden Lebensumständen zu entfliehen, egal wohin. Er schämte sich zwar ernsthaft für seine Absicht, einfach so davonzulaufen und seine Familie in ihrer Not zurückzulassen. Sein Aufbruch ins Ungewisse würde ihre Sorgen wohl noch um eine vermehren. Aber er hatte nicht mehr die Kraft für dieses Leben und dafür, sich und alle, die er liebte, im Elend zu sehen.

Seine Mutter war seit dem Tod des Vaters verstummt. Ihr war es, als hätte man einen Teil ihrer selbst zu Grabe getragen. Sie empfand sich als gänzlich überflüssig, mehr noch, als Belastung für die anderen. Und das, obwohl Erna und Heinrich, bei denen sie die Zeit ihrer Witwenschaft verbrachte, alles taten, um ihr den Aufenthalt so tröstlich und angenehm wie irgend möglich zu gestalten. Oft saß sie stundenlang in traurigen Gedanken gefangen da, mit einem derart finsteren Gesichtsausdruck, dass der kleine Heinz sich vor ihr zu fürchten begann. Er vermied ihre Nähe nach Kräften und sträubte sich sehr, wenn sie ihn zu sich rief.

Anna, die mit Karl zu zweit in der elterlichen Wohnung geblieben war, hatte nicht lange nach dessen Einverständnis gefragt, sondern ihren Chauffeur zu sich genommen. Aber der kam immer öfter stockbesoffen nach Hause, trotz seiner Versprechen, aus Liebe zu Anna das Trinken aufzugeben. Bei diesen Gelegenheiten wurde Karl unfreiwillig zu einem angewiderten Zeugen heftiger Streitigkeiten und anderer unschöner Szenen.

Gelegentlich führte ein unliebsamer Zufall noch zu einer Begegnung mit Martha, auch wenn Karl nun ernsthaft versuchte, ihr aus dem Weg zu gehen. Sie sah für gewöhnlich sehr fröhlich und bezaubernd aus, wie eine eben erblühte Rose – schöner noch, als er sie jemals zuvor gesehen hatte. Vor allem, wenn sie mit diesem Kerner Arm in Arm spazierte, schien sie bester Laune und lachte und scherzte. Nach einer solchen Begegnung durchlitt Karl stets eine schreckliche Nacht.

In einigen Wochen sollte der Prozess gegen Anton und seinen Komplizen wegen des Raubüberfalls auf die Trafikantin stattfinden. Das würde eine nervenaufreibende, schmerzliche Erfahrung werden, in erster Linie für Mutter Weber, Erna und Heinrich, die vom Gericht als Zeugen geladen waren.

Nach allem, was man so hörte, war der in Untersuchungshaft befindliche Anton völlig gebrochen. Er hatte nicht nur die ihm zur Last gelegte Straftat mit dem Ausdruck tiefster Reue gestanden, sondern obendrein den Diebstahl des Geldes aus Ernas Wohnung zugegeben. Der Untersuchungsrichter sollte der Familie seine Bitte um Entschuldigung übermitteln.

Karl wäre gern vor dem furchtbaren Tag des Prozessbeginns verschwunden. Er fühlte sich nicht gewappnet, die Aufregung, den Jammer und die Schmach mitzuerleben, die seiner Familie bevorstanden.

***

Über seine Tätigkeit als Vertreter hatte Karl in einem gewissen Max Geller einen jungen Mann kennengelernt, der denselben lausigen Beruf ausübte und ihm ein guter Freund geworden war. Bald gingen sie gemeinsam ihren Geschäften nach, und ihre gegenseitigen Ermutigungen ließen ihre Erfolgszahlen steigen. Sie teilten die Gewinne brüderlich und trösteten einander, wenn sie abends feststellen mussten, dass sie den ganzen Tag umsonst umhergelaufen waren.

Aber die ohnehin schwache Konjunktur der Tür-zu-Tür-Geschäfte flaute weiter ab. So kam es, dass Karl einmal mit Max über seine Absicht sprach, auszuwandern und das Glück in der Fremde zu suchen. Max war von der Vorstellung auf Anhieb begeistert und schlug dem Freund vor, gemeinsam eine richtige Weltreise zu unternehmen. Er berichtete von einer nicht lange zurückliegenden Begegnung mit zwei Weltenbummlern, die bestens ausgesehen und faszinierend von romantischen Abenteuern in verschiedenen Ländern erzählt hätten. Was man für eine solche Unternehmung bräuchte, wären internationale Pässe, Bilder, die man unterwegs mit großem Gewinn verkaufen konnte, und einige andere Ausrüstungsgegenstände.

Karl ließ sich von der Begeisterung des Freundes und dessen träumerischer Verklärung nicht sofort anstecken, fand aber nach und nach Gefallen an der Idee.

Auf einer feuchten Parkbank besprachen sie alles bis ins kleinste Detail. Es war Mittag und die Aprilsonne spendete angenehme Wärme. Der Frühling zeigte sich in diesem Jahr besonders eifrig, schon lange war kein Schnee mehr gefallen, und die Knospen auf den Bäumen und Sträuchern begannen bereits aufzubrechen. Am Tag davor und in der letzten Nacht hatte es geregnet, und mancherorts auf den Wegen und Plätzen des Parks glänzte die getränkte Erde im Sonnenlicht. Spatzenschwärme zwitscherten laut, und irgendwo sang eine Amsel.

In dieser Stimmung erwärmten sich die beiden jungen Männer noch mehr für ihren Plan, und das wunderbare Wetter weckte ihre Wanderlust.

»Gut«, sagte Karl schließlich, nachdem er den detaillierten Schilderungen seines Freundes lange gefolgt war, »die Vervielfältigung und den Druck der Ansichtskarten übernimmst du. Welchen Text setzen wir unter die Bilder?«

»Also«, antwortete der andere, »vielleicht: ›Mit Arbeit um die Welt!‹ Damit signalisieren wir, dass wir stets jede Beschäftigung annehmen.«

»Bestens, Max! Und wann gehen wir aufs Auswanderungsamt, um uns Pässe zu besorgen?«

»Gleich am Montag. Wir treffen uns um neun Uhr früh vor dem Eingang. Vergiss nicht, alle notwendigen Dokumente mitzunehmen!«

»Was sagst du denn deinen Eltern? Glaubst nicht, dass sie dir Schwierigkeiten machen werden?«

»Am Anfang haben sie mich nur ausgelacht. Nachher, als sie gesehen haben, dass es ernst wird mit der Geschichte, als ich angefangen hab mit den Vorbereitungen, haben sie, also mehr die Mutter, versucht, mich davon zu überzeugen, dass das verrückt ist. Sie haben auf mich eingeredet wie auf einen sturen Esel, im Guten und im Bösen. Am Ende hat der Vater gesagt: ›Lass ihn halt gehen, er kommt bald wieder zurück und dann ist er um eine schlechte Erfahrung reicher.‹ Was sagen deine Leute?«

»Ungefähr das Gleiche. Meine Mutter weint und die anderen wollen mich davon abhalten. Sie meinen es gut mit mir! Aber für mich gibt's keinen anderen Ausweg: Ich muss fort.« Karl stand auf. »Jetzt sollt ich aber nach Haus, sonst komm ich zu spät zum Essen.«

Auf dem Heimweg kam Karl die ganze Sache schon nicht mehr so einfach vor. Seltsam! Wenn er mit diesem Optimisten Max zusammen war, schien alles problemlos und hundertprozentig durchführbar. Doch kaum, dass er alleine darüber nachdachte, sah er nur Hindernisse und Schwierigkeiten vor sich. Aber egal, irgendetwas musste er unternehmen!

***

Am Montag drehte Karl schon vor der vereinbarten Zeit nervös seine Runden vor einem Haus, über dessen Tor in dicken Lettern ein Schriftzug prangte: »Auswanderungsamt«.

Er musste jedoch nicht lange warten. Bald kam auch Max, der schon von der Ferne ein Paket hochhielt. Er riss es ein Stück weit auf, nahm ein paar Ansichtskarten heraus und überreichte sie Karl. Sie zeigten die beiden jungen

Männer gekleidet und ausgerüstet als Touristen-Wanderer, ein wenig in Pose geworfen. Unter das Bild waren die Worte gedruckt: »Mit Arbeit um die Welt!« Am unteren Rand stand in kleineren Buchstaben: »Aufbruch von Wien im April 1930«.

»Na, sind die nicht erstklassig?«, fragte Max. »Ich bin bei der Druckerei vorbeigekommen und hab sie gleich mitgenommen. Zweitausend Stück kosten sechzig Schilling, also jedes drei Groschen. Wenn wir sie für nur zehn Groschen, die sicher jeder gern gibt, unter die Leut bringen, haben wir pro Stück sieben Groschen Gewinn. Und wenn alle verkauft sind, können wir noch einmal tausend oder mehr herstellen lassen, weil wir die Druckvorlage mitnehmen.«

Karl lächelte. Dass er nicht ganz so zuversichtlich war, wollte er sich nicht anmerken lassen. Er sagte nur: »Na gut! Dann gehen wir rein!«

Sie mussten einige Zeit auf dem Gang verbringen. Vor ihnen zog sich eine beachtliche Warteschlange hin. Das allgemeine Thema in den Gesprächen waren Auswanderungspläne. Jeder hier pflegte auf seine Art die Hoffnung, das Glück in der Fremde zu finden. Man tauschte Meinungen und Erfahrungen über die Zustände in verschiedenen Ländern aus und sprach über Arbeitsmöglichkeiten in Afrika, Südamerika, in der Sowjetunion und in anderen Weltgegenden. Einhellig war man der Ansicht, am schlimmsten, am hoffnungslosesten, am traurigsten wäre es in Österreich. Max und Karl lauschten aufmerksam.

Am Schalter bekamen sie schließlich eine Nummer und wurden dem Zimmer 17 zugewiesen. Vor dessen Tür mussten sie erneut einige Zeit warten, bis man sie endlich einließ.

Ein ungeschlachter Mensch mit energischen Zügen und durchdringendem Blick empfing sie und forderte sie mit einer Handbewegung auf, Platz zu nehmen.

»Junge Herren«, sagte er in strengem Tonfall, »Sie suchen um weltweit gültige Pässe an. Wo wollen Sie denn hinreisen?«

»Wir haben vor, um die Welt zu wandern«, antwortete Max ein wenig unsicher. »Hier finden wir keine Arbeit, also wollen wir sie woanders suchen.«

Die Lippen des Mannes umspielte ein süffisantes Lächeln. »Haben Sie keine Verwandten, die Ihnen aushelfen oder eine Unterkunft bieten können?«

»Ich hab Eltern«, sagte Max, »aber die haben auch nicht viel, und ich will ihnen nicht mehr zur Last fallen. Der Vater hat meinen Antrag auf den Pass auch eigenhändig unterschrieben.«

»Und ich hab eine Mutter ohne Einkünfte«, antwortete Karl. »Sie lebt bei ihrem Schwiegersohn, der für seine eigene Familie sorgen muss.«

»So, und Sie bilden sich ein, in einem fremden Land wartet das Glück auf Sie? Glauben Sie mir, ich habe selbst viele Jahre im Ausland gelebt, und ich habe eine Menge Mitbürger scheitern sehen. Dann allerdings war plötzlich die Sehnsucht nach der Heimat groß, die sie einst so leichtsinnig verlassen haben. Womit wollen Sie sich während Ihrer Wanderschaft ihr Leben verdienen?«

Peinliche Pause. Schließlich ermannte sich Max: »Wir verkaufen diese Ansichtskarten« – er gab dem Herrn eine – »und wo immer wir Arbeit bekommen, egal zu welchem Lohn, nehmen wir sie an.«

Der Beamte warf einen verächtlichen Blick auf die Karte. Dann begann er höhnisch zu lachen. »Ha, ha, ha! Ihr Spinner! Dummheit stirbt nie aus! Aber ernsthaft: Ist es euch nicht bekannt, dass der Verkauf von solchen Karten so ziemlich überall polizeilich verboten is? Auch Arbeit werdet ihr nirgends finden. Und wenn, dann dürft ihr sie nicht annehmen. Von Feldarbeit habt ihr keine Ahnung und Industriearbeit ist überall geschützt gegen ausländische Konkurrenz.«

»Man kann viel, wenn man muss!«, entgegnete Max mutig. »Wir werden uns schon irgendwie durchschlagen. Hier gehen wir langsam, aber sicher vor die Hunde. Wir wollen die Pässe, damit wir aus dem Schlamassel herauskommen.«

Der Mann schüttelte den Kopf. Den zurückhaltenden Karl, der die ganze Zeit hindurch nur eine einzige Antwort gegeben hatte, bedachte er mit einem mitleidigen, Max mit einem abschätzigen Blick, um schließlich zu sagen: »Nun, meine jungen Herren, es ist meine – im Übrigen sehr undankbare – Aufgabe, Auswanderungswillige zu beraten und nach Möglichkeit diejenigen zurückzuhalten, die sich anschicken, ihre Heimat ohne Plan und Ziel zu verlassen. Aber ich sehe, bei Ihnen verschwende ich nur meine Zeit. Ihr naiven Hitzköpfe müsst erst gegen die Wand rennen, damit Ihr gescheiter werdet. Leider gibt es keine juristische Grundlage, die Pässe nicht auszustellen. Sie werden sie erhalten, gültig für alle Länder außer USA und Sowjetunion. Versuchen Sie nie, in eines dieser Länder einzureisen, wenn Sie je so weit kommen sollten. Und befolgen Sie einen Rat: Gehen Sie Richtung Deutschland! So bleiben Sie länger auf österreichischem Boden, und in Deutschland tun Sie sich leichter als bei irgendeinem völlig fremden Volk. Und machen Sie ihrer Heimat keine Schande! Wenn Sie eigenständig weggehen, kommen Sie auch eigenständig wieder zurück. Verursachen Sie unserem armen Land oder Ihrer Gemeinde keine Kosten. Viel Erfolg, und: Gute Reise! – falls Sie sich nicht doch noch eines Besseren besinnen. Und vor allem Sie«, der Beamte wandte sich an Karl, »denken Sie noch einmal nach, bevor Sie etwas tun, das Sie nachher bereuen!«

Mit diesen Worten verabschiedete er Karl und Max. In einem anderen Zimmer erhielten die beiden ihre Pässe, die in ihnen fast kindliche Freude und Stolz weckten, besonders was Max betraf.

Auf dem Heimweg diskutierten sie, was sie von diesem Beamten und von anderen Personen gehört hatten. Karl war mittlerweile überwiegend pessimistisch.

»Also ist der Verkauf unserer Karten verboten!«, klagte er. »Außerdem fürcht ich, ich bin nicht sehr geschickt darin, sie Leuten aufzuschwatzen. Ich war ja nicht einmal als Vertreter gut, wo ich echte Waren anzubieten gehabt hab. Jetzt ist das Geld für die Karten vielleicht zum Fenster rausgeschmissen.«

Max war zuversichtlicher, zumindest zeigte er keine Anzeichen von Entmutigung. »Aber geh, wir ziehen die Sache schon irgendwie durch. Not macht erfinderisch. Natürlich hat der Kerl nur schwarzgemalt, das gehört zu seinem Beruf. Lass dich nicht verunsichern!«

* * *

Sonntagvormittag stand in der Wartehalle des Westbahnhofs inmitten der Menschenmasse eine siebenköpfige Gruppe: Karl mit dem Schwager und der Mutter, die darauf bestanden hatte, ihren Sohn bis zum Zug zu begleiten, und Max mit seinen Eltern und der älteren Schwester. Man sah den Frauen an, dass sie kürzlich geweint hatten.

Während die Mutter versuchte, Max im letzten Moment umzustimmen, sagte sein Vater, einer trockenen Logik folgend: »Alte, lass es bleiben! Es ist doch eh für die Katz. Wenn sich die Jungen einmal was in den Kopf gesetzt haben, dann werden sie nur durch eigene Erfahrung klug. Lass sie gehen, weit werden sie nicht kommen. Wenn ihnen das Geld ausgeht und sie nichts zu essen haben, wenn sie müd sind und sich nach ihrem schönen, warmen Bett zu Hause sehnen, wenn ihnen die Illusionen genommen sind, dann kehren sie reumütig um und sind bald wieder da. Nur eines müsst ihr versprechen«, wandte er sich an die Auswanderer, »macht nichts Unrechtes, und sobald ihr die Aussichtslosigkeit eurer Unternehmung einseht, erstarrt nicht in eurem Elend, sondern kommt auf der Stelle heim. Und schreibt regelmäßig, dass sich eure Angehörigen nicht zu viele Sorgen um euch machen! Mein Bub hat genug Briefpapier und Marken dabei.«

Die Menschenmasse setzte sich in Bewegung und drängte den Ausgängen zu. Mit ihr schob sich auch die Gruppe um Karl und Max zum Bahnsteig. Die jungen Männer sicherten sich sofort gute Sitzplätze in einem Abteil und kamen noch einmal zu ihren Lieben zurück.

Im Gegensatz zu seinem Kameraden Max war Karl ziemlich niedergeschlagen und verspürte das überwältigende Bedürfnis, kurz mit seiner Mutter alleine zu sein. Er hätte ihr noch gerne trostreiche Worte geschenkt, aber in Anwesenheit fremder Ohren scheute er familiäre Zärtlichkeiten.

Als die Zeit der Abfahrt nahte, sagte er nur: »Also, Mutter, mach dir keine Sorgen und zerbrich dir nicht den Kopf wegen mir, ich schlag mich schon durch. Ich denk, ich komm spätestens in einem Jahr wieder heim. Also, leb wohl und auf Wiedersehen!«

Von seinem Schwager verabschiedete er sich ebenfalls rasch und folgte dann Max, der schon zum Abteil geeilt war.

Lautes Pfeifen der Lokomotive, letzte Grüße, Erzittern der in Bewegung geratenden Waggons – und der Zug rollte los. Reisende und Zurückbleibende schwenkten ihre Taschentücher, bis man einander aus dem Blick verlor.

Karl hatte noch gesehen, wie seine Mutter von einem Weinkrampf gepackt wurde. Und eine beklemmende Angst erfasste sein Herz: Werde ich sie wiedersehen? Möglicherweise nicht! Aber er befreite sich mit aller Kraft von diesem Gedanken.

Karl und Max hatten einen vorläufigen Plan: Sie wollten mit der Eisenbahn sechzig Kilometer bis Sankt Pölten fahren, dann zu Fuß Richtung Melk und Amstetten marschieren und von dort weiter nach Deutschland gelangen. Zumindest diesen einen Rat des Beamten der Auswanderungsbehörde befolgten sie gerne. Am Tag der Abreise sollte die Anstrengung noch nicht übermäßig ausarten, sie wollten ein Stück fahren und dann nach Lust und Laune laufen, um schließlich irgendwo in einem billigen Dorfwirtshaus zu übernachten. Aber ab dem darauffolgenden Tag hatten sie sich einen strengeren Marschplan vorgenommen: Sie beabsichtigten, täglich eine Mindestanzahl an Kilometern zurückzulegen, alle Ausgaben zu vermeiden, ihre Ansichtskarten zu verkaufen und in Scheunen oder Ställen bei Bauern zu schlafen.

Lange Zeit blickten sie in die vorbeifliegende Landschaft. Vor allem Karl sog mit gierigen Augen jede Einzelheit dieser eigentlich nicht besonders interessanten Gegend auf, war es für ihn doch das erste Mal, dass er sich mehr als zwanzig Kilometer von Wien entfernte. Bisher war er schon glücklich gewesen, wenn er Gelegenheit hatte, im nahen Wienerwald umherzustreifen. Und jetzt reiste er in die Ferne! Dieser herrliche Gedanke drängte die weniger angenehmen Überlegungen in den Hintergrund.

»Max«, rief er unvermittelt seinen Kameraden an, »kommen wir auch durch das Salzkammergut?«

»Nein, eigentlich nicht, aber es ist eine wunderschöne Seenlandschaft, und ich könnt mir vorstellen, da durchzumarschieren. Ich war schon dort, aber ich würd mir das gern ein zweites Mal ansehen.«

»Dann gehen wir unbedingt dorthin!«, entschied Karl. »Ich hab schon so oft von dieser berühmten Gegend gehört, und wenn wir da durchwandern, dann bin ich schon halb entschädigt dafür, dass ich meine Familie verlassen hab.«

Max grinste spöttisch. »Karl, ehrlich, wenn ich dich so reden hör, zweifle ich ernsthaft an den Aussichten, unser Ziel zu erreichen, nämlich viele Länder zu bereisen und nach Möglichkeit die Erde zu umrunden!«

»Ich geb zu«, sagte Karl, »dass ich nach allem, was ich gehört hab, nicht dran glaub. Wir können zufrieden sein, wenn wir uns über Wasser halten und irgendwo Arbeit finden. Und immerhin sammeln wir Erfahrungen und interessante Eindrücke!«

»Na fein.« Der Tonfall von Max verhehlte nicht dessen Ärger. Mit dem Burschen werd ich noch meine Probleme haben, dachte er und sprach lange Zeit nichts mehr.

Auch Karl schwieg wieder und blickte aus dem Fenster, aber er beachtete die Landschaft nicht mehr so interessiert wie zuvor. Er malte sich die kommenden Tage aus und vergegenwärtigte sich verschiedene Möglichkeiten, wie diese Unternehmung enden könnte. Und plötzlich überkam ihn ein ganz übles Gefühl. Das rhythmische Rattern der fahrenden Eisenbahn bohrte sich besitzergreifend in seine Gedanken: Ututu, ututu ... Nach und nach verwandelte es sich in seinem Kopf zu: Du Dummkopf, du Dummkopf ...! Dieses höhnende Hämmern wurde nur von Zeit zu Zeit von einem schnelleren, schrilleren Ton unterbrochen, wenn der Zug über eine Weiche fuhr oder ein Gleis kreuzte.

* * *

Martha Groner hatte den Sonntag mit einem Ausflug in den Wienerwald zugebracht. Es war ein angenehmer Tag im beginnenden Frühling, jedoch noch nicht warm genug, um in der freien Natur sitzend zu verweilen. Außerdem wurde es früh dunkel – und dann richtig frostig. Daher kamen sie und ihr Freund schon um fünf Uhr Nachmittag in die Stadt zurück und gingen auf Vorschlag Kerners in ein Kaffeehaus, um noch ein wenig beisammen zu sein. Dort traf er auf alte Bekannte, die ihn sogleich zu einer Partie Billard aufforderten.

Nachdem er die Einladung angenommen hatte, spielte er volle zwei Stunden mit einer Begeisterung, die man bei ihm nicht für möglich gehalten hätte. Marthas anfängliche Verwunderung schlug bald in Ärger um und schließlich in Langeweile. Insgesamt war sie in ihrem Innersten verletzt, indes hinderte sie ihr Stolz daran, sich das anmerken zu lassen und Arthur an seine Pflichten als Begleiter zu erinnern. Lange Zeit schien er sie ganz vergessen zu haben, aber schließlich kam er doch an ihren Tisch, um sie zum Mitmachen einzuladen. Er meinte, Martha solle das Spiel ebenfalls lernen. Als sie mit unmissverständlicher Miene ablehnte, zuckte er nur mit den Schultern und wandte sich wieder seinen Freunden zu. Daraufhin nahm Martha ihren Mantel und rief: »Arthur, ich muss jetzt gehen. Ich fühl mich nicht wohl und ich hab Kopfweh.«

Der kam anstandslos, zahlte und verließ mit ihr das Café, allerdings nicht ohne die spitze Bemerkung, dass man nicht immer nur zu zweit sein könne und dass sie sich in Zukunft etwas kontaktfreudiger zeigen müsse.

Das war für sie wie eine kalte Dusche. Sie hatte zunächst angenommen, es wäre seine Spielleidenschaft, die ihn dazu gebracht hätte, sie zu vernachlässigen, und er würde sich im Anschluss dafür entschuldigen. Stattdessen übte er noch Kritik an ihr! Martha meinte ohnehin erkannt zu haben, dass Arthur sich ihr gegenüber in den letzten Wochen nicht mehr so aufmerksam und zuvorkommend verhalten hatte wie einst. In ihrem Herzen nagte ein Argwohn, die leise Ahnung, dass seine Gefühle ihr gegenüber im Abkühlen begriffen waren. Liebende haben diesbezüglich ein sehr feines Gespür. Obwohl sie vorgehabt hatte, sich zurückzuhalten, musste sie ein paar Worte dazu loswerden.

Arthur hörte still zu, mit jenem Verständnis signalisierenden Lächeln, das sie an diesem Tag zum ersten Mal als unangenehm empfand.

Schließlich sagte er mit der für ihn typischen, herablassend wirkenden Ruhe: »Na, na, Teuerste, wirst du am Ende besitzergreifend? Eifersucht und Vorwürfe hab ich noch nie mögen. Liebe ist nichts, was man mit Gewalt entfachen oder tilgen kann. Wenn also meine Empfindungen für dich tatsächlich im Schwinden wären, könntest du sie mit Schuldzuweisungen und Jammern nicht retten.«

Das machte Martha noch wütender. »Du gibst also zu, dass ich dir schon auf die Nerven geh?«, schrie sie.

»Du übertreibst, Martha! Von ›auf die Nerven gehen‹ hab ich nichts gesagt, aber ...«

»Aber vom Schwinden deiner Liebe«, setzte sie seinen begonnen Satz hastig fort. »Ich versteh schon.«

»Martha!«, gab sich Kerner überrascht. »Wie redest du mit mir? Lass mich bitteschön meine Sätze selber beenden. Ich wollt sagen, dass Vorwürfe und Tränen absolut untaugliche Mittel sind, um eine erkaltete Leidenschaft neu zu entfachen. Damit hab ich nicht gesagt, dass sich meine Gefühle für dich irgendwie verändert haben.«

Schon oft hatte Martha seine verhaltene Ironie und sein überhebliches Grinsen zu etwas, was sie sagte oder tat, hingenommen. Anfangs hatte sie beides sogar anziehend gefunden. An diesem Abend stieß es sie erstmalig ab.

Sie antwortete scharf: »Möglicherweise war deine Liebe nie besonders groß, also braucht sie vielleicht gar nicht schwinden. Da genügt's, dass du endlich offen zeigst, wie wenig du für mich empfindest.«

Wieder lächelte Kerner, aber er sagte nichts.

Erst nach einiger Zeit legte er seinen Arm um ihre Schulter und sprach in ernstem Ton, ohne Hohn in seiner Stimme: »Martha, du bist ungerecht. Aber ich verzeih dir, weil du grad ein wenig gereizt bist. Wenn du in aller Ruhe bedenkst, wie ich mich all die Zeit dir gegenüber verhalten hab, kannst du so mit mir gar nicht reden.«

»Ja, Arthur, das ist wahr, und es ist gut, dass du mich darauf aufmerksam machst, was du alles für mich getan hast! Aber ich mach mir schon manchmal Gedanken, wie es sein kann, dass ein Mann, der eine Frau wirklich liebt, nie mit ihr über eine Heirat spricht. Du tust das nicht, du weichst dem Thema sogar aus, wenn ich davon anfang.«

Mit Wehmut erinnerte sich Martha an Karl, der gerne mit ihr über Ehe, Familiengründung und über ein harmonisches, liebevolles Zusammensein gesprochen hatte.

Diesmal unterdrückte Kerner den Impuls zu lächeln. »Ich red prinzipiell nicht mit Frauen über so was wie Hochzeit. Bis jetzt hab ich eine Ehe auch noch nie ernsthaft erwogen. Kann man sich denn nicht ohne Trauschein lieben? Möglich, dass ich einmal heirate, aber ich will keine Erwartungen wecken, die ich nicht auch einhalten kann.«

Martha seufzte leise. Kerner sah sie mit einem Ausdruck an, von dem man trotz des hellen Scheins der Straßenlaterne, unter der sie standen, nicht sagen konnte, ob er Spott oder Mitleid zeigte.

Schließlich sagte er: »Meine Gute, wisch dir die Tränen ab. Die sind unnötig. Und unsere Tramway kommt.«

Nachdem er sie heimbegleitet hatte, verabschiedete er sich vor dem Haustor mit den Worten: »Na dann, Martha, schlaf gut! Lass deine dummen Eifersüchteleien und bleib weiter meine liebe, gescheite Freundin ...«

Als sie heimkam, schlief ihre Mutter schon. Daher achtete sie darauf, leise zu sein und entflammte im Zimmer nur die schwache Lampe über dem Tisch.

Da saß sie nun mit einem Mal, nachdem sie sich gedankenverloren entkleidet hatte. Im Geiste ließ sie den vergangenen Abend erneut an sich vorüberziehen und versuchte, alles mit höchster Unvoreingenommenheit zu beurteilen. Vielleicht nahm sie manche Kleinigkeit doch zu wichtig, vielleicht machte ihre Gereiztheit sie ungerecht und überempfindlich.

Indes, je ruhiger und nüchterner Martha die Sache betrachtete, desto klarer kam sie zu der Überzeugung, dass Kerner von Anfang an in ihr nur eine Gespielin erblickt hatte, die er mochte, möglicherweise auch bis zu einem gewissen Grad liebte, ohne sie je ernsthaft als Partnerin oder gar Ehefrau in Betracht zu ziehen.

Dieser Gedanke schmerzte. Waren es enttäuschte Hoffnungen, verletzter Stolz oder Liebeskummer? Sie war sich nicht sicher. Vielleicht alles zusammen. Ihrem Selbstverständnis und der Moral folgend, die man sie gelehrt hatte, war sie sich zu gut, nur seine oberflächliche Freundin, seine Gelegenheitsgeliebte, zu sein. Andererseits hatte sie sich – in heimlichen und ausgesprochen kühnen Träumen – schon als »Frau Martha Kerner«, als Ehefrau eines gebildeten und kultivierten Mannes mit angenehmem Äußeren und unleugbaren Fähigkeiten gesehen. Trotz der schon lang anhaltenden Krise war ihm Arbeitslosigkeit fremd, und er wäre nicht nur in der Lage, eine Familie zu gründen, sondern dieser obendrein auch noch ein schönes Leben zu bieten. Und mittlerweile war Martha des Daseins als schlecht entlohnte Bürokraft, die ständig um ihren Job fürchten musste, überdrüssig. Auch erkannte sie – wie die meisten Frauen aufgrund der landläufigen Erziehung – ihr Lebensziel in einer glücklichen Ehe und in der Rolle einer guten Mutter, die sich um das eigene kleine Heim kümmert, die Kinder betreut und erzieht und den geliebten Mann umsorgt.

Nicht selten hatte Martha ihre diesbezüglichen Gefühle für Arthur verglichen mit denen, die einst Karl in ihr geweckt hatte. Das Resultat dieser Gegenüberstellung berührte sie stets seltsam. Sie musste sich eingestehen, dass sie eine so hingebungsvolle, selbstlose, herzerfüllende Liebe, wie sie sie anfangs für Karl empfunden hatte, Arthur niemals entgegenbringen könnte, obwohl sie ihn schätzte, ja, bewunderte, und ihn wohl auch sehr gern hatte. Irgendetwas an Kerners Benehmen ihr gegenüber hielt sie auf wohltemperiertem Abstand. Es mochte seine Kaltblütigkeit sein, seine überlegene Selbstbeherrschung oder auch die bewusste Zurückhaltung, mit der er ihrer Beziehung klar definierte Grenzen setzte – sie konnte nicht damit umgehen. Eine diesbezügliche Ernüchterung hatte sie schon bald nach ihrer ersten Liebesbekundung beschlichen, auch wenn sie sie nicht wahrhaben wollte. Letztlich war es aber weder möglich, ihm entscheidend näher zu kommen, noch seine Unnahbarkeit zu ignorieren, so sehr sie beides versuchte.

Wie so oft musste Martha auch diesen Sonntagabend an Karl denken. Das waren die Momente, in denen sie aufrichtig bedauerte, Kerner kennengelernt zu haben. Und wenn sie sich in die erste Zeit mit Karl zurückversetzte, dann schmerzte die Sehnsucht so sehr, dass ihr Tränen in die Augen schossen. Natürlich konnte sie mit Arthur nicht über all das sprechen. Und wenn er sie mit Scherzen, geistreicher Unterhaltung oder dem Vorschlag auszugehen, abzulenken versuchte, anstatt sie zu trösten und nach dem Grund ihrer häufigen Niedergeschlagenheit zu fragen, begannen ihr seine ruhige Gefasstheit, seine überlegene Ausgeglichenheit und vor allem sein überhebliches Lächeln zunehmend zu missfallen. Dann wünschte sie sich, er möge einmal richtig zornig werden und sie mit Vorwürfen konfrontieren, anstatt mit philosophischen

Überlegungen zur Sinnlosigkeit von Sorgen und zur zeitlichen Beschränktheit des menschlichen Daseins, dem man stets nur die guten Seiten abgewinnen solle.

Es war schon sehr spät, und Martha saß immer noch in rege, aber unerfreuliche Gedanken versunken beim Tisch. Die Mutter war schon zum zweiten Mal aufgewacht und ermahnte sie, endlich das Licht auszumachen und ins Bett zu gehen. Der Zeiger der Wanduhr bewegte sich langsam auf zwölf zu. Martha fröstelte. Kurzentschlossen nahm sie Feder und Postkarte und begann zu schreiben:

An Herrn Karl Weber!

Ich teile dir mit, dass in der Fabrik von Roger & Co, Wien 8, Lange Gasse 36, einige Hilfsarbeiter eingestellt werden. Zwar nur vorübergehend und für wenig Lohn, aber vielleicht kannst du bleiben, wenn man mit dir zufrieden ist. Also, falls du noch arbeitslos bist, stelle dich bitte mit deinen Arbeitszeugnissen sofort nach Erhalt dieser Karte bei der angegebenen Adresse vor. Wenn du möchtest, kannst du meine Empfehlung anführen. Das erhöht deine Chancen, genommen zu werden.

Mit Grüßen
Martha Groner

Sie adressierte das Schreiben, las es noch einmal durch und legte daraufhin mit zufriedenem Lächeln die Feder weg. Dann ging sie zu Bett.

* * *

Sonntag. Der achte Tag, seit Karl Weber und Max Geller von zu Hause aufgebrochen waren, ging zu Ende. Die beiden Wanderer lagen auf spartanischen Nachtlagern in einer heruntergekommenen Kammer, die vom Schein einer Kerze erhellt wurde.

Draußen pfiff der Sturm, prasselte klatschend der Regen. Die Baumwipfel des nahen Waldes knarrten und stöhnten, und das schlecht schließende Fenster schlug scheppernd gegen die Verriegelung, als wolle es um jeden Preis ganz aufspringen und Wind und Wetter in voller Wucht hereinlassen.

Die zwei jungen Männer lagen schon eine Weile schweigend da und schienen dem Lärmen der draußen in dunkler Nacht tobenden Naturgewalten aufmerksam zu lauschen.

Max verspürte als erster den Drang, den wohligen Gefühlen der Geborgenheit und des Behagens Ausdruck zu geben, die beide zufrieden und mit Bedacht genossen: »Ha, das ist gut, wieder in einem warmen Bett zu sein, grad bei dem Wetter!«

»Ja«, pflichtete Karl bei, »ich hab's bisher nicht zu schätzen gewusst, auf einer anständigen Matratze zwischen festen Mauern zu liegen, die Wind, Lärm und Insekten abhalten. Aber zumindest das hab ich jetzt gelernt!«

»Also ist dieses verdammte Herumgerenne wenigstens für irgendwas gut!«, höhnte Max sarkastisch.

Wieder regte sich einige Zeit außer dem Getöse von Wind und Regen nichts. Dann meldete sich Max erneut als erster zu Wort: »Karl!«, rief er.

»Ja, Max?«

»Horch zu: Mir reicht die ganze Weltreise bald.«

»Echt, schon? Na, ich bin auch nicht weiß-ich-wie begeistert. Aber was sollen wir jetzt machen?«

»Karl, ich sag dir was: Ich geh nach Wien zurück.«

»Ich nicht. Was mach ich denn dort?«

»Aber früher oder später musst du ja sowieso aufgeben und nach Hause gehen. Besser jetzt als später, wenn du noch weiter weg bist. Wir sollten unseren Fehler so schnell wie möglich ungeschehen machen! Gehen wir noch bis Mondsee, wohin wir die Post von zu Hause bestellt haben, und von dort zurück!«

Karl atmete tief: »Du hast leicht reden. Dich nehmen Vater und Mutter gern wieder zu sich, aber was ist mit mir? Meine Mutter hat nichts, meine Schwestern und mein Schwager kümmern sich um sie und müssen auch noch für sich selber sorgen. In der Wohnung meiner Eltern hat sich ein Fremder eingenistet, der Lebensgefährte meiner Schwester, ein Chauffeur, ein brutaler Kerl ... und betteln tu ich lieber auswärts als in meiner Heimatstadt. Aber dich halt ich nicht auf. Du fahr ruhig heim!«

Max antwortete nicht mehr. Bald hörte Karl an seinem regelmäßigen Atem, dass er eingenickt war.

Karl selbst hatte der heilsame Schlaf noch nicht umfangen. Er lauschte eine Zeit lang dem Wüten der Elemente, dann schlug er sein Tagebuch auf und las darin. In groben Zügen liefen vor seinem geistigen Auge die Erlebnisse der letzten Woche ab.

Etwa, wie sie letzten Sonntag von daheim nach Sankt Pölten gefahren und danach noch ein Dutzend Kilometer marschiert waren, im Dorfgasthaus genächtigt hatten und sich auch die darauffolgenden drei Tage nicht dazu durchringen konnten, bei Bauern um Essen und Übernachtung zu bitten und so schon an den ersten vier Tagen den größten Teil ihres Geldes durchgebracht hatten, wie sie sich schließlich am fünften Tag gegenseitig zum Betteln ermutigten und dazu, einen mitleidigen Bauern um eine Schlafgelegenheit in einem Stall oder Heuschober zu bitten.

Die begeisterten Zeilen über das erhebende Wandern durch Wälder und Felder und die bitteren Bemerkungen über die ersten Versuche, die Ansichtskarten zu verkaufen und an den Türen Fremder Essen zu erbetteln und über die Feigheit, die jeder von ihnen am anderen mit höchster Schärfe bemängelte, überflog Karl nur mit einem säuerlichen, selbstironischen Lächeln.

Mit mehr Aufmerksamkeit las er die Notizen, die er geschrieben hatte, nachdem sie außerhalb von warmen, mehr oder weniger gemütlichen Schlafkammern zu nächtigen begonnen hatten, zu einer Zeit, als sie die verschiedensten Unannehmlichkeiten einer solchen Wanderung erlebten. Diese Einträge lauteten wie folgt:

Freitag, der achtzehnte April. Na, das war eine Nacht! Die erste, die ich nicht in einem Bett verbrachte, sondern auf Stroh in einer Scheune. Ich habe sicher nicht mehr als vier Stunden gedöst. Ein hartes Lager, es war nur wenig Stroh und Heu da, die Kälte machte die Glieder steif und ließ unsere Zähne klappern. Und um die nächtliche Tortur vollständig zu machen, ließen die Bauern die Glocke am Hals der Leitkuh im benachbarten Stall – ich weiß nicht, ob sie sie vergessen haben, ob sie das immer so machen oder ob das eine Gemeinheit uns gegenüber war. Und wir wagten nicht, sie abzunehmen. Also immer, wenn einer von uns trotz der Kälte und des harten Untergrunds am Einschlafen war, hat diese verdammte Glocke zu scheppern begonnen und irgendein Rindvieh hat gemuht.

Schließlich wurde es Morgen. Müder und erschöpfter als wir uns am Abend niedergelegt hatten, standen wir auf, als die Bäuerin in den Stall kam, um die Kühe zu melken. Wir warteten nicht einmal das zugesagte Frühstück ab, weil wir unbedingt sofort losmarschieren mussten, um die Kälte und die Steifheit aus unseren Gliedern zu bekommen. Im nächsten Dorf brachten wir unsere ganze Energie auf, um mit pochendem Herzen bei einigen Häusern um ein wenig Milch und Brot zu bitten. Nachdem wir etliche

Ausreden und zahllose Beschimpfungen wegen unserer müßiggängerischen Herumtreiberei zu hören bekommen hatten, erhielten wir schließlich, was wir wollten.

Die frische Morgenluft, der strahlende Sonnenaufgang auf einem heiteren Himmel, die wunderschöne Gegend – das alles brachte uns schließlich unsere fröhliche Wanderlaune zurück. Wir konnten sogar über unser erstes kostenloses Nachtlager und das erbettelte, herrlich mundende Frühstück köstlich scherzen. Schließlich kamen wir durch einen Wald. Überall roch es nach Frühling und eine Vielzahl an Vögeln besang ihn. Ich atmete tief ein, lauschte und schaute. So verblasste in mir die unerfreuliche Erinnerung an die Nacht und den frühen Morgen.

Jetzt – es ist halb elf Uhr vormittags – sitzen wir im Sonnenlicht am Waldrand. Während mein Kamerad sein Gewand flickt, in das ein hervorstehender Nagel an einem Zaun ein Loch gerissen hat, schreibe ich diese Zeilen zur späteren Erinnerung ...

Der Abend desselben Tages. Wir sitzen im Heuschober eines großen Bauernhofs. Hier werden wir die Nacht verbringen. Hoffentlich schlafen wir besser als zuletzt! Unserer Müdigkeit zum Trotz haben wir heute mehr als dreißig Kilometer zurückgelegt. Am Nachmittag versuchten wir intensiv, unsere Ansichtskarten zu verkaufen und Marschproviant zusammenzutragen. Wie schwer dieses Betteln doch ist! Wenn die Herrschaften bloß eine Ahnung davon hätten, wären sie wahrscheinlich freigiebiger, falls sie überhaupt Herzen und nicht Steine in der Brust haben.

Wie oft hörte ich diese Worte: Reiche und Arme wird es immer geben!, Das folgt dem göttlichen Plan!, Niemand kann das ändern! Indes, die ihnen unangenehmen Seiten dieser wunderbaren Gesellschaftsordnung, etwa das Vagabundieren, wollen die Herren nicht akzeptieren und durch Verbote, Gesetze und Erlässe verhindern.

Mancher Richter geht gegen Hausierer mit aller Härte vor. Unterwegs verbreitete sich das Gerücht über einen solchen sogar über die Grenzen seines Gerichtsbezirks hinaus – als Warnung unter Bettlern und Landstreichern. Gendarmen machen mit Vorliebe eifrig Jagd auf diese armen Leute – vermutlich aufgrund mangelnden Erfolgs auf anderen Gebieten oder weil sie meinen, der Gemeinschaft auf diese Weise einen großen Dienst zu erweisen.

Offenbar macht die gesamte »gute Gesellschaft« der Privilegierten gemeinsame Sache im Kampf gegen die Ärmsten der Armen. In einem Dorf, durch das wir letztens marschierten, wollten Max und ich den Pfarrhof aufsuchen. Doch ein Arbeiter, der dort im Garten beschäftigt war, warnte uns davor, einzutreten, weil uns der Pfarrer sonst wegen Hausierens einsperren ließe. Schon andere Vagabunden hatten uns erzählt, dass manche, die christliche Nächstenliebe predigten, einem Bittsteller eine Mahlzeit bringen ließen und, während der am Gang oder sonstwo mit dem Essen zugange war, den Gendarmen riefen. Wir wollten solchen Erzählungen zunächst keinen Glauben schenken, aber wir sahen keinen Grund, dem Arbeiter im Pfarrersgarten zu misstrauen …

Samstag, der neunzehnte April. Es ist etwa fünf Uhr Nachmittag. Max und ich sitzen in der imposanten Stube eines Bauernhauses. Die Hausherrin hat uns liebenswürdigerweise erlaubt, bis zum Abendessen, zu dem wir eingeladen sind, sitzen zu bleiben. Anschließend können wir im Rossstall übernachten. Dort ist es sicher warm! Viel wärmer als im Heuschober von letzter Nacht. Auch die war furchtbar! Im Hof der Landwirtschaft waren vier entsetzliche Köter, die ohne Unterbrechung abwechselnd bellten und heulten. Dass das den Bauern selbst nichts ausmacht! Uns störte es sehr, wir brachten die ganze Nacht kein Auge zu. Und das Heu, auf dem wir lagen! Es durchbohrte unser

Gewand, kroch sogar unter unsere Hemden und Unterhosen. Die Temperatur lag im Frostbereich. Der Nachtwind blies durch alle Ritzen, und der ganze Stadel, zur Hälfte aus Holz, knarrte und ächzte nervenzermürbend. In einem erbärmlichen Zustand setzten wir am Morgen unseren Marsch fort.

Heute gab es einige Regenschauer, in die sich Schneeflocken mischten. Von Kopf bis Fuß durchnässt fanden wir vor einer Viertelstunde Unterschlupf, nachdem wir vergeblich an mehrere Türen geklopft hatten. Diese ganze Gegend muss im Sommer bezaubernd sein, aber derzeit ist es kein Vergnügen, sich hier aufzuhalten. Wir sind zu früh von zu Hause weggegangen.

Wie ich mich auf den Moment gefreut hatte, wenn der Traunsee vor mir läge, wenn ich die vielgerühmte Landschaft des Salzkammerguts durchkämmte! Freilich war nun mein Eindruck davon nicht der beste, weil mir die nasse Kleidung am Körper klebte und der eiskalte Wind, der die Wolken am Himmel vor sich her trieb, meinen ganzen Körper zum Zittern brachte.

Mit ernster Miene legte Karl das Heft beiseite. »Nun ja«, sagte er leise zu sich selbst, »das passiert mir immer. Der Verlauf der Ereignisse ist stets in Wirklichkeit anders als ich ihn mir zuvor im Geiste ausgemalt habe. Aber Mut! Alles geht am Ende vorbei. Und in einigen Jahren werde ich das wieder lesen und mich lachend daran erinnern! Aber wie wird es sein, wenn Max mich verlässt? Es wird ein sehr einsames Marschieren und ich werde an allem noch viel schwerer tragen.«

Obwohl er schon müde war, nahm Karl einen Bleistift und schrieb folgende Notizen über die Erlebnisse des letzten Tages:

Sonntag, der zwanzigste April. Spätabends. Ich liege in einem sehr einfachen, harten Bett, aber immerhin in einem Bett, das in einem richtigen, kleinen Zimmer steht. Max liegt neben mir und schläft schon.

Die letzte Nacht haben wir in einem Pferdestall verbracht und recht gut geschlafen. Am Morgen, vor dem Aufbruch, setzte man uns große Schalen Milch und dicke Brotscheiben vor. Untertags bekamen wir kaum etwas in unsere Mägen. In dieser Gegend ist es schwer, etwas zu ergattern. Entweder haben die Leute selbst nichts, oder sie teilen nicht mehr gern, weil der Bettler hier zu viele sind. Doch abends aß ich mich satt bei Schinken, Brot und Apfelwein, serviert von unseren freundlichen Gastgebern.

Heute war das Wetter zwischendurch ganz passabel. Wir sind den Attersee entlang nach Süden gewandert. Immer wieder rasteten wir am Seeufer und beobachteten vergnügt die sanften Wellen, die im Sonnenlicht glänzten. Ach, wenn jetzt Sommer wäre! Welch ein Vergnügen wäre es, in diesem See zu baden!

Nachmittags trafen wir unter anderem zwei deutsche Vagabunden. Sie zeigten uns einen ganzen Sack, gefüllt mit Eiern, Brot und Schinken, randvollen Milchflaschen und verschiedenen anderen nützlichen Dingen – alles zusammengeschnorrt. Sie hatten die beste Laune und erzählten, sie wären ganz und gar nicht auf der Suche nach Arbeit, ohne die sie in höchster Zufriedenheit lebten, auf Wanderschaft durch die weite Welt. Also, nie werde ich lernen so zu betteln! Dafür braucht es ein gewisses Talent. Wenn ich um Almosen bitte, dann bloß um ein Stück Brot oder vielleicht ein Glas Milch, und das nur, wenn ich großen Hunger habe.

Bis zur Stunde habe ich versucht, nicht an meine Lieben und an daheim zu denken. Heute ist es mir nicht mehr gelungen. Immer von neuem befiel mich die Erinnerung an sie. In Mondsee wartet aber schon Post auf mich.

Dann wurde Karl von Müdigkeit ergriffen. Nach den letzten Zeilen legte er Bleistift und Tagebuch aus der Hand, löschte die heruntergebrannte Kerze und schlief bald ein.

* * *

Am frühen Morgen wurden Max und Karl vom Arbeitslärm geweckt – Bauern beginnen ihr Tagewerk in der Regel sehr zeitig – und erhoben sich von ihrem Lager. Nach dem Genuss warmer Milchsuppe und gedämpfter Erdäpfel, mit denen sie die freigiebige Hausfrau bewirtet hatte, waren sie bald unterwegs zum Mondsee. Max hatte sich entschlossen, noch bis zur gleichnamigen Ortschaft zu gehen und von dort nach Wien zurückzukehren. Das war für ihn Anlass zu großer Fröhlichkeit, und er legte ein Tempo vor, mit dem Karl kaum mitzuhalten imstande war. Aber auch Karls Stimmung war besser als zuletzt. Er konnte seiner Erwartung kaum Herr werden, ein Brief von Zu Hause hielte vielleicht eine erfreuliche Nachricht bereit. Begründen konnte er diese Hoffnung allerdings nicht.

Max pfiff eine lustige Melodie, während Karl stillschweigend marschierte und vergnügt die Bilder der zahlreichen Naturschönheiten aufsog. Den Mondsee entlangwandernd betrachtete er den dunkelblauen See, die Berge ringsum, an denen schwere, graue Nebel hingen, den Himmel voller eilig dahinziehender Wolken, die Gedächtnissteine und Tafeln, die hier und da vor der Gefährlichkeit dieses kleinen Gewässers warnten und die Ruderboote, die an verschiedenen Stellen Arbeiter von einem Seeufer zum anderen beförderten.

Wenn sie an Häusern vorbeikamen, versuchten sie hin und wieder ihr Glück laut einer Abmachung, nach der Karl bei den einen, Max bei den anderen Türen anklopfte. So brachten sie etliche Scheiben Brot, sowie etwas Fleisch und Fett zusammen, und beschlossen, eine kleine Rast für eine Jause einzulegen. Karl machte Feuer und kochte einen Topf Kakao aus Kondensmilch, Kakaopulver und Zucker – Zutaten, die er noch von daheim mitgebracht hatte.

»Na, Karl!«, sagte Max, nachdem er ein Glas getrunken hatte, »hast dich schon entschieden, wohin du vom Mondsee aus gehen wirst?«

Karl zuckte mit den Schultern. »So wie's aussieht direkt nach Salzburg und weiter nach Deutschland. Einen genaueren Plan hab ich derzeit nicht.«

»Am besten wär's, du würdest mit mir zurückgehen. Glaubst nicht?«

Karl schüttelte den Kopf.

»Was machst mit den Ansichtskarten?«, fragte Max nach einer Weile. »Ich nehm sie nicht mit nach Hause. Freilich wär's schade um das Geld, das wir reingesteckt haben. Wir haben sehr wenig verkauft, aber ihr Gewicht hat ganz schön auf meine Schultern gedrückt. Mein Rucksack wird um vieles leichter, wenn ich sie rausschmeiß.«

Er nahm ein Päckchen Karten. Einige zog er für sich als Andenken heraus, die anderen bot er seinem Kameraden an. Aber Karl tat dasselbe. Auch er entledigte sich der schweren Last.

»So auf dem Waldboden können wir sie allerdings nicht liegen lassen«, entschied Max. »Wir verbuddeln sie, wie es sich gehört – und mit ihnen auch endgültig unsere Ambitionen als Weltreisende.«

Stumm hoben sie mit einem Löffel und einem Ast eine Grube aus, versenkten die Karten darin und häuften Erde darauf. Die stampften sie fest und verteilten Zweige und

Laub darüber, um den Ort zu verbergen. Karls Augen wurden feucht. Er hatte das Gefühl, er begrabe etwas sehr Teures – vielleicht seine letzte Hoffnung.

Am frühen Abend erreichten sie den Ort Mondsee, wo sie sofort das Postamt aufsuchten. Auf beide warteten Briefe von ihren Familien.

Max wurde von seinen Eltern aufgefordert, sich zu besinnen und heimzukehren. Wenn er verspräche, sofort nach Hause zu kommen, würde man ihm das Fahrgeld an jede von ihm genannte Adresse schicken. Diese müsste allerdings näher sein als die eben benützte. Dieses Mal läge kein Geld im Kuvert, weil man nicht etwa sein aussichtsloses Unterfangen unterstützen wolle.

Max strahlte. Seine Eltern grollten ihm nicht, und er konnte ohne Gesichtsverlust zurückgehen, wenn er sagte, er hätte seine Weltreise abgebrochen, um sich dem elterlichen Wunsch nicht länger zu widersetzen!

»Also, Karl«, wandte sich Max an seinen Freund, »was schreiben dir deine Lieben? Hoffentlich nichts Unerfreuliches! Du schaust aus wie ein Hund, dem man den Schinken geklaut hat.«

Tatsächlich blickte Karl gesenkten Hauptes entgeistert vor sich hin, nachdem er seinen Brief gelesen hatte.

Er reichte Max das Schreiben. »Da, lies selber!«

»Du Unglückswurm!«, sagte Max, als er fertig war, »das nenn ich Pech: Am Tag nach der Abreise eine Stelle angeboten zu bekommen! Aber es sieht so aus, als ob diese Martha noch an dich denkt. Und vielleicht ist es auch noch nicht zu spät, wenn du sofort mit mir nach Hause aufbrichst.«

»Sicher ist es zu spät. Hast nicht gelesen, dass sie schreibt: ›... stelle dich bitte sofort nach Erhalt dieser Karte vor!‹ Das war's! Ich muss meinen steinigen Weg weiter gehen.«

»Aber überleg doch, Karl! Grad jetzt braucht dich deine Familie. Deine Mutter ist krank, der Prozess gegen deinen armen Bruder geht los, deine Schwester Erna muss ununterbrochen das Bett hüten, also wär's deine Pflicht zurückzukommen, statt weiter davonzulaufen. Hast du nicht Angst, dass du Mutter und Schwester vielleicht nie wieder siehst, wenn du zu große Distanzen zwischen sie und dich bringst?«

Anstelle einer Antwort verbarg Karl die Augen hinter einer Hand. Er rang mit sich, und es kostete ihn große Anstrengung, nicht loszuheulen. Max wagte nichts mehr zu sagen.

Schweigend durchschritten sie den Ort, um das Gemeindeamt aufzusuchen. Sie hatten gehört, es gäbe dort Gutscheine für eine Übernachtung und eine Mahlzeit in einem Gasthaus.

7

Martha stieg verschlafen und müde aus dem Bett.

Die Sonne sandte bereits die ersten Strahlen ins Zimmer. Es war ein schöner Sonntag im Mai, wie geschaffen für den Ausflug, zu dem Martha mit Arthur verabredet war. Gerade heute konnte sie aber nicht wandern gehen. Nicht nur, weil sie sich ausgelaugt und kraftlos fühlte, es war einfach nicht möglich, die Mutter alleine zu lassen, die heftig unter ihren Gallensteinen litt. Letzte Nacht waren das Fieber und die Schmerzen so arg gewesen, dass Martha einen Arzt hatte holen müssen. Sie selbst hatte kaum Schlaf gefunden. Sie war ununterbrochen mit der Pflege der Kranken beschäftigt gewesen, die immer wieder in ihrer Pein aufgestöhnt und deren Delirium bis zum Morgen gedauert hatte, ehe sie sich beruhigte und in wohltuenden Schlummer fiel.

Sogleich hatte auch Martha die Müdigkeit übermannt. Aber plötzlich war sie aufgeschreckt, sich erinnernd, dass Arthur schon an der nächsten Tramwayhaltestelle auf sie wartete. Sie zog sich hastig an, beobachtete eine Weile zögernd die schlafende Frau und ging endlich los, um dem Freund mitzuteilen, dass sie heute bei ihrer Mutter bleiben würde.

Herrlicher Sonnenschein lachte Martha an, als sie aus dem Haustor trat. Sie beachtete ihn gar nicht. In ihrer Eile, und aufgeregt wie sie war, wäre sie beinahe geradewegs in ein Automobil gelaufen. Nur die Aufmerksamkeit und die Reaktionsschnelligkeit des Fahrers verhinderten Schlimmes. Es war nicht verwunderlich, dass sich Martha nervös und zerstreut zeigte. Sie hatte in letzter Zeit einiges zu verkraften gehabt. Zunächst hatte es sie getroffen, dass Karl ihre Nachricht von dem freien Arbeitsplatz und damit diese große Chance verpasst hatte. Sie empfand sich als mitschuldig an dem Elend, dem er zweifelsohne entgegenmarschierte, umso mehr, weil sie zwischen dem Erhalt der Information, dass man in ihrer Fabrik Arbeiter aufnähme und ihrer Karte an Karl zwei Tage verstreichen hatte lassen. Dann hatte sie eine ganze Woche in der furchtbaren Angst gelebt, schwanger zu sein. Arthurs Verständnis für ihre seelische Ausnahmesituation war äußerst beschränkt gewesen. Ihre verzweifelte Frage, was jetzt geschehen solle, hatte er in seiner ruhigen Art so beantwortet: Ich kenn einen Arzt, der deinen Zustand rechtzeitig beenden wird. Selbstverständlich komm ich für die Kosten auf. Als sie daraufhin erklärte, sie würde diesen verbotenen und gefährlichen Eingriff an sich nicht durchführen lassen, sondern erkenne in ihrem Zustand vielmehr einen Anlass zur Eheschließung, hatte Arthur nur den Kopf geschüttelt und gesagt: Sei nicht dumm, Martha! Wegen einer Schwangerschaft heiratet man doch nicht gleich.

Letztlich konnte sie mit Erleichterung feststellen, dass ihre Angst unbegründet war, und sie fasste den Entschluss, die Beziehung zu Arthur eher zu beenden, als ein derartiges Risiko ein weiteres Mal einzugehen. Aber sie hatte noch nicht die Kraft ihn zu verlassen, trafen sie einander doch täglich im Büro.

Ihre Mutter wurde in der letzten Zeit von dauerhaften Beschwerden heimgesucht und war oft so schlecht gelaunt, verzweifelt und pessimistisch, dass Martha Unterhaltungen mit ihr scheute.

Vor einigen Tagen hatte sie der nächste und bisher schwerste Schlag getroffen: ihre Kündigung mit Frist von zwei Monaten. Die Anschaffung moderner Büromaschinen hatte zwei bis drei Angestellte überflüssig gemacht.

Als Martha bei der Haltestelle ankam, stand Kerner bereits dort, gewandet wie ein Tourist, mit Rucksack und Fotoapparat.

Schon aus einiger Entfernung rief er Martha fröhlich zu: »Guten Morgen, Martha! Sieh nur, was für ein herrlicher Tagesbeginn – mitten im Mai! Das wird ein wunderbarer Ausflug. Jetzt schau nicht so z'wider!«

»Arthur!«, sagte sie ernst, »ich kann leider nicht mit dir wandern gehen, weil meine Mutter schwer krank ist. Ich bitt dich, sei mir nicht bös!«

Für einen Augenblick verdunkelte sich das Antlitz des Mannes. Gleich darauf sagte er aber gelassen: »Na gut, Martha! Da kann man nichts machen. Erlaub mir aber, dass ich allein losgeh. Sehen wir uns am Abend?«

»Ich kann ja nicht fort. Wenn du zu mir kommen magst ...«

»Nein, Martha, das will ich nicht.«

Martha senkte den Kopf, und während sie langsam fortging, ohne Arthur die Hand zu reichen, sagte sie: »Dann auf Wiedersehen! Ich wünsch dir einen schönen Ausflug.«

»Auf Wiedersehen, Martha!«, rief er, während er zur Tramway ging, die gerade einfuhr.

Nein, das ist nicht die wahre Liebe, dachte Martha, auf dem Heimweg zu ihrer kranken Mutter. Die Beziehung bringt nichts mehr. Die ist am Ende.

* * *

Zur selben Zeit lagen in Ernas und Heinrichs Wohnung zwei kranke Frauen: Erna selbst und ihre Mutter.

Erna hatte eben eine weitere Verschlechterung ihrer unheilbaren Krankheit erfahren, die früher oder später tödlich enden musste. Frau Weber verfiel rapide. Trauer und Leid untergruben ihre einst zähe Natur, und schon eine kleine Erkältung, die sie sich während der letzten Regentage zugezogen hatte, fesselte sie mit Fieber ans Bett.

Ihre Gemütslage war trist. Sie war noch in keinster Weise über den Tod ihres Mannes hinweg. Auch das Gefühl, für ihre Töchter und den Schwiegersohn eine Belastung zu sein, war ihr unerträglich. Und das, obwohl ihre Bedürfnisse bescheiden waren und ihr von allen Seiten unaufhörlich versichert wurde, dass man gerne noch mehr für sie täte.

In welche Richtung sie ihre Gedanken auch lenkte, nirgendwo zeigte sich ein Freudenstrahl oder wenigstens ein Hoffnungsschimmer. Im Gegenteil, da war zum Beispiel Erna, die mit ihrer Tuberkulose vielleicht noch ein paar Jahre zu leben hatte. Ihr Tod würde den herzigen, lieben Buben Heinz, den Frau Weber liebte, wie eine Großmutter das nur vermochte, zum Halbwaisen machen. Karl lief irgendwo in der Weltgeschichte herum. Was würde dem noch alles zustoßen? Saß er vielleicht jetzt gerade irgendwo mit vor Hunger rumorenden Eingeweiden fest? Und was sollte aus ihm werden, wenn er ohne Ziel und ohne Lebenserwerb derart seine Jugend vergeudete? Und auch Anna streute das Leben nur Dornen ohne Rosen. Freilich war sie teilweise selbst schuld daran, dass sie jetzt ein schweres Leben an der Seite eines rücksichtslosen Trinkers fristete. Auch wenn sie verständlicherweise noch nicht ganz auf Liebesglück und Familienfreuden verzichten wollte, hatte sie sich doch zu blind dem Nächstbesten an den Hals geworfen. Die größten Sorgen bereitete Frau Weber jedoch ihr Sohn Anton, der vor zwei Wochen wegen seiner unüberlegten kriminellen Handlung zu drei Jahren Kerkerhaft verurteilt worden war. Wie viele ihrer grauen Haare gingen wohl auf sein Konto?

Anna war nun oft hier. Sie half, Ordnung und Sauberkeit in der hellen, freundlichen Wohnung aufrechtzuerhalten, betreute die Blumen am Fenster mit der gleichen Hingabe wie ihren kleinen Neffen, pflegte die kranken Frauen und kümmerte sich darum, dass Heinrich eine warme Mahlzeit hatte, bevor er zur Arbeit ging, und eine zweite, wenn er heimkam. Sie war nun viel freundlicher und sanfter als früher. Ihr Gesicht hatte schon auffallend viele Falten, und ihre Lippen formten sich nur zu einem Lächeln – oder seltener zu einem Lachen –, wenn sie sich mit dem kleinen, quirligen Heinz beschäftigte, der seiner Tante gegenüber anhänglich war und ihr viel Liebe entgegenbrachte.

Jetzt stand sie in der Küche und kochte Mittagessen. Heinz »half« ihr. Wie alle kleinen Kinder war er glücklich, wenn er einen – seiner Meinung nach – nützlichen Beitrag leisten konnte.

Da klopfte es an der Tür. Der Briefträger brachte einen Brief. Anna öffnete ihn und überflog ihn hastig. Dann lief sie ins Zimmer.

»Mutter!«, rief sie, »ein Brief von Karl! Soll ich laut vorlesen, oder möchtest du selbst ...?«

»Ja, Anna, lies ihn vor!«, antwortete die Mutter müde, aber interessiert. Auch Erna erwachte aus ihrem Halbschlaf und hörte aufmerksam zu.

Anna las:

Bad Salzungen, 14. Mai 1930

Meine Lieben!

Die herzlichsten Grüße aus Bad Salzungen! Da schaut Ihr, dass ich schon so weit nach Deutschland gekommen bin!

Ich frage mich selbst oft, was mich dazu bewegt, ständig von Ort zu Ort zu laufen. Nun, einerseits ist es für einen Vagabunden ratsam, nicht zu lange in einem Bezirk zu bleiben, wenn er nicht riskieren will, wegen »Landstreicherei und Bettelei« verhaftet zu werden, zweitens treibt mich irgendetwas unaufhörlich vorwärts, eine vage Hoffnung, weiter im Norden Arbeit zu finden, vielleicht am Meer.

Ich habe mich an mein neues Leben schon gewöhnt und bin fast zufrieden damit. Macht Euch also keine Sorgen um mich! Habt auch keine Angst, dass ich wirklich zum Vagabunden im schlechten Sinne des Wortes werde! Wenn man von dem bisschen Betteln absieht, breche ich kein Gesetz, dafür sehe und lerne ich viel.

Wie geht es Euch allen? Hoffentlich zumindest so gut wie mir. Jetzt ist Frühling, und die Sonne scheint, das bekommt meinem Schwesterlein Erna sicher wohl.

Und mein armer Bruder Anton? Haben ihn die Mühlen des Gesetzes hart erwischt? Wenn Ihr ihn besucht, richtet ihm bitte von mir die herzlichsten Grüße aus. Er soll sein Los wie ein Mann tragen. Wenn er sich entschließt, wieder ein ehrlicher Mensch zu werden, wird er für mich selbstverständlich weiterhin ein geliebtes Familienmitglied bleiben. Sicher würde auch Vater ihm verzeihen, wenn er sähe, dass es ihm leid tut.

Habt Ihr Martha Groner meine Grüße und meinen Dank ausgerichtet für ihren gut gemeinten und nicht durch ihre Schuld fehlgeschlagenen Versuch, mir Arbeit zu verschaffen? Bitte übermittelt auch ihr und ihrer lieben Mutter meine Grüße und schreibt mir ein wenig über sie!

Was macht mein Neffe? Berichtet mir über ihn und küsst ihn von mir!

Nachdem ich noch nicht weiß, wie ich weiterwandern werde, bitte ich Euch, Eure Briefe an das Postamt Hildesheim zu schicken, wo ich sicher früher oder später hinkommen werde.

Seid also wie immer herzlich gegrüßt von Eurem Euch liebenden

Karl

Aus Mutter Webers Augen quollen Tränen. Auch Anna und Erna wischten in ihren Gesichtern herum.

»Der gute Bub!«, rief die Mutter.

»Diese Martha Groner mag er offenbar sehr«, meinte Anna.

»Sicher!«, bestätigte Erna, »er liebt sie sogar von Herzen. Irgendwie ist die Beziehung in die Brüche gegangen, aber das hat seine Gefühle zu ihr nicht verändert.«

»Na, ich sag ihr und ihrer Mutter auf jeden Fall, dass Karl sie schön grüßen lässt«, beschloss Anna.

»Wo ist der Onkel Karl?«, fragte Heinz, der den Gesprächen der Erwachsenen gewöhnlich aufmerksamer folgte, als diese es für wünschenswert hielten.

»Weit weg«, antwortete Anna. »Komm, ich geb dir ein Busserl von ihm. Darum hat er mich in seinem Brief gebeten.«

* * *

An Mutter Groners Zustand war in den folgenden Tagen keine Besserung zu erkennen. Martha war während ihrer langen Dienste im Büro äußerst unruhig, obwohl sich während ihrer Abwesenheit freundliche Nachbarinnen um die Kranke kümmerten.

Eines Abends schrie Frau Groner vor Schmerzen, und der Arzt stufte ihren Zustand als derart kritisch ein, dass er sie sofort ins Spital einwies, wo sie auf der Stelle operiert wurde.

Martha brachte die ganze Nacht kein Auge zu und lief frühmorgens, noch bevor sie zur Arbeit ging, ins Spital, um sich über den Ausgang der Operation und das Befinden ihrer Mutter zu erkundigen. Eine freundliche Schwester führte sie zu einem Arzt. Der antwortete nicht sogleich, sondern sah sie ernst und – wie es Martha schien – mitleidig an.

»Die Operation verlief gut«, sagte er schließlich. »Jetzt hoffen wir das Beste.«

»Wird meine Mutter durchkommen?«, fragte Martha hastig.

»Wie gesagt«, antwortete der Arzt, »die Operation war erfolgreich, aber Ihre Mutter hat ein sehr schwaches Herz, was die Sache ein wenig komplizierter macht. Wir müssen jetzt abwarten. Zu Mittag können Sie sie besuchen.«

»Kann ich sie nicht jetzt sehen? Ich fürcht das Schlimmste. Ich bitt Sie, lassen Sie mich kurz zu ihr!«

Er schüttelte energisch den Kopf. »Das geht auf gar keinen Fall. Die Operierte befindet sich gerade in der Aufwachphase. Sie müssen sich ein bisschen gedulden, verehrtes Fräulein.«

Martha schluchzte: »Ich bitt Sie, darf ich wenigstens ein-, zweimal am Vormittag per Telefon anfragen, wie's meiner Mutter geht? Ich halt diese Ungewissheit nicht aus bis Mittag.«

»Diesen Wunsch erfüllen wir gerne, Fräulein. Seien Sie stark und zuversichtlich! Wir tun für Ihre Mutter alles in unserer Macht Stehende.«

Wie im Taumel ging Martha zur Tramway und fuhr ins Büro. Geistesabwesend erledigte sie ihre Arbeiten, aber diesmal wurde sie von niemandem für ihre Fehler getadelt, nicht einmal vom strengen Prokuristen.

Fortwährend blickte sie auf die Uhr, ob sie etwa schon im Spital anrufen könnte. Noch nicht! Erst halb neun, zu früh. – Dreiviertel neun, noch ein wenig Geduld. – Zehn nach neun, nein. – Dreiviertel zehn, ein bissl wart ich noch. – Aber jetzt! Zehn Uhr! Ich ruf im Spital an!

Zitternd drehte Martha die Ziffernwählscheibe. »Hallo, ist dort das Krankenhaus? Können Sie mir sagen, wie es der Patientin Groner geht? Der Arzt hat mir versprochen ...« Aber schon legte sie den Hörer enttäuscht wieder auf.

Unverändert seit dem Morgen. Das klang nicht gut! Martha fühlte eine tiefe Beklommenheit in ihrer Brust. Sie wusste kaum, was sie tat. Wie automatisch, aber völlig unkontrolliert, vertauschte sie Briefe und Rechnungen und spannte Briefbögen mit dem Kopf nach unten in die Schreibmaschine ein. Mitleidige Blicke trafen sie. Arthur Kerner ging ihr aus dem Weg.

Um halb zwölf konnte sich Martha nicht mehr zurückhalten und rief ein weiteres Mal im Spital an. Wie gelähmt vor Angst wartete sie auf Antwort. Die Minute, die der Telefonist brauchte, um ihre Frage weiterzuleiten, kam ihr wie eine Stunde vor.

Schließlich: »Fräulein, seien Sie stark! Ihre arme Mutter ist nicht mehr aufgewacht. Ihr Herz war zu schwach und hat vor kurzem aufgehört zu schlagen.«

Martha schrie auf: »Tot? Meine Mutter ist tot?« Der Hörer entglitt ihrer Hand und sie stürzte ohnmächtig zu Boden.

* * *

In einem hässlichen Saal mit nackten, kahlen Wänden und nur einem kleinen, hoch oben angebrachten Fenster ruhte auf dem betonierten Boden ein hohes und ausladendes Balkengerüst, an dem drei Drahtnetze stockwerkartig übereinandergespannt waren. Ein paar ramponierte Sessel komplettierten die Einrichtung. Über sie wurden für gewöhnlich Kleidung, Taschen und Rucksäcke jener Glücklichen geworfen, die hier übernachten durften.

Eines schönen Abends befand sich auch Karl Weber unter den zahlreichen Vagabunden und den in schmutzige Lumpen gehüllten Armen der Landstraße, die diesen Raum bevölkerten. Er saß am Rand des untersten Drahtnetzes und schrieb in sein Reisetagebuch:

Donnerstag, 5. Juni. Hildesheim, Wanderarbeitsheim, abends.

Ich sitze im »Läusetrakt« und könnte schon schlafen, wie es viele meiner Schicksalsgenossen bereits tun. Doch obwohl ich ziemlich ruhebedürftig und müde bin, habe ich wenig Hoffnung auf Schlaf in dieser Nacht. Mein »Bett« ist nur ein aus Stahldraht geflochtenes Netz, ohne Kissen, ohne Decke.

Welches Pech! Als ich vor einer Stunde hier ankam, fand der »Läuseforscher«, so nennen wir den Mann, der die eintreffenden Wanderer nach Ungeziefer absucht, an mir die gefürchtete Gewandlaus. Und weil die hier befindliche Reinigungs- und Desinfektionsanlage derzeit nicht funktioniert, müssen alle »Unreinen« mit ihrem Befall und den Parasiten im sogenannten »Bienenstock« übernachten. (»Biene« ist unter deutschen Vagabunden der Ausdruck für »Gewandlaus«.) Und weil ein Unglück niemals allein kommt, muss ich sogar zwei Nächte hier bleiben. Das preußische System der Wanderarbeitsheime, durch das man die Ströme Abertausender Obdachloser durch Deutschland ein wenig kanalisieren will, verbietet dem Nutznießer seiner Vorteile jede eigenmächtige Änderung der einmal gewählten und eingetragenen Route. Und ich habe vorgestern den falschen Weg eingeschlagen, indem ich von Göttingen nach Osterode statt, wie vorgesehen, nach Einbeck gegangen bin. Die Strafe dafür ist jetzt, dass ich zusätzlich zum üblichen halben Tag Arbeit gegen Essen und Übernachtung im Heim noch einen ganzen Arbeitstag anhängen muss, um den Gültigkeitsstempel in meinen Wanderausweis zu erhalten. So eine Dummheit, nach Osterode zu gehen! In dem Nest gibt es keine Wanderarbeitsstätte und die dortige Übernachtungsstelle für Obdachlose ist eine rechte Spelunke! Was für Menschen dort zusammenkommen! Ich bin schon sehr abgebrüht, aber der Kontakt mit derart demoralisierten, schmutzigen Außenseitern der menschlichen Gesellschaft hat mich mit Abscheu erfüllt. Kein Wunder, dass ich jetzt Gewandläuse habe! Warum man nur in der Obdachlosenunterkunft in Goslar, wo ich die letzte Nacht verbracht habe, das Ungeziefer nicht entdeckt hat! Sicher hatte ich die Viecher schon dort.

Fast fünfzig Kilometer bin ich heute mit leerem Magen gelaufen. Ich kann noch immer nicht richtig betteln, und wahrscheinlich lerne ich es nie. Mich ekelt dieses sinnlose Herumgelaufe schon an! Arbeit bekomme ich nirgendwo. Einem Ausländer ist es nicht einmal gestattet, eine andere Beschäftigung als Feldarbeit bei den Bauern anzunehmen. Und die können mich nicht brauchen, weil ich weder Heu mähen kann noch weiß, wie man mit Kühen und Pferden umgeht.

Als ich in Hildesheim ankam, ging ich nicht sofort hierher, sondern zuerst zum Postamt, wo zwei Briefe auf mich warteten: einer von meiner Familie und einer von meinem ehemaligen Reisegefährten Max Geller. Der ist längst zu Hause bei seinen Eltern. Er schreibt, dass sich die Zustände in Österreich laufend verschlechtern, dass jetzt auch sein Bruder brotlos ist und dass sein Vater eine Lohnkürzung hat hinnehmen müssen. Max bereut es fast, dass er nicht weiter mit mir gegangen ist, so sehr betrübt ihn die Situation zu Hause, ohne Arbeit und ohne Perspektive. Nun, er soll froh sein, dass er noch ein geordnetes Leben bei seinen Eltern hat! Meine Liebsten schreiben, dass Anton für seine unglückliche Tat hart bestraft wurde. Drei Jahre Kerker! Das muss furchtbar sein. Zudem plagen ihn zweifellos auch Gewissensbisse wegen des frühen Todes unseres Vaters. Und wie muss die Mutter erst leiden! In diesem Brief stand überhaupt nichts Erfreuliches.

Martha, liebe Martha! Könnte ich dich bloß trösten in deiner Trauer um deine gute Mutter! Die liebenswerte Frau Groner, wie habe ich sie mögen! Gleich morgen schicke ich Martha ein Beileidschreiben, und ich werde dabei andeuten, dass ich sie immer noch liebe.

Ein paar meiner Schlafgenossen verlangen, ich solle endlich das Licht ausmachen. Also, genug für heute!

Tatsächlich hatten einige auf den oberen Drahtgeflechten liegende Männer Karl aufgefordert, er, der dem Schalter am nächsten war, möge das störende Licht abdrehen.

Es dauerte lange, bis Karl endlich schlief. Die Bisse der blutgierigen Läuse juckten derart, dass er sich erst noch etliche Stellen an seinem Körper wundkratzte. Sein Magen krachte vor Hunger. Der Teller Erdäpfelsuppe, den er bei seiner Ankunft im Heim erhalten hatte, war samt dem winzigen Stück Brot kein ausreichendes Abendessen gewesen. In der Nacht weckten ihn abwechselnd die von der harten Unterlage verursachten Schmerzen und die Kälte. Außerdem störte ihn das ununterbrochene Knarren des Gebälks und der Drahtgitter, auf denen sich ständig jemand von einer Seite zur anderen wälzte.

Als der Morgen endlich anbrach, verließ Karl freudig seinen Liegeplatz, dachte aber augenblicklich mit Schrecken daran, dass er noch eine Nacht hier verbringen musste.

Nach dem Frühstück, das aus einer blassen, entfernt

an Kaffee gemahnenden Flüssigkeit bestand, wurde er mit anderen in ein Holzlager geschickt. Dort sägte und hackte er bis Mittag. Am Nachmittag wurde er in die Küche abkommandiert, wo er sich beim Geschirrabwaschen, beim Kartoffelschälen und bei anderen Hilfstätigkeiten nützlich zu machen hatte. Was für ein Segen! Endlich war er in der Lage, sich richtig satt zu essen! Er erzählte den dort tätigen Angestellten von seiner Wanderschaft, erklärte die Gründe für seinen Fortgang von Zu Hause und gestand auch, dass ihm das Umherziehen längst zuwider war. Da empfahl man ihm, in eine sogenannte Arbeiterkolonie einzutreten, wo er wenig bis gar keinen Lohn bekäme, dafür aber ein geordnetes Leben hätte, mit einfachem, aber regelmäßigem Essen, Kleidung und einem Bett. Wenn er seinen Weg über Hannover nach Lüneburg fortsetzte, käme er an einer solchen Kolonie vorbei, nämlich an jener von Kästorf.

Karl entschloss sich sofort, diese Arbeiterkolonie in jedem Falle zu besuchen und dort zumindest für ein paar Wochen zu bleiben.

8

Auf einer sich bis zum Horizont hinziehenden Wiese in der Gegend der berühmten Lüneburger Heide mühte sich eine aus siebzig Männern jeden Alters bestehende Kolonne bei ihrem Tagewerk. Trotz des nahenden Abends brannte die Julisonne unbarmherzig auf die schwitzenden Arbeiter herab. Müde und leidenschaftslos häuften die einen an dafür vorgesehenen Stellen trockenes Heu an, das andere dann auf große Fahrzeuge luden.

»Vorwärts, Leute! Schaut, dass alles vor dem Abend unter Dach ist!«, rief der Aufseher des Arbeitstrupps, von einer Gruppe zur nächsten eilend. »Vorher geht mir niemand heim! Wenn es in der Nacht regnet, ist alles Heu, das draußen liegen bleibt, verdorben. Also, vorwärts, Männer! Packt ordentlich an!«

Einige Arbeiter machten höhnische Bemerkungen, andere murrten über die »verfluchte Sklaventreiberei«, die meisten blieben still und setzten ihre Arbeit mit derselben trägen Behäbigkeit fort.

Zu diesen letzteren gehörte Karl Weber, der mit gesenktem Kopf und halb geschlossenen Augen völlig ermattet Heu einholte, indem er es mit einem großen Rechen zu einem der riesigen Haufen zog. Der Aufseher, der eben wieder vorbeiging, blieb stehen und beobachtete ihn.

»Na, junger Mann«, sprach er Karl an, »du bist an eine solche Tätigkeit offensichtlich nicht gewöhnt. Woher kommst du?«

»Aus Wien.«

»Und wie heißt du?«

»Karl Weber, Kolonie-Nummer 203.«

»Also, für heute erledigst du deine Arbeit weiter so gut du kannst. Ich werde aber mit dem Inspektor sprechen und ihm vorschlagen, dass er dir eine andere Aufgabe zuteilt.«

Damit ging der Aufseher wieder, um unermüdlich anzutreiben und zu ermahnen. Ermutigt setzte Karl seine Rechenarbeit fort.

Als die Sonne schließlich hinter dem westlichen Horizont versank, war der letzte Heulaster beladen, und der Trupp ging zum Hof der Kolonie. Dort gab jeder sein Arbeitsgerät ab, manche wuschen sich bei bereitstehenden Waschschüsseln, manche eilten sofort in den Speisesaal, in dem sich schon andere Gemeinschaftsangehörige zum Abendessen versammelt hatten.

Dann verteilte der »Hausvater« die eingelangten Postsendungen. Für Karl war ein kurzer Brief von Martha dabei. Wie pochte sein Herz beim Aufreißen des Kuverts! Sie dankte für seine Beileidswünsche anlässlich des großen Verlustes und für die mitfühlenden Worte, die er dem Andenken ihrer teuren Mutter gewidmet hatte. Sie zeigte sich gar nicht unangenehm berührt durch seine Anspielungen an ihre gemeinsamen glücklichen Tage, sondern gestand vielmehr, dass sie sich diese Zeit selbst oft zurückwünschte. Sie bedauerte sogar, dass ihre einst wundervolle Beziehung auf diese Art zerbrechen musste, woran sie sich teilweise selbst schuldig fühlte. Indes, den Gang der Dinge könne man nicht ungeschehen machen. Schließlich bat sie um Entschuldigung für ihre verspätete Antwort auf seinen Brief aus Hildesheim, aber es wäre ihr wirklich nicht früher möglich gewesen zu schreiben.

Karl war bewegt und eine lange nicht erlebte Freude hob seine Brust. In dieser Stimmung mochte er die Anwesenheit seiner rauen Arbeitskameraden mit ihren lauten und unsensiblen Reden nicht länger ertragen. Der Aufenthalt im verrauchten, übelriechenden Gemeinschaftsraum rief in ihm mehr Ekel hervor als jemals zuvor. So lief er in die Dunkelheit hinaus, in die unendliche Weite der Heide.

Die Schritte durch die kühle Nacht ließen ihn seine alte Ruhe finden, und er träumte von einem Wiedersehen, ja von einer Wiedervereinigung mit seiner geliebten Martha. Aus ihren Zeilen schloss er, dass sie sich in ihrer Liebe zu Kerner bereits getäuscht fühlte und wieder frei war für ihn, Karl. Sein Herz war erfüllt von einem süßen und gleichzeitig auch bitteren Glücksgefühl. Gleich am nächsten Tag wollte er ihr erneut schreiben, dieses Mal bekennender als zuvor. In seinem Geiste las er bereits ihre Antwort auf den Brief, den er erst noch verfassen musste, und er war sich sicher, dass Martha reumütig und ohne zu zögern zu ihm zurückkehren würde.

Dabei fiel ihm ein, dass es um ihn jetzt schlechter stand als damals, als er von Martha weggegangen war, und dass er derzeit noch weniger Aussicht auf einen Arbeitsplatz hatte, der ihm die Gründung einer Familie ermöglichte. Da ertönte von weitem die Hofglocke, die alle zum gemeinsamen Abendgebet und zum anschließenden Rückzug in die Schlafkammern rief. Die Beachtung der Hausordnung wurde streng eingefordert, daher lief Karl eiligst zu den Gebäuden der Kolonie zurück und fand keine Zeit, den letzten, unangenehmen Gedanken zu Ende zu denken ...

Die Wochen vergingen. Karl Weber musste nicht mehr den harten Heidegrund kultivieren oder auf Wiesen und Feldern arbeiten, sondern war im Innenbereich mit dem Abladen von Fahrzeugen, der Zimmerreinigung und ähnlichen Aufgaben betraut. Wohl waren diese körperlich weniger anstrengend, doch die Tage schienen ihm länger und sie wollten nicht vergehen. Gespannt wartete er auf Nachrichten aus der Heimat, doch war er vom Inhalt jedes einlangenden Briefes enttäuscht, ohne dass er genau hätte sagen können warum. Auf Antwort von Martha hoffte er vergebens. Allabendlich nahm er sich vor: Einen Tag warte ich noch, aber morgen schreibe ich ihr mit Sicherheit, wenn ich heute nichts von ihr höre. Post konnte schließlich verloren gehen, dann musste man die Nachricht eben noch einmal losschicken. Aber dann wagte er es wieder nicht. Vielleicht hatte Martha seinen Brief doch erhalten und war an Kontakt mit ihm nicht interessiert.

Es kam der Tag, an dem er des Aufenthalts in der Arbeiterkolonie überdrüssig wurde. Heimweh und die Sehnsucht nach seinen Liebsten quälten ihn. Die letzten Berichte über die körperliche Verfassung der Mutter waren beunruhigend. Aber was sollte er tun? Nach Hause fahren? Ein beschwerlicher Heimmarsch als Vagabund und Bettler lag vor ihm, denn viele Mark würde er nicht ausbezahlt bekommen, wenn er schon so früh abreiste. Die dreißig Pfennig Tageslohn reichten kaum aus, um das erhaltene Gewand abzubezahlen und Briefmarken und Ähnliches zu kaufen. Ein großes Guthaben würde er auf seinem Konto wohl nie anhäufen. Einerseits war sein Lohn kaum mehr als eine freiwillige Leistung, auf deren tägliche Gutschrift er nicht wirklich zählen konnte, andererseits hatte die Verwaltung eine sonderbare Art der Verrechnung: Je höher der Kontostand eines Kolonie-Mitglieds war, desto mehr wurde ihm für Hose, Hemd und Schuhe oder andere notwendige Dinge abgezogen.

Und was erwartete ihn zu Hause? Erneut Arbeitslosigkeit, Hunger, die Qual, anderen zur Last zu fallen und vergebliche Stellensuche oder ebenso erfolglose Vertretertätigkeit. Es war besser, noch hier zu bleiben, wo zumindest für Arbeit, Essen und Wohnen gesorgt war. Das waren seine immer wiederkehrenden Gedanken, doch nährte er gleichzeitig in sich die durch nichts zu rechtfertigende Hoffnung, dass sich sein Leben jederzeit und plötzlich zum Besseren wenden könnte, dass er vielleicht eines Tages nach Wien gerufen würde.

Tatsächlich erreichte Karl Weber eines Abends ein Schreiben, das ihn in seine Heimatstadt zurückbeorderte. Aber welch fürchterliche Enttäuschung seiner Träume und Hoffnungen! In einem Eilbrief ließ Anna ihn wissen, dass die Mutter schwer krank sei und er schnellstens kommen solle, wenn er nicht riskieren wolle, sie nicht mehr zu sehen. Bedauerlicherweise ließ ihr Zustand das Schlimmste befürchten. Dem Brief waren zehn Schilling beigelegt. Mehr konnte sie nicht entbehren, weil die Familie in letzter Zeit große Ausgaben zu tragen gehabt hatte: Ein guter Anwalt für Anton, der Arzt und die Medikamente für die Mutter und Erna sowie einiges andere hatten eine Menge Geld gekostet. Anna gab der Hoffnung Ausdruck, dass nach zwei Monaten Arbeit in der Kolonie die Rückfahrt zumindest zum größten Teil finanziell leistbar sei.

Unverzüglich suchte Karl den Inspektor auf und unterrichtete ihn von seinem Aufbruch am nächsten Morgen.

* * *

Frau Weber lag in Agonie und delirierte. Einmal rief sie herzergreifend um Hilfe für ihren Mann, den jemand töten wolle, ein anderes Mal klagte sie, dass ihre Familie verhungern müsse, weil man Anton und Karl die Arbeitslosenunterstützung entzogen hatte. Dann bezeugte sie unter Tränen, ja schwor, dass Anton ganz unschuldig sei, dass er trotz seiner etwas rohen Natur ein guter Mensch sei, den nur die andauernde Arbeitslosigkeit auf Abwege gebracht hätte. Nach einer kurzen Pause sprach sie ihren Kindern Mut zu und ermahnte sie, nicht zu streiten. Karl bat sie, sie nicht zu verlassen. Die Umstände würden bald besser werden, er würde Arbeit finden und auch eine neue Braut, eine treuere als Martha.

Aufgewühlt und angespannt fixierten die Blicke Ernas, die selbst ans Bett gefesselt war, Annas und Heinrichs die schwerkranke Mutter. Der kleine Heinz presste sich verängstigt an seine Tante.

Jemand klopfte an der Wohnungstür.

»Der Doktor kommt!«, rief Anna. Heinrich ging öffnen.

»Ist etwas Besonderes vorgefallen?«, fragte der Arzt, als er zum Bett der Kranken schritt.

»Ihr Zustand hat sich merklich verschlechtert«, gab Heinrich zur Antwort. »Darum haben wir Sie heute wieder gerufen.«

Der Arzt untersuchte Frau Weber mit geübten Griffen und wiegte nachdenklich den Kopf. Dann verabreichte er ihr eine Spritze.

»Das wird sie beruhigen«, erklärte er, während er auf dem Sessel neben dem Bett Platz nahm.

Die Patientin entspannte sich tatsächlich nach und nach. Plötzlich riss sie die Augen auf und versuchte, den Kopf zu heben.

»Anna, Anna!«, rief sie mit schwacher Stimme. »Ich bitt dich, mach die Fenster auf, ich erstick gleich!«

Geistesgegenwärtig deutete der Arzt, Anna möge ohne Widerrede gehorchen. Sie verstand und tat, als würde sie sich an den bereits weit offen stehenden Fenster zu schaffen machen.

»Anna, hast dem Karl geschrieben, dass er heimkommen soll?«, begann die Mutter erneut.

»Ja, Mutter, er muss jeden Augenblick da sein.«

»Hoffentlich kommt er rechtzeitig! Mein Leben geht zu End, und ich will ein letztes Mal alle um mich haben. Wenn nur der Anton auch kommen könnt! Ich werd ihn nie wieder sehen.« Frau Weber schluchzte auf.

Erna vermochte nicht mehr an sich zu halten und begann herzzerreißend zu weinen. Auch Anna und Heinrich hatten Tränen in den Augen. Der Arzt ermahnte sie inständig, Fassung zu bewahren, während er der Kranken besänftigend zuredete.

Die gewann nach und nach ihre Ruhe wieder, und Anna trocknete ihr mit einem Taschentuch Augen und Wangen.

»Herr Doktor«, sagte Frau Weber mit schwachem Lächeln, »Ihre gut gemeinten Reden können mich nicht täuschen. Ich spür, wie es mit mir zu Ende geht und dass ich die Nacht wohl nicht überleben werd. Wenn ich nur den Karl und den Anton noch sehen könnt! ... Luft, mehr Luft!«, rief sie plötzlich.

Der Arzt brachte sie mithilfe von Anna in eine angenehmere Liegeposition und gab ihr eine weitere Injektion. Erst röchelte die Kranke eine Zeit lang, dann fiel sie in leichten Schlaf.

* * *

Karl Weber marschierte eilig auf der Straße von Amstetten nach Melk. Er hoffte, in weniger als zwei Tagen in Wien zu sein. Ganz ohne Geld litt er schweren Hunger, weil er sich mit Betteln nicht aufhalten wollte. Nur selten ging er zu einem Haus und bat um Essen.

Er machte sich schwere Vorwürfe, weil er in dem Brief aus Kästorf mit der Ankündigung seiner Rückkehr keinen Ort angegeben hatte, wohin man ihm Post schicken konnte.

Ohne zu überlegen hatte er so ziemlich jeden Groschen ausgegeben, um eine möglichst lange Strecke mit der Eisenbahn zurückzulegen. Als schließlich der Moment kam, da er den Zug verlassen musste, hatte er noch einen einwöchigen Fußmarsch vor sich, ein Tagespensum von vierzig Kilometern vorausgesetzt.

Die Unsicherheit über das Befinden der Mutter peinigte ihn. Je näher er Wien kam, desto beklemmender wurde die Angst in seinem Herzen. Für ein Telegramm an Anna reichte sein Geld nicht, betteln wäre zu zeitaufwändig und für eine Postkarte war es zu spät. Auch wäre es jetzt schon schwierig, einen Ort zu nennen, wohin eine Antwort zu richten sei – in Anbetracht seines hohen Marschtempos und der Tatsache, dass er sich hin und wieder von einem Lastwagen oder einem anderen Vehikel mitnehmen ließ, um schneller vorwärtszukommen. Außerdem fürchtete er, unterwegs schlechte Nachricht zu erhalten. In diesem Fall käme ihm sogar der Grund für seine Heimkehr abhanden. Und derart einsam auf der Straße lebend würde er eine solche Hiobsbotschaft schwer ertragen. Da zog er die niederdrückende, quälende Unsicherheit vor. Sie ließ zumindest Platz für ein wenig Hoffnung.

Furchtbar lang schienen ihm die Wege von einem Ort zum anderen, von einer Stadt zur nächsten. Das waren die Markierungen seines Weges, die Messpunkte der Etappen, nach denen er die zwischen ihm und seinem Ziel noch zu bewältigende Distanz abschätzte. Landschaftliche Reize beachtete er dabei nicht. Immer weiter! war sein leitender Gedanke.

»Vielleicht beeile ich mich vergebens«, sagte er das eine oder andere Mal zu sich selbst, »weil meine Mutter schon tot, vielleicht bereits begraben ist! Nicht auszudenken! Nein! Weiter, weiter ...«

Drückende Hitze! Die Obstbäume beiderseits der Straße spendeten kaum Schatten. Hochsommerlich brannte die Mittagssonne vom Himmel. Karls Schweiß floss in Strömen.

Abrupt schwenkte er seitlich von der Straße ab und ließ sich im Schatten eines großen Birnbaums nieder. Er entnahm seinem Rucksack eine Scheibe trockenes Brot und aß. Nach jedem zweiten, dritten Bissen trank er einen Schluck Wasser, das in seiner Reiseflasche warm geworden war. Dann legte er sich ins Gras. Letzte Nacht hatte er schlecht geschlafen, daher dauerte es nicht lange, bis ihm die Augen zufielen.

In einem seltsamen Traum geht er durch das Tor des Wiener Rathauses. An seiner rechten Seite führt er die als Braut zurechtgemachte Martha an der Hand, und viele fröhlich aussehende Menschen folgen ihnen.

»Ich bin so glücklich, Karl!«, flüstert Martha im Gefühlsüberschwang. »Bald ist die Hochzeitszeremonie vorüber, und wir beide gehören einander für immer!«

Er umfasst zustimmend ihren Arm und antwortet: »Ja, liebste Martha, jetzt sind wir allen Widernissen zum Trotz für das ganze Leben verbunden. Schau, alles wird gut!«

Nach dem Zeremoniell, bei dem der diensthabende Beamte schöne und geistreiche Worte spendet, fahren sie zu einem Gasthaus, in dessen Speisesaal alles für die Feier vorbereitet ist. Jeder freut sich, auch Frau Groner und Frau Weber. Letztere bedauert nur, dass ihr Mann das nicht mehr miterleben darf. Martha und Karl ziehen sich schließlich von der Gesellschaft zurück und fahren in ihr neues Zuhause, in eine helle, schön möblierte Wohnung in einem modernen Gemeindebau. Voller Begeisterung kleiden sie ihre gegenseitige Wertschätzung und ihren Glauben an ewig währende Harmonie in immer neue Worte.

So kommt die Nacht, die erste, die sie als Frischvermählte in ihrem neuen Heim verbringen. Schlafen wollen sie nicht. Es folgen heiße Küsse, innige Umarmungen in bedingungsloser Hingabe und Liebesgeflüster, bei dem es stets um dasselbe geht: »Endlich haben wir uns wieder« ... »Wir bleiben für immer zusammen« ... »Wie ich dich liebe!«

Plötzlich erschauert Karl. Martha antwortet nicht mehr, ihr Körper erstarrt merklich in seinen Armen. »Martha!«, ruft er und macht Licht. Neben ihm liegt der steife, kalte Leichnam seiner Mutter.

Mit einem Aufschrei des Schreckens erwachte Karl.

* * *

Eben ging die von Szenen des Schmerzes, der Tränen und des Wehklagens begleitete Begräbnisfeierlichkeit in der Halle des Krematoriums zu Ende. Der Sarg mit Frau Webers Leichnam war in einer Bodenöffnung verschwunden, um den alles verzehrenden Flammen übergeben zu werden.

Erna und Anna verließen schwankenden Schritts die Feuerhalle, begleitet von einigen anderen Trauergästen: Heinrich, Martha und Menschen aus der Nachbarschaft. Während die ersteren schweigend heimwärts fuhren, besprachen die Nachbarinnen in der Tramway in lebhaftem

Geschwätz den zu frühen Tod der guten Mutter und den verständlichen Schmerz der Töchter.

»Die Weberin und ihr Mann könnten heut noch leben, wenn dieser Falott, der Anton, nicht kriminell geworden wär!«, stellte eine der Frauen mit schriller Stimme und in moralischer Entrüstung fest.

»Ja, ja«, beeilte sich eine andere zu bemerken, »dafür zieht man Kinder groß, dass sie einen dann schneller ins Grab bringen!«

»Arm sind die zwei Mädel und der Karl schon«, gab sich die dicke Hausmeisterin von Turmstraße Nummer 4 mitleidig, »der Karl ist so ein lieber Kerl! Und nicht einmal bei der Beerdigung hat er dabei sein können.«

Solche und ähnliche Aussprüche konnte man immer lauter in jenem Wagen vernehmen, in dem alle Teilnehmer des Leichenbegängnisses saßen. Anna, Erna und Heinrich hörten zwangsläufig jedes Wort mit, wenn sie auch etwas weiter weg Platz genommen hatten, und die Klatschweiber der Meinung waren, sie tuschelten bloß unter sich.

Bei der Haltestelle in der Turmstraße verließen sie den Waggon – zur Erleichterung der wirklich Trauernden. Martha, die ebenfalls ausgestiegen war, verabschiedete sich und beeilte sich nach Hause, um der tratschsüchtigen Gesellschaft zu entkommen.

Als sie die Treppe emporstieg, trafen wüst gebrüllte Beleidigungen aus einem oberen Stockwerk ihr andächtig trauerndes Gemüt wie Peitschenhiebe. Eine junge Frau huschte hastig mit angsterfüllten Augen und wehenden Haaren an Martha vorbei und rief: »Hilfe! Hilfe! Er bringt mich um!«

Unmittelbar hinter ihr folgte ein offensichtlich betrunkener Mann, zwei, drei Stufen auf einmal nehmend.

In seiner Eile hätte er Martha beinahe umgerannt. Er drohte mit rauer Stimme: »Wart du nur, du Hure! Zugrund gehen sollst! Ich brech dir deine Knochen!«

Nach oben blickend gewahrte Martha im ersten Stock Frau Krejci und deren Mann, einen kräftigen Möbelpacker. Die beiden lehnten am Geländer und sahen den treppabwärts Laufenden hinterdrein.

»Herr Krejci!«, rief Martha, »helfen S' doch! Laufen S' nach! Der Kerl bringt sie wirklich um!«

»Ah geh, lassen S' nur, Fräulein!«, antwortete Krejci gelassen. »Solche Szenen erleben wir mit den beiden öfter. Ich hab mir schon einmal die Finger verbrannt, als ich mich bei etwas Ähnlichem eingemischt hab, weil meine gute Frau mich darum gebeten hat. Damals sind dann beide – der Verfolger und der Verfolgte – gemeinsam auf mich losgegangen. Pack schlägt sich, Pack verträgt sich.«

»Ach, Fräulein Martha«, plauderte Frau Krejci mitteilsam, als Martha ihr Stockwerk erreicht hatte, »Sie wissen wohl noch immer nicht, mit welchen Leuten Sie da in dem Haus zusammenwohnen. Schauen Sie, zum Beispiel die Frau, die mit ihren Hilferufen eben Ihr Mitleid erregt hat. Die ist seit einem Jahr Witwe, und schon hat sie sich mit diesem zweifelhaften Charakter eingelassen. Wenn er wenigstens genug verdienen würd und ihr und ihrem Kind ein gescheites Leben bieten könnt. Aber nicht nur, dass er selber nichts verdient, er versäuft auch noch ihr Arbeitslosengeld. Außerdem schlägt er sie und das arme Kind. Schauen Sie, mein Mann«, sie sandte dem bereits Gegangenen einen Blick nach, »der trinkt ja auch ab und zu ein Glaserl, aber das überschreitet eine bestimmte Grenze nie. Na, ich würd's ihm auch nicht raten ...«

Martha wurde ungeduldig. »Entschuldigen Sie, Frau Krejci, ich hab dringend was zu tun. Auf Wiedersehen!«

Zurück in ihrem Zimmer setzte sie sich zum Tisch und gab sich lange Zeit ihren traurigen Gedanken hin. Sie nahm zwei Fotos aus der Schublade – eines zeigte ihre Eltern und eines Karl. Während sie sie betrachtete, trübten Tränen mehr und mehr ihren Blick.

Sie dachte an die glückliche Zeit ihrer sorgenfreien Kindheit. Da war der Vater noch ein ganz anderer Mensch gewesen als in seinen letzten Lebensjahren. Wohl hatte sie ihn wegen seiner Strenge, die er manches Mal plötzlich und unerwartet zeigte, immer ein wenig gefürchtet. Aber Martha erinnerte sich an ihn auch als fröhlichen Menschen und guten Vater, den sie liebte und respektierte. Wie interessant waren Spaziergänge und Ausflüge mit ihm, wie spannend vermochte er zu erzählen und zu erklären! Und erst die Mutter, diese stille, stets rührige Frau! Martha entsann sich nicht, jemals von ihr bestraft worden zu sein. Im Gegenteil war es immer ihr Bemühen gewesen, Marthas Streiche und Ungehorsamkeiten vor dem strengen Vater zu verbergen. Auch an einen kleinen Bruder konnte sich Martha erinnern. Er starb mit fünf Jahren.

Dann kamen die schlechten Tage, als der Vater eingezogen wurde und in den Krieg musste. Zunächst diese deprimierende Zeit des bangen Wartens von einem Brief zum nächsten – vom Vater aus dem Schützengraben! Wie sehr hatte die Mutter damals gelitten, und die kleine Martha mit ihr! Schließlich traf die Nachricht ein, dass der Vater eine schwere Verwundung am Kopf erlitten hätte – wie groß war da ihre Sorge um sein Leben gewesen! Als er zurückkam, war er praktisch ein Krüppel, und doch überwog die Freude, ihn wiederzuhaben. Aber ab diesem Zeitpunkt erwies sich das Familienleben als Hölle auf Erden. Der Vater zeigte sich immer cholerischer, despotischer, brutaler.

Welcher Lichtblick war in diesen Tagen voller Kummer und Leid das Erscheinen Karls! Wie er in der Lage war zu trösten und zu besänftigen! Wie höflich er sich ihrer Mutter gegenüber benahm und wie bedingungslos diese ihn schließlich in ihr Herz schloss! Er selbst war unglücklich und ohne Arbeit, aber trug er daran Schuld? Immerhin waren ein Zusammenziehen oder eine Heirat für sie ausgeschlossen, solange er nichts verdiente. In dieser langanhaltenden Wirtschaftskrise gingen die besten Ehen auseinander oder nahmen einen kläglichen Verlauf. Das konnte Martha nicht riskieren. Inzwischen hatte sie freilich erkannt, dass Karl in vielerlei Hinsicht Arthur Kerner vorzuziehen wäre, trotz dessen hohen Einkommens und trotz der Lebensgewandtheit, die er an den Tag legte. Dass Karl sie aus tiefstem Herzen liebte, zeigte sein letzter Brief aus Deutschland, in dem er erklärte, dass er mit Freude zu ihr zurückkehren würde und gerne alles vergäße, was vorgefallen war. Ja, er zeigte Mitgefühl mit ihr, weil sie sich in diesem Kerner derart getäuscht hatte – wie er ihrem Schreiben zu entnehmen meinte.

Nun kam er nach Hause! Martha stellte ihn sich vor, wie er gerade irgendwo in Richtung Wien unterwegs war, die quälende Frage wälzend, ob er seine Mutter noch antreffen würde, oder ob es ihm beschieden wäre, nur noch ihr Grab zu besuchen. Und wenn er schließlich hier ankäme ... Martha fühlte Tränen aufsteigen.

Mit einem Mal stand sie auf, ging schnellen Schrittes in die Küche und setzte sich zum Gasherd. Dort riss sie mit festem Griff den Gummischlauch vom Gerät und steckte sich das freie Ende in den Mund. Hastig atmete sie das giftige Gas ein.

Plötzlich klopfte es an der Wohnungstür und Martha kam zur Besinnung. Sie ließ den Schlauch fallen, sprang vom Hocker auf und drehte den Haupthahn beim Gaszähler ab. Währenddessen klopfte es erneut. Ein wenig benebelt öffnete Martha die Tür.

Draußen stand eine Nachbarin mit zwei Kindern, einem vierjährigen Sohn und einer sechsjährigen Tochter.

»Guten Tag, Fräulein Martha«, grüßte die Frau, »ich wollt Sie bitten … Aber Fräulein, da strömt ja Leuchtgas aus! Schauen Sie doch, was da passiert ist! Der Gummischlauch hat sich gelöst!« In ihrer Aufregung schob sich die Frau ungefragt in die Küche, um den Schlauch wieder zu befestigen.

Die danebenstehende Martha lief vor Scham rot an.

»Ja«, log sie schnell, »ich bin im Zimmer gesessen, da ist mir auf einmal wegen der Luft so komisch schwindlig geworden, und es hat nach Gas gerochen. Gerade, wie sie gekommen sind, wollt ich nachschauen, was geschehen ist.«

Die energische Frau überzeugte sich, dass alle Hähne abgedreht waren, dann öffnete sie Fenster und Wohnungstür. Wortreich warnte, ja ermahnte sie Martha, wachsamer zu sein im Umgang mit dieser gefährlichen, giftigen Substanz, gab ihrem Ärger über den Leichtsinn der Menschen und die zahlreichen Gasunfälle der letzten Zeit Ausdruck und fragte schließlich, ob Martha ihre beiden Kinder für ein, zwei Stunden bei sich aufnehmen und auf sie aufpassen könne. Sie, die Mutter, müsse fortgehen, um Besorgungen zu machen, und da wäre es sehr mühsam, die beiden Kleinen mitzuschleppen. Martha zeigte sich einverstanden. Die Nachbarin ließ das Mädchen und den Buben da, nicht ohne im Weggehen noch einmal vor dem Gas zu warnen.

Martha beschäftigte sich hingebungsvoll mit den Kleinen, die ihr ja nicht fremd waren. Sie mochte Kinder sehr und eroberte im Nu ihre Herzen. Jetzt spielte sie mit diesen beiden und vergaß bei dem Spaß für einige Zeit ihren Weltschmerz. Bald war sie richtig fröhlich und freute sich selbst wieder wie ein Kind.

9

Vom grauen Himmel fiel in dichten Wasserfäden Regen herab. Es hatte schon die ganze Nacht hindurch geschüttet, und auch um zehn Uhr morgens sah es nicht danach aus, als ob die Schleusen im Himmel sich bald schließen würden.

Auf der aufgeweichten Straße marschierte Karl Weber der Großstadt Wien zu. Grau und eintönig wie der Tag war seine Gemütslage. Ein einziger Gedanke hatte sich in ihm festgebissen: vorwärts, nach Hause!

Als er an den ersten Häusern Hütteldorfs, eines Vororts von Wien, vorbeikam, befiel ihn Unruhe. Er erblickte eine Tramway und wollte schon auf sie zulaufen. Doch im selben Moment fiel ihm ein, dass er nicht das nötige Geld für eine Fahrt hatte. So blieb ihm nur, zu Fuß weiterzugehen.

Manchmal war er vor Hunger einer Ohnmacht nahe, die er unter großer Kraftanstrengung vermied. In einer Stunde würde er zu Hause sein. Da bekäme er sicher eine ausgiebige Mahlzeit und könnte endlich wieder satt werden – sofern er dann zu essen imstande wäre.

Seine Aufregung steigerte sich. Wiederholt flossen kalte Angstschauer von seinem Nacken den Rücken abwärts. Als er schließlich im Wohnbezirk der Eltern ankam, war seine Angespanntheit unerträglich. Ab und zu musste er anhalten, um tief Luft zu holen. Was würde ihn zu Hause erwarten? Wie stand es um seine Mutter? Karl ging Begegnungen mit Bekannten aus dem Weg, weil er schlechte Nachrichten fürchtete.

Schließlich stand er vor Heinrichs und Ernas Wohnungstür und horchte einen Moment lang. Als er nach einiger Überwindung anklopfte, hämmerte sein Herz, als wolle es bersten. Eine Ewigkeit verging, bis jemand öffnete. Endlich erschien Anna auf der Schwelle.

Stumm reichten die Geschwister einander die Hand und sahen sich eine Weile an, bevor Anna, dem schmerzlich fragenden Blick des Bruders ausweichend, ihre tränennassen Augen zu Boden richtete.

»Willkommen, Karl, komm rein!«, sagte sie mit zitternder Stimme. Sie zog ihn in die Wohnung und schloss die Tür. Dann führte sie den Widerstrebenden an der Hand ins Zimmer.

»Die Mutter ...?«, fragte Karl halblaut. Außer ihm und der Schwester war niemand hier. »Ist die Mutter also ...« Dieses Mal schwang in seiner Stimme neben der Frage eine furchtbare Ahnung mit.

Anna antwortete, indem sie ihr Gesicht hinter beiden Händen verbarg und zu weinen begann.

»Also, zu spät ...«, sagte er langsam.

Er legte seinen Rucksack ab und ließ sich erschöpft neben Anna nieder. Seine Augen brannten, blieben aber beinahe trocken. Lange saß er bewegungslos mit gesenktem Kopf da. In ihm überschlugen sich unklare Bilder und Ideen, bis sich schließlich ein Gedanke daraus löste und sich wie ein mit roter Tinte geschriebenes Fanal vor ihm aufbaute: Meine Mutter ist tot, ich werde sie nie wieder sehen! Und Karl wunderte sich selbst, dass er nicht losheulen konnte, dass er so ruhig blieb, und er schämte sich dafür vor seiner Schwester. Unterwegs hatte er die schreckliche Situation, heimzukommen und die Mutter nicht mehr vorzufinden, schon so oft in der Vorstellung durchlebt und durchlitten, dass die grausame Realität ihn darüber hinaus nicht zu beeindrucken vermochte. Sein Schmerz wurde dadurch nicht geringer, bloß stumm und tränenlos.

Anna wischte sich die Augen trocken und betrachtete den Bruder in seiner stillen Trauer. Sie streichelte seinen Kopf.

»Armer Bruder«, sagte sie, »wie sehr hat die Mutter gehofft, dass sie dich noch einmal sieht! Der Heinrich hat sich einen Gehaltsvorschuss genommen und wollt dir Geld schicken, damit du nach Hause fahren kannst. Wieso hast du uns keine Adresse mehr genannt, wohin wir dir hätten schreiben können?«

»Ja, ich hab einen großen Fehler gemacht. Ich hab ihn tausendmal bereut und mich geärgert deswegen.«

Wieder schwiegen sie. Plötzlich kam Karl ein neuer Gedanke. Zaghaft fragte er mit leiser Stimme: »Wo ist die Erna?«

»Im Spital, schwer krank. Sie war bisher schon mehr im Bett als draußen. Mutters Tod hat sie sehr mitgenommen, trotzdem wollte sie unbedingt an der Beerdigungsfeier im Krematorium teilnehmen. Nachmittags kannst du sie besuchen.«

»Das mach ich natürlich. Und Heinrich und der Bub ...?«

»Der Heinrich ist in der Arbeit, und der Heinz ist in seiner Spielschule. Ich kann nicht die ganze Zeit da bleiben, wenn ich nicht will, dass mein Schatzerl, der Bsuff, die Wohnung unserer Eltern ganz allein in Beschlag nimmt und sich vielleicht auch noch Prostituierte aufs Zimmer holt. Aber damit der kleine Heinzi nicht ohne Aufsicht und Betreuung ist, wenn weder sein Vater noch ich da sind, ist er zumindest am Vormittag im Kindergarten. Es ist eh grad Zeit, dass ich ihn abholen geh. Die Spielschule ist nicht weit, sie ist gleich ums Eck, hier im Gemeindebau. Ich bin bald wieder da.«

Anna ging und kehrte nach zehn Minuten mit Heinz zurück. Der schreckte sich vor dem zunächst Unbekannten. Doch schon bald freundete er sich wieder mit »Onkel Karl« an, der in seiner leisen, unaufdringlichen Art mit dem Buben spielte.

In der Zwischenzeit kochte Anna das Mittagessen fertig, dem sich Karl sogleich mit dem Appetit eines Menschen widmete, der mehrere Tage Fasten hinter sich hat.

Nach dem Essen gingen Anna, Karl und Heinz auf Spitalsbesuch zu Erna. Sie fanden sie in einem besorgniserregenden Zustand vor. Karl hatte den beunruhigenden Eindruck, dass alle zwanzig Betten in diesem Raum mit mehr oder weniger todgeweihten Frauen belegt waren. Ernas schmales, eingefallenes Gesicht strahlte vor Freude, als sie den Bruder sah. Sie war sehr schwach. Die auf ihren Wangen blühenden Tuberkoloseröschen bildeten einen starken Kontrast zum sonst bleichen Gesicht.

Sie ist verloren, dachte Karl, erst Vater, dann Mutter, und bald schon sie.

Er hätte vor Schmerz losschreien mögen, aber er beherrschte sich unter Aufbietung all seiner Kraft. Armer kleiner Heinz! So ein lieber, unschuldiger, hilfloser Bub! Er wird als Halbwaise aufwachsen!

Erna selbst schien sich der Hoffnungslosigkeit ihres Zustands nicht bewusst. Sie sprach davon, demnächst aus dem Krankenhaus entlassen zu werden. Und als das Gespräch auf die Mutter kam, von der sie sagte, sie würde ihr vielleicht bald ins Grab folgen, hatte man glücklicherweise nicht den Eindruck, dass sie das, was sie sagte, auch tatsächlich so meinte.

Eine ergreifende Szene spielte sich ab, als Heinz um alles in der Welt zu seiner Mutter ins Bett wollte, anstatt mit Onkel und Tante wegzugehen. Da man seine Bitte nicht erfüllte, brüllte er markerschütternd. Erna bat, ihn auf ihr Bett zu setzen, bis er sich ein wenig beruhigt hätte, doch eine Schwester untersagte das mit aller Schärfe. Sie beanstandete auch entrüstet, dass die Mutter den Buben auf den Mund küsste.

Deprimiert und bekümmert gingen Anna und Karl mit dem kleinen, plärrenden Neffen aus dem Zimmer und ließen Erna in den Konvulsionen eines Weinkrampfs zurück.

* * *

Müde und völlig entmutigt kam Martha eben zu Hause an. Wie schon so oft war sie wieder unterwegs gewesen, um sich bei Unternehmern vorzustellen, die über Zeitungsannoncen auf der Suche nach Arbeitskräften waren. Überall traf sie auf ein Heer von Schicksalsgenossen, die untereinander um die eine zu vergebende Stelle rivalisierten. Sie war entschlossen, jeden auch noch so schlecht bezahlten Posten anzutreten, hatte allerdings nirgendwo das Glück, genommen zu werden. Sogar als Hausmädchen wollte sie sich verdingen, doch mochte sie auch als solche niemand, weil sie bis jetzt nur in einem Büro bei Schreib- und Rechenmaschinen gesessen war. Und es gab arbeitslose Frauen zur Genüge, die seit ihrer Kindheit in Herrschaftshäusern gedient hatten. Wozu sollte man also das Risiko eingehen, ein ehemaliges Tippmädel mit zarten Händen in Dienst zu nehmen, die sich vielleicht bei Arbeiten wie der Reinigung von Wäsche, Geschirr, Böden, Teppichen usw. oder dem Abstauben von Möbeln und Figürchen nicht geschickt genug anstellten?

Und Marthas Sorgen wuchsen von Tag zu Tag. Die geringe Arbeitslosenhilfe, ihr einziges Einkommen, reichte nicht für das Notwendigste. Ihre Mahlzeiten bestanden bloß noch aus Brot und Gemüse, wovon sie kaum satt wurde. Bald würde sie das Geld für den Zins nicht mehr aufbringen können, dann wäre sie zudem noch obdachlos. Die Krankheit und das Begräbnis der Mutter hatten ein hübsches Sümmchen verschlungen, und der Spargroschen würde bald aufgebraucht sein, wenn man ständig davon zehren musste, ohne die Löcher wieder zu stopfen.

Seit ihrem Versuch, sich mit Leuchtgas das Leben zu nehmen, hatte sie der Gedanke an Selbstmord nicht mehr verlassen. Sie bedauerte, ja, verurteilte allerdings den Leichtsinn, mit dem sie den Hahn aufgedreht hatte, ohne sich bewusst zu sein, dass andere Menschen durch das kriechfreudige Gas zu Schaden kommen könnten.

In den Momenten der größten Niedergeschlagenheit klammerte sich Martha an die Vorstellung eines selbst herbeigeführten Abschieds aus dieser Welt als allerletzten Ausweg. Und je mehr sie sich damit beschäftigte, desto freundlicher erschien ihr der Tod, der für sie bald jeden Schrecken verlor. Es war schließlich völlig egal, ob sie dieses deprimierende Leben früher oder später verließ – in fünfzig oder sechzig Jahren wäre sie auf jeden Fall in einem Grab. Mit der Zeit sollten die Privilegierten geizen, denen alle Wonnen und Genüsse vorbehalten sind – für diese Menschen ist der Aufenthalt auf Erden ja immer zu kurz. Aber für sie, die von sämtlichen Annehmlichkeiten dieser Welt ausgeschlossen und zu Entbehrung und Verzicht verurteilt war, bedeutete diese Lebensspanne eine Ewigkeit voll Jammer und Leid. Warum also warten?

So bereitete Martha systematisch und still alles für den Moment vor, in dem sie – bar jeder Hoffnung und im

Angesicht der Obdachlosigkeit – zum zweiten Mal, aber dann in vollem Bewusstsein, entscheiden wollte, den Freitod zu wählen. Sie beschaffte alles Nötige, um Löcher und Ritzen an der Tür und den Fenstern zu stopfen, bevor sie die Gashähne aufdrehen würde.

Karl war zurück! Das wusste Martha von Anna, der sie eine Stunde zuvor begegnet war. Zunächst hatte sie große Freude darüber empfunden, und neue Hoffnung hatte sie erfüllt. Doch bald betrachtete sie ihre Situation nüchtern – die traurige Tatsache nämlich, dass sie beide ohne Arbeit waren –, und sie entschied, ihn nicht wiedersehen zu wollen. Dem widersprach allerdings das Verlangen ihres Herzens.

Martha räumte die Wohnung auf. Es war nicht viel zu tun, weil sie alleine lebte und Unordnung und Schmutz in jeder Hinsicht vermied. Sie kochte Erdäpfel – mit Margarine und etwas Salz ihr heutiges Mittagsmenü. Nach dem Essen ruhte sie sich ein wenig aus. Sie fühlte sich entsetzlich müde.

So sitzend fand sie sich unvermittelt von allerlei Anfechtungen, Erwägungen und Sorgen bedrängt, als ob sich ein ruhig Schlafender plötzlich lästiger Fliegen und anderer Parasiten erwehren müsste. Unrast erfasste sie, ähnlich einem gewissenhaften Menschen, der erstmalig seine Pflicht vernachlässigt und unerlaubt seiner Aufgabe fernbleibt. Schließlich ertrug sie diese quälende Ruhelosigkeit nicht länger, und sie machte sich bereit, wieder fortzugehen. Doch wohin? Martha hatte keine engen Freunde oder Freundinnen, an die sie sich wenden konnte. Also entschloss sie sich – wie schon viele Male –, das Grab zu besuchen, das die Asche ihrer lieben Mutter enthielt. Allein der Spaziergang über den stillen, schattigen Friedhof war für sie stets trostvoll und entspannend.

***

Etwa zur selben Zeit ging Karl Weber zur Urnengrabstätte von Wien. Es war nicht das erste Mal, dass er das Grab der Eltern besuchte. Auch in ihm wuchs eine Verzweiflung, die ihn nicht zur Ruhe kommen ließ.

Seine derzeitige Lage schien ihm schlimmer als jede andere zuvor. Er wohnte bei seinem Schwager und lebte auf dessen Kosten. Mit welchem Recht? Doch was sollte er beginnen? Widerstrebend zog er verschiedene Möglichkeiten des Geldverdienens, etwa als Vertreter oder Austräger sowie neuerliche Arbeitssuche in Betracht. Letztere war ein völlig aussichtsloses Unterfangen und erstere erbrachte, bedachte man die aufgewandte Arbeit und die Zeit, unverhältnismäßig geringe Einkünfte. Sollte er wieder in die Fremde ziehen? Die bloße Vorstellung davon war ihm ein Gräuel. Aber die Umstände stellten keine baldige Besserung in Aussicht. Im Gegenteil.

Und Martha! Wie sehr sehnte er sich nach ihr! Heute hatte Anna ihm berichtet, sie hätte sie getroffen und ihr von seiner Rückkehr erzählt. Wenn er nur selbst das Glück hätte, ihr zu begegnen! Sie zu besuchen getraute er sich nicht.

Lange Zeit stand Karl an dem kleinen Grab von Mutter und Vater, einer Fläche von nicht einmal vierzig Quadratzentimetern. Er vermochte nicht, sich vorzustellen, dass unter dieser so winzigen Erddecke alles sein sollte, was von seinen geliebten Eltern übrig geblieben war.

Ein kleiner Rosenstrauch, ein paar Blumen und etwas Gras waren der einfache Grabschmuck. Auf einer Marmortafel konnte man ihre Namen lesen: »Anton und Maria Weber«. Nichts weiter. Karl zog aus einem Sack einen kleinen Blechkübel hervor und holte Wasser, um es über das Fleckchen Erde zu gießen. Ein langer letzter Blick, dann ging er langsam fort.

Da bemerkte er vor sich eine Frau, deren Gestalt ihn sogleich aus seinen Gedanken riss. Sein Herz begann wild zu schlagen, und er beschleunigte seine Schritte, um sie zu erreichen.

»Guten Tag, Martha!«, grüßte er und streckte seine rechte Hand aus.

Martha drehte sich erstaunt um, reichte ihm die ihre mit fröhlicher Miene und sagte: »Guten Tag, Karl!«

Eine Weile standen sie einander verlegen gegenüber, dann fragte Karl: »Bist du grad am Heimweg, Martha?« Und als sie bejahte, setzte er fort: »Ich auch, also könnten wir zwei doch ein Stück Weg gemeinsam gehen.«

So schlenderten sie also Seite an Seite bis zur Tramway und fuhren auch miteinander, unterhielten sich allerdings kaum und nur sehr oberflächlich. Keiner von beiden wollte ein echtes Gespräch beginnen oder eine Frage stellen, weil jeder fürchtete, dabei den Finger auf eine Wunde des anderen zu legen. Wohl hatten sie sich viel zu sagen, aber sie wussten beide nicht, wie das betretene Schweigen zu brechen wäre, das wie eine Wand zwischen ihnen stand.

Als sie an der Haltestelle ankamen, bei der Marthas Fahrt zu Ende war, fragte sie, sich von ihrem Sitz erhebend: »Steigst du auch aus?«

»Ja, gewiss«, beeilte Karl sich mit der Antwort, dankbar für ihre Frage, da er sonst nicht gewagt hätte, ihr zu folgen und zur Weiterfahrt gezwungen gewesen wäre.

Nun gingen sie gemeinsam zum Haus Turmstraße Nummer 4. Nach und nach schob er, mutiger werdend, seinen Arm unter den ihren. So erreichten sie das Haustor, wo Karl unentschlossen hielt, nicht wissend, was er tun oder sagen sollte.

Martha hingegen fragte ohne Umschweife: »Möchtest nicht wieder einmal reinschauen in das alte Haus – und in meine Wohnung? Wennst magst, komm mit mir mit!«

»Oh ja, ich dank dir herzlich!«, Karl drückte Marthas Hand.

Mit begierigen Blicken betrachtete er all das, was einst seine ganz persönliche Umgebung gewesen war: die engen, finsteren Gänge, die kaputten Wände, die abgetretenen Stufen samt dem brüchigen Geländer und eine Menge anderer vertrauter Dinge. An ihnen haftete gewissermaßen ein Teil des Glücks aus den besseren Zeiten seiner Kindheit und frühen Jugend. Schmerzlich-süße Bilder erwachten in ihm, und in seiner Erinnerung erschien alles, was er hier erlebt hatte, in einem verklärenden Licht.

Ein plötzlicher Windstoß durch ein offenes Fenster trug ihm den Gestank aus den alten Gemeinschaftsklos zu. Angeekelt beutelte er sich. Und schon fiel der Zauber von den Dingen ab. Nun wunderte sich Karl, dass Menschen in der Lage waren, auch nur einigermaßen zufrieden in einer solchen halbverfallenen Bruchbude zu leben.

In Marthas Wohnung wurden frohe und weniger frohe Erinnerungen wach. Auf dem Schrank stand das Radio, das er mit Martha zusammen für ihre Mutter gebastelt hatte. Er konnte sich lebhaft an deren Freude über das Gerät erinnern. Karl hatte beinahe das Gefühl, jederzeit könne die Tür aufgehen und Mutter Groner hereinkommen, um ihn mit herzlichen Worten willkommen zu heißen. Wie seltsam, wenn ein Mensch, den man so oft sieht und mit dem man so gerne Zeit verbringt, plötzlich nicht mehr ist!

Hier war der Tisch, bei dem Martha und er das letzte Mal gesessen waren, dieses letzte Mal, als er im Eifersuchtsschmerz von ihr weggerannt war. Irgendwie schien es ihm, als ob das alles erst vor ein paar Tagen geschehen wäre, und doch hatten sich schon so viele Ereignisse zwischen das Damals und das Heute gedrängt!

Karl war derart in Gedanken versunken, dass Martha ihre Einladung, er solle sich setzen, wiederholen musste.

Einige Zeit saßen sie schweigend da. Martha blickte leer vor sich hin, Karl betrachtete sie mit traurigen Augen. Schließlich legte er seine Hand auf die ihre.

»Martha«, sagte er beinahe im Flüsterton, »was wird jetzt? Kann ich darauf hoffen, dass ich mir einen kleinen Platz in deinem Herzen zurückerobern kann?«

Sie antwortete nicht. Sie blieb unbewegt, als hätte sie nichts gehört.

»Martha!«, sagte er etwas lauter und fordernder, »ich liebe dich noch immer, und ich hab dich die ganze Zeit mit derselben Kraft, ja, sogar noch stärker als damals geliebt. Und du, empfindest du für mich nichts?«

Langsam hob sie ihren Blick und sah ihn traurig an.

»Muss ich dir das denn auch noch sagen? Und doch, es ist ja alles zwecklos, es hat keinen Sinn, Karl. Weder du noch ich können irgendetwas von der Zukunft erhoffen, zumindest nicht in nächster Zeit.«

»Die Liebe wird uns helfen, unsere Last gemeinsam und viel leichter zu tragen«, drang er in sie und verstärkte den Druck seiner Hand.

»Aber wir wissen ja nicht einmal, wovon wir leben sollen!« Marthas Stimme klang verzweifelt. »Vielleicht verlier ich sogar bald meine Wohnung, weil ich mir den Zins nicht mehr leisten kann. Lassen wir's bleiben, wir können einander nicht gehören in diesem miserablen Leben.«

»Dann wenigstens im Tod!«, sagte Karl entschlossen und war sich der vollen Bedeutung dieses Satzes gar nicht bewusst. Er hatte bis dahin wenig über das Sterben nachgedacht. Außer in den Tagen seines ersten Liebeskummers hatte er auch im Zustand der äußersten Verzagtheit Selbstmord nie ernsthaft erwogen. Und doch, als er jetzt diese Worte ausgesprochen hatte, erhob sich vor ihm der Gedanke, sein Leben wegzuwerfen, wie eine gute Fee – und so greifbar und nahe. Sogleich stellte er sich vor, wie sie gemeinsam im Bett lägen, um in enger Umarmung das Ende zu erwarten, das sich beispielsweise durch Gift herbeiführen ließe.

Martha beobachtete ihn einige Augenblicke aufmerksam, fragend. Dann sagte sie ruhig und trocken: »Karl, ich hab mir schon oft Gedanken gemacht über den Tod als letzten Ausweg. Er schreckt mich längst nimmer. Im Gegenteil, ich bin viel ruhiger und gelassener, seit ich mich mit der Absicht angefreundet hab, selbst dieses Elend zu beenden, wenn ich es nicht mehr aushalt. Aber du, du kannst und musst weiterleben! Du hast zumindest Verwandte, die dich lieben und dich unterstützen. Ich nicht. Mit meinen Angehörigen hab ich mich nie wirklich verstanden, in letzter Zeit schon gar nicht.«

Karl senkte bekümmert den Kopf. Nach einer Weile des Schweigens, das nicht einmal vom Ticken der Wanduhr unterbrochen wurde, die schon vor Wochen aufgehört hatte zu gehen, schob Karl seinen Sessel näher an Martha heran und schlang den rechten Arm um ihren Hals. Sie sträubte sich nicht, sondern legte ihren Kopf auf seine Brust.

Er küsste ihre Wange und sprach mit zärtlich flehender Stimme: »Martha, meine geliebte, wunderbare Martha, ich kann mein hoffnungsloses, unerfreuliches Leben nicht ohne dich verbringen! Für meine Verwandten bin ich nur eine Last. Wenn du sterben willst, dann lass mich mit dir sterben!«

Sie widersprach nicht. Lange saßen sie in gegenseitiger Umarmung da. Karl begann von seinen Erlebnissen seit der Trennung von Martha zu erzählen, von seiner schmerzlichen Sehnsucht nach ihr und seiner ungebrochenen Hoffnung, ihre Liebe einst wieder zurückgewinnen zu können. Er beschrieb die Strapazen seiner Wanderung und sein Leid während des Heimwegs, als er fürchtete, er könne zu spät kommen, um die Mutter noch einmal zu sehen. Bei der Schilderung seines Traums unter dem Birnbaum flossen Marthas Tränen in Strömen.

Als Karl fertig erzählt hatte, drückte sie sich tief bewegt an ihn. Nach und nach begann auch sie darüber zu sprechen, wie sie die Zeit zugebracht hatte. Mit großem Bedauern gestand sie ihren Fehler ein, sich in Arthur Kerner verliebt zu haben – welch bittere Enttäuschung! Mehrfach durch Weinkrämpfe unterbrochen berichtete sie Karl vom Tod ihrer Mutter, die immer nur voll Wärme und Anteilnahme über ihn gesprochen hatte. Schließlich gestand sie, dass sie – verlassen und ob ihrer Arbeitslosigkeit verzweifelt – schon einmal einen Anlauf genommen hatte, ihr Leben wegzuwerfen, und dass diesem Versuch durch das Dazwischentreten einer Nachbarin der Erfolg versagt geblieben war.

»Aber seit damals«, verriet sie, »hab ich viel über Selbstmord nachgedacht, bis aus der anfänglichen Furcht davor sogar eine tröstliche Hoffnung geworden ist.«

Während sie so da saßen, sich aussprachen und ihre übervollen Herzen erleichterten, vergingen die Stunden. Der Abend kam und sie waren immer noch beisammen, sprachen einander Trost zu und tauschten zärtliche Worte aus, fast so wie in der ersten Zeit ihrer Liebe, nur tiefer empfunden und mit einem schmerzvollen Unterton.

»Nun, liebe Martha«, sagte Karl, »siehst du wirklich keinen anderen gangbaren Weg als den Tod? Gerade jetzt, wo wir uns wiedergefunden haben?«

Müde schüttelte Martha den Kopf.

»Nein, Karl! Unsere Liebe ist hoffnungslos. Im besten Fall können wir in ständiger Sorge und Not gemeinsam dahinvegetieren. Und wenn dann noch Kinder kommen! Dann wird die Geschichte noch aussichtsloser – und die perfektesten Ehen zerbrechen, wenn sie nur Entsagung, Kummer und Leid kennen.«

Karl seufzte bitter. Nach einiger Zeit sagte er: »Du hast recht, mein Schatz. Auch mir scheint das Leben bloß dunkel und zum Scheitern verurteilt. Am besten Schluss machen! Aber jetzt, du und ich! Wir wollen gemeinsam sterben, in gegenseitiger Umarmung.«

Er sprang auf. Er fühlte in sich eine fiebrige Hast, als ob er fürchtete, einer von ihnen könnte bald diesen Entschluss bereuen oder den Mut verlieren, wenn sie den Vollzug verschleppten. Auch Martha erhob sich. Einen Moment lang stand sie zögernd da, dann warf sie sich an seinen Hals und weinte heftig. Hilflos legte Karl seine Arme um sie. Auch aus seinen Augen flossen Tränen.

Nach und nach kam Martha zur Ruhe, gewann ihre mutige Entschlossenheit zurück, wischte ihre Tränen fort und sagte: »Also, mein Freund, beweis mit mir ein letztes Mal Mut! Der Tod ist nicht so schlimm wie in Not und Elend leben. Verstopf mit mir alle Löcher und Spalten an der Tür und an den Fenstern – ich hab schon alles dafür vorbereitet! Und dann drehen wir das Leuchtgas auf. Ich hab Schlaftabletten, die meine Mutter vom Arzt einmal bekommen, aber nie gebraucht hat. Wenn wir die schlucken, sind wir gleich weg. Wir schlafen quasi auf die andere Seite hinüber.«

Sie setzten Marthas Vorschlag in die Tat um. Nachdem sie den Gashahn geöffnet und die Tabletten geschluckt hatten, legten sie sich ins Bett. In fester Umarmung erwarteten sie die Ohnmacht, aus der sie nicht mehr erwachen sollten. Von Zeit zu Zeit küsste einer den anderen, stets mit dem Gedanken, es wäre möglicherweise das letzte Mal.

Martha verlor zuerst, ziemlich plötzlich, das Bewusstsein. Karl begann zu schwitzen. Erst jetzt hörte er deutlich das Zischen aus der Küche, wo das giftige Gas ausfloss, das sich schon mit der Luft im Zimmer zu mischen begann. Sonst herrschte ringsum drückende Stille. Eine schreckliche Angst, eine erstickende Panik ergriff Karl. Er rief Martha zwei-, dreimal. Aber sie antwortete nicht mehr.

Wo blieb nur die Wirkung der Tabletten bei ihm? Wenn er bloß einschlafen könnte! Glückliche Martha! Sie hatte ihre Leiden schon hinter sich. In seinem Leben war tatsächlich alles in Wirklichkeit anders als in seiner Vorstellung. Auch jetzt! Er hatte geplant, gemeinsam mit seiner Geliebten zu sterben und musste nun alleine das Eintreten des Todes erharren!

Karl sog die Luft tief durch die Nase ein, und Ekel vor dem Geruch des Leuchtgases durchfuhr ihn. Unwillkürlich hielt er den Atem so lange wie möglich an.

Er betrachtete Martha. Wie süß sie schlief! »Mein Schatz, wie sehr ich dich liebe!«, flüsterte er zärtlich. Plötzlich erkannte er die Ähnlichkeit seiner Lage mit dem Traum unter dem Birnbaum. Entsetzen befiel ihn, und er verspürte den unbändigen Wunsch, aus dem Bett zu springen, das Gas abzudrehen und die Fenster zu öffnen.

Vielleicht war noch Zeit! Aber nein! Martha war möglicherweise schon tot. Sie zeigte keinerlei Lebenszeichen mehr. »Geduld, bald wird das Ende auch für mich kommen! Bald, bald ...«

Seine Gedanken wurden unscharf, seltsame Figuren tanzten vor seinen Augen, er schwebte höher und höher, bevor er blitzartig in eine unermessliche Tiefe stürzte.

Dann glitt auch er in seinen ewigen Schlaf. Und das Gas strömte weiter zischend aus, füllte langsam die gesamte Wohnung und drang in Lungen und Herzen zweier Menschen, die mit seiner Hilfe einem Leben im Elend entflohen.

Ende

Hans Weinhengst und die Geschichte des Esperanto

Hans Weinhengst (1904–1945) gehört zu den nahezu Vergessenen der österreichischen Zwischenkriegsliteratur. Das ist vor allem einem Faktor geschuldet, der ihn für breitere Leserschichten schwer zugänglich machte und auch das wissenschaftliche Interesse nicht unbedingt angefacht hat: Weinhengst lässt sich in die nach 1945 stiefmütterlich behandelte Tradition der Arbeiterliteratur stellen, und hier wiederum in eine »Unterabteilung«, deren Existenz den Zugang zusätzlich erschwerte: die Literatur der Arbeiteresperantisten.

Die 1887 vom Augenarzt Ludwik Lejzer Zamenhof konzipierte Plansprache, die bald nach seinem Pseudonym Dr. Esperanto (»der Hoffende«) benannt wurde, war mit ihren Grundgedanken für friedensbewegte, den Nationalismus ablehnende Gesellschaftsschichten besonders attraktiv. Waren die ersten Träger der Idee einer internationalen Sprache Intellektuelle, Wissenschaftler, Beamte und Vertreter des Kleinbürgertums, die sich dadurch eine Belebung des Welthandels erhofften, ergriffen schon bald in verschiedenen Teilen der Welt Aktivistinnen und Aktivisten der Arbeiterbewegung neben der roten Fahne der sozialistischen das grüne Banner der Esperanto-Bewegung.

Unabhängig von der realen Durchdringung der Arbeiterparteien mit den theoretischen Positionen des Marxismus hatte sich weltweit eine Parole durchgesetzt: »Proletarier aller Länder, vereinigt euch!«. International organisiert, war für Arbeiterinnen und Arbeiter die Idee einer universellen Sprache, mit der man sich global mit seinesgleichen verständigen könnte, höchst verlockend. Und so entstand 1905 in Frankreich die anarchistisch inspirierte *Grupo Liberecana Esperantista* (Libertäre Esperantistische Gruppe), welche die internationale Sprache in Arbeiterzirkeln propagierte. 1907 gründete sich in England die *Brita Ligo de Esperantistaj Socialistoj* (Britischer Bund Esperantistischer Sozialisten); zwischen 1910 und 1912 bildeten sich sozialdemokratische und syndikalistische Arbeiter-Esperantogruppen. In Tschechien empfahl der Parteikongress der Böhmisch-Slawischen Sozialdemokratischen Partei »einstimmig den böhmischen Arbeitern die Propagierung des Esperanto«. 1911 wurde in Deutschland die *Germana Laborista Esperantista Asocio* (Deutscher Arbeiter-Esperanto-Bund) gegründet, 1913 erschien in China die Zeitschrift *Ĉina Socialisto* (Chinesischer Sozialist) – in zahlreichen anderen Ländern entstanden Gruppen, in denen versucht wurde, die Ziele der Arbeiterbewegung mit jenen der Verbreitung einer internationalen, also nicht-nationalen, Sprache zu verbinden.

Wer glaubt, Esperanto hätte im ersten Jahrzehnt des 20. Jahrhunderts einen Siegeszug in der internationalen Arbeiterbewegung angetreten, irrt: Aus Gründen, die hier nicht untersucht werden können, schmetterten die Autoritäten der II. Internationale schon frühzeitig jeden Versuch ab, Esperanto in das allgemeine kulturelle Denken der organisierten Arbeiterschaft zu integrieren. Als 1897 österreichische Sozialdemokraten am Parteitag der SDAP (Sozialdemokratische Arbeiterpartei) vorschlugen, eine internationale Sprache neben der Muttersprache in den Grundschulen zu unterrichten, wurden sie vom

Parteigründer Viktor Adler zornig zurechtgewiesen – das seien die Utopien der »Erfinder« einer internationalen Sprache. Auch am Internationalen Sozialistenkongress in Stuttgart 1907 holten sich die französischen Delegierten – immerhin angesehene Persönlichkeiten wie Jean Jaurés oder Edouard Vaillant – eine Abfuhr, als sie vorschlugen, Esperanto zur Kommunikation im Internationalen Sozialistischen Büro zu nützen. Als unausgegoren und nicht zeitgemäß kanzelte der deutsche Paul Singer die Anträge seiner französischen Genossen ab.

Ob Karl Renner, Karl Kautsky oder Antonio Gramsci – sie alle polemisierten gegen proletarische Esperantisten, weil für sie die internationale Sprache selbst eine »kleinbürgerliche Schöpfung« war und sie den »Utopisten« vorwarfen, sie würden ihre Energien durch die »Entwicklung« der internationalen Sprache vergeuden. Da half es nichts, wenn die Gegenseite beteuerte, sie würde gar nichts »erfinden« oder »entwickeln« müssen – die Sprache sei ja schon da, und sie sei nichts anderes als ein Instrument zur Verständigung zwischen den Arbeitern aller Länder.

Dieser kurze Abstecher in die Frühgeschichte der Arbeiteresperantisten war notwendig, um den Hintergrund jener Bewegung darzustellen, in die der 1904 in Kuffern (Niederösterreich) geborene Hans Weinhengst hineinwachsen und in der er literarisch, politisch und organisatorisch eine wichtige Rolle einnehmen sollte.

Zwar gibt es Erinnerungen von Freunden und Weggenossen an Hans Weinhengst – sie finden sich in der Sammlung für Plansprachen der österreichischen Nationalbibliothek –, sie beschäftigen sich allerdings fast ausschließlich mit seiner Tätigkeit in der Arbeiteresperantobewegung. Über

Kindheit und Jugend wissen wir nur wenig – und das aus autobiografischen Texten, deren Genauigkeit mitunter fragwürdig ist. Die wichtigste Quelle ist der Text *Hans Weinhengst pri si mem* (Hans Weinhengst über sich selbst), der 1934 in einer Gratisbeilage der Esperantozeitschrift *Literatura Mondo* (Literarische Welt) erschien.

Schon als Kind habe er großes Interesse an Sprachen gezeigt, heißt es darin: Während des Ersten Weltkriegs freundete er sich (»mehr als erlaubt«) mit kriegsgefangenen »Feinden« an, um von ihnen Russisch, Serbisch und Italienisch zu lernen. Später lernte er autodidaktisch Latein, Ungarisch, Holländisch und vor allem Englisch.

1927 besuchte Weinhengst nach eigenen Angaben aus Interesse einen Abend der *Aŭstria Laborista Ligo Esperantista, Grupo Vieno X* (Österreichischer Arbeiteresperantistenverband, Gruppe Wien 10). Eigentlich wollte er ja mit den Esperantisten streiten, weil er zutiefst an den Möglichkeiten einer Plansprache zweifelte. Aber die Ernsthaftigkeit der Anwesenden und das Gruppenleben faszinierten ihn, und bald hatte er nicht nur die Sprache erlernt, sondern wurde ein hochaktiver Funktionär der Arbeiteresperantobewegung.

Wahrscheinlicher ist aber, dass unser Autor schon vor 1927 zur Arbeiteresperantobewegung gestoßen ist. Folgt man dem Eintrag in der Esperanto-Version der Wikipedia, war er seit 1920, also im Alter von 16 Jahren, Esperantist. Quelle für diese Angabe ist die *Esperanto-Enzyklopädie,* deren erste Auflage 1933 in Budapest (in Esperanto) erschienen ist. Da der Beitrag über Hans Weinhengst mit »EMBA« gezeichnet ist, scheint diese zeitliche Angabe glaubhaft zu sein. »EMBA« war das Pseudonym des ungarischen Arbeiteresperantisten Imre Baranyai, der mit Weinhengst persönlich bekannt gewesen sein dürfte.

An der »7. Bundesvollversammlung des Österreichischen Arbeiter-Esperanto-Bundes in Wiener Neustadt«, die am 8. und 9. April 1928 stattfand (so der Bericht in *La Socialisto* vom Mai 1928), nahm Weinhengst jedenfalls aktiv an der Diskussion zu allen wesentlichen Tagesordnungspunkten teil. Die Versammlung war von größter politischer Bedeutung für die *Aŭstria Laborista Ligo Esperantista (ALLE),* weil auf Drängen ihres Sekretärs Franz Jonas – dem späteren Bundespräsidenten – einerseits einstimmig beschlossen wurde, dass kein Mitglied der Organisation zugleich Mitglied einer »bürgerlichen Esperanto-Vereinigung« sein dürfe, andererseits eine fundamentale Kritik an der organisatorischen und politischen Praxis der *SAT* (*Sennacieca Asocio Tutmonda / A-Nationaler Weltbund*) geübt wurde. Ein Gruppenfoto der *ALLE,* das vermutlich in einer Sitzungspause der Vollversammlung aufgenommen wurde, nennt auf der Rückseite die Namen folgender Teilnehmer des Treffens: Franz Jonas, Klatil, Marsänger, Ehepaar Ekstein, Otto Simon, F. Hagen, Effler, Hans Weinhengst, Piasztocky, Kuttelwascher, Schmied (richtig: Schmid, der die Funktion des niederösterreichischen Landesvertrauensmannes innehatte).

1921 war in Prag die *SAT* gegründet worden, um Esperanto für die »Klassenziele des Proletariats« nutzbar zu machen. Die *SAT* verstand sich als überparteilicher Dachverband und nahm auch nur individuelle Mitglieder und keine nationalen Arbeiter-Esperanto-Vereine auf. Die *SAT* war als Organisation nicht »poresperanta« (also eine Werbeplattform für Esperanto), sondern »peresperanta« (eine Institution, die die internationale Sprache für ihre Ziele verwendete).

Die *ALLE*, der sich der junge Weinhengst anschloss, war 1927 aus einem Fusionsprozess zwischen der ersten österreichischen Arbeiteresperantistenorganisation, die 1922 in Linz gegründet worden war, und einer anderen sozialdemokratischen Esperanto-Organisation hervorgegangen. Individuell gehörten einige *ALLE*-Mitglieder der *SAT* an, die Führung der *ALLE* war jedoch mit dem internationalen Organisationsrahmen höchst unzufrieden und äußerte dies auch öffentlich. Das lag nicht nur an den teilweise intransparenten Entscheidungsprozessen in der *SAT* und der Ablehnung eines Delegiertensystems für die internationalen Kongresse.

Neben der Kritik an der dominierenden Stellung des wesentlichen »Gründervaters« der *SAT*, dem Franzosen Eugène Lanti, innerhalb des internationalen Dachverbandes spielten grundlegende ideologische Fragen eine Rolle. Mitte der 20er-Jahre hatte sich die Frontlinie innerhalb der Arbeiterbewegung zwischen Sozialdemokraten und Kommunisten verhärtet. Die *SAT* beanspruchte, so etwas wie eine proletarische »Einheitsfrontorganisation« zu sein, wobei die gemeinsame Klammer in der freiwillig gewählten internationalen Sprache bestand. Der *A-Nationale Weltbund* bewegte sich auf dünnem Eis, noch dazu, da aus den romanischen Ländern anarchistische und syndikalistische Arbeiter die weltanschauliche Breite der *SAT* erweiterten. Sie alle betrachteten mit scheelem Blick den wachsenden Einfluss der sowjetischen Esperantisten: Die sowjetische Führung sah in der Esperantobewegung eine hervorragende Möglichkeit, durch Brieffreundschaften und Arbeiterkorrespondenzen in Zeitungen den (sozialdemokratischen) Arbeitern in anderen Ländern ihre Version des »sozialistischen Aufbaus« zu vermitteln. Eine Zeit lang wurde der sowjetische Esperantoverband *SEU* von der *KPR(b) (Kommunistische Partei Russlands/Bolschewiki)* und Staat gefördert und konnte seine Mitgliedschaften vergrößern. Als Individualmitglieder der *SAT* wiederum konnten die sowjetischen Esperantisten durch ihre wachsende Zahl den Kurs des Weltbundes maßgeblich beeinflussen.

Die *ALLE* unterhielt enge Verbindungen zu den deutschen Arbeiteresperantisten, von 1924 bis 1926 war die Vereinszeitung der Deutschen, der *Arbeiter-Esperantist,* zugleich das Organ der *ALLE.* Ab 1926 gaben die Österreicher dann unter ihrem Vorsitzenden Otto Simon (1876–1941) die Zeitschrift *La Socialisto* (Der Sozialist) heraus.

Aber zurück zu Hans Weinhengst. Leider sind über seine Jugendjahre nur wenige, hauptsächlich mündliche, Zeugnisse überliefert. Den umfassendsten Einblick geben die Erinnerungen von Stefan Herzy (1905–1987), einem seiner engsten Freunde.

Die Eltern Weinhengsts wohnten in den 20er-Jahren in Favoriten, einem der wichtigsten Arbeiterbezirke Wiens – erstaunlicherweise sollen sie ihren Sohn für den Priesterberuf ausersehen haben. Weinhengst habe das immer entschieden abgelehnt, sein Lieblingsberuf wäre Techniker gewesen.

Vor dem Jahr 1926 sei Weinhengst, so sein Freund Herzy, zwei oder drei Jahre durch Deutschland gezogen, wo er, wie Karl, der Protagonist seines Romans, in Heimen für Wanderarbeiter gewohnt habe. Als er nach Wien zurückkehrte, haben ihn seine Mutter und Herzy unterstützt. Für seinen Lebensunterhalt habe er als Kolporteur die Zeitung *Der Abend* verkauft. Weinhengst wohnte in der Thavonatgasse 4 im 10. Wiener Gemeindebezirk Favoriten, die 1935 in Kempelengasse umbenannt wurde. Seine Wohnadresse liegt also in jenem Grätzel, das nach der griechischen Insel »Kreta« genannt wurde – übel beleumundet, als unsicher und Brutstätte der Kriminalität verschrien –, auf der zu dem Zeitpunkt, als das Viertel zwischen Geiselbergstraße, Quellen- und Gudrunstraße verbaut wurde, ein Aufstand tobte ...

Dort also begann die Tätigkeit Weinhengsts für die *ALLE*. In seinem autobiografischen Artikel beschreibt er selbstironisch seine ersten Schritte in die »movado«, die Esperantobewegung. Wie viele Neulinge habe er eine ganze Fülle von Ideen gehabt, wie man die internationale Sprache verbessern, reformieren, vereinfachen könne. Aber je intensiver er sich mit der internationalen Sprache beschäftigte, desto entschiedener sei er zum Verteidiger des im »Fundamento« festgelegten Esperanto geworden (1905 hatte der erste internationale Esperantokongress in Boulogne-sur-Mer das sogenannte »Fundamento« beschlossen, ein Regelwerk, das bis heute die verbindliche Richtschnur für die internationale Sprache bildet). Diese Erinnerung ist durchaus glaubhaft, auch wenn, wie gesagt, die Datierung zweifelhaft ist.

Hans Weinhengst scheint in der *ALLE* bald Ansehen und Freunde gewonnen zu haben. Für das Liederbuch der Arbeiteresperantisten übersetzte er klassische Arbeiterlieder wie das *Bundeslied* von Georg Herwegh oder den Trauermarsch der russischen Revolution, *Unsterbliche Opfer*. Für Festveranstaltungen schrieb er Gedichte und »Sprechchöre« – eine spezifische Form von kleinen Agitprop-Aufführungen, die in der deutschen und österreichischen Arbeiterbewegung damals sehr verbreitet waren.

Als Kursleiter unterrichtete er nicht nur in Favoriten Esperanto und entfaltete später als Funktionär der *ALLE* eine rege Reisetätigkeit. Seine Genossen beeindruckte er durch seine große Allgemeinbildung und seine Sprachkenntnisse.

Wie unterschiedlich Weinhengst, der einen schweren Sehfehler hatte (er schielte), auf seine Mitmenschen wirkte, erkennt man an den sehr kontroversen Meinungen in einem Konvolut von »Notizen betr. Weinhengst«, die in der Sammlung für Plansprachen der Nationalbibliothek in Wien zu finden ist: Josef Mugrauer etwa, offenbar ein Arbeiteresperantist, der nach Australien ging, berichtet: »Herr W. hatte ein großes Allgemeinwissen. Sein ganzes Wesen war einfach, geradlinig, ungekünstelt. Trotz seines großen Allgemeinwissens wirkte er nicht eingebildet, er war hilfreich und gerecht allen seinen Mitarbeitern gegenüber. Er glaubte an den Aufstieg der künstlichen Sprache Esperanto zwischen der Arbeiterschaft in der ganzen Welt und einen dadurch bedingten Frieden.«

Johann Bronec lernte Weinhengst 1933 kennen, als er der *ALLE* beitrat. Er berichtet: »W. war Gruppenführer und sein Lehrer. Als Bronec eine Fahrradtour nach Burgenland und Ungarn machte und W. davon erfuhr, bat W. den Br. einen Geldbetrag mitzunehmen und in Budapest zu übergeben. Br., der die Tour an einem Tag machte, erfuhr dadurch, das W. ungarisch konnte und er nahm bei W. Ungarisch-Unterricht. War etwa 5 oder 6 mal in W.s Wohnung. W. war arbeitslos und verdiente als Zeitungskolporteur 70 Groschen pro Tag. W. war ein brünetter Typ, etwa 1,70 groß.«

Ganz anders der Eindruck von Hugo Kraus (1914–1996), der nach dem Zweiten Weltkrieg unter anderem Vizepräsident des Österreichischen Esperantoverbandes war und dem Lager der »bürgerlichen« Esperantobewegung zuzuordnen ist: »[W.] war ein armer Mensch – wie eine getretene Kröte – schielte mit einem Auge [sic] – wenn er lachte, sah es mehr wie eine Grimasse aus – skeptisch-hämisch-sarkastisch – ersichtlich an gewissen Mundpartien, auch Schrift auffallend, an sich ein Pessimist, bot er bei einer Nikolo-Feier (er gestaltete Vereinsabende) auch Heiteres [...]« Inwieweit weltanschauliche Übereinstimmungen oder Differenzen die Darstellung der Persönlichkeit Weinhengsts verzerrten oder nicht, kann wohl nicht klar beantwortet werden.

Weinhengst beteiligte sich aber nicht nur literarisch an der Arbeit der *ALLE*, sondern übernahm zunehmend wichtige Leitungspositionen, unter anderem in der Redaktion von *La Socialisto*. Die stärkere Involvierung Weinhengsts in die Leitung der Organisation fiel mit dem sich abzeichnenden Bruch zwischen den österreichischen sozialdemokratischen Esperantisten und der *SAT* zusammen:

Nachdem sich ab 1926 immer stärkere Differenzen zwischen Eugène Lanti und seiner »a-nationalen« Theorie und den sowjetischen Esperantisten entwickelt hatten, bildete die »klassenkämpferische Opposition« der *SAT*, das heißt die unter dem Einfluss der Kommunistischen Internationale stehenden Arbeiteresperantisten, 1930 ein Internationales Büro und begann mit der Veröffentlichung eines eigenen Organs, *Internaciisto* (Der Internationalist). Außerdem gründeten die kommunistischen Internationalisten einen eigenen Verlag zur Herausgabe revolutionärer Literatur, *EKRELO*. Die *SAT*-Führung rund um Lanti versuchte mittels eines bürokratischen Manövers ihre Vorherrschaft zu sichern. Nach zwei Jahren bitterer Fraktionsauseinandersetzungen gründeten die KP-nahen Esperantisten die *IPE – Internacio de Proleta Esperantistaro* (Internationale der Proletarischen Esperantisten).

Die österreichischen Arbeiteresperantisten der *ALLE*, insbesondere ihr international bekanntester Vertreter, der spätere Bundespräsident Franz Jonas, setzten auch nach der Spaltung der *SAT* entlang ihrer alten Linie, die in vielen Punkten der Kritik der *SEU* an der Lanti-Führung der *SAT* glich, ihre Opposition gegen Lanti fort.

Im Frühjahr 1933 wurde nach mehreren Jahren Kontaktgesprächen und Korrespondenz mit sozialdemokratischen Esperantisten unter anderem in der Tschechoslowakei, in Frankreich, Finnland, Belgien und Deutschland ein Initiativkomitee für eine neue, sozialistische Esperantisten-Internationale gebildet, und zu Pfingsten 1933 fand in Wien die Gründung der *ISE – Internacio de Socialistaj Esperantistoj* (Internationale der Sozialistischen Esperantisten) statt. In einem ausführlichen Artikel in *La Socialisto* wies Franz Jonas die Kritik an der Gründung der neuen Internationale zurück, die von anderen, vor allem skandinavischen, Sozialdemokraten geäußert wurde und sich gegen eine Schwächung der *SAT* aussprach. Mit der Abspaltung der *IPE* seien in der *SAT* Einzelpersonen zurückgeblieben, die sich revolutionär fühlten, in Wirklichkeit aber nichts zur Vorantreibung des Klassenkampfes beitrügen. Die tatsächlich aktiven Mitglieder wären ohnehin in den starken nationalen Organisationen zusammengeschlossen, und diese gelte es nun zusammenzufassen.

Die stärkste Organisation der *ISE* war mit 1.850 Mitgliedern die österreichische *ALLE*, gefolgt von der ungarischen mit 800 Mitgliedern. Aber die Tage der *ALLE* waren gezählt, weil sich die seit 1927 zuspitzenden Klassenauseinandersetzungen in Österreich ihrem gewaltsamen Ende zuneigten. Drei Monate vor dem Gründungskongress der *ISE* hatte Bundeskanzler Engelbert Dollfuss einen Verfahrensfehler, der das Parlament beschlussunfähig machte, ausgenutzt, um ein neuerliches Zusammentreten dieser Institution durch die Polizei verhindern zu lassen und mit Notverordnungen zu regieren. Die Heimwehren und andere antidemokratische »vaterländische« Verbände machten aus ihrer Präferenz für eine faschistische Lösung der österreichischen Krise kein Hehl mehr.

Mit einer Salamitaktik wurden zunächst Unterorganisationen von *KPÖ* und *SDAP* verboten, die Zeitungszensur eingeführt und der Bewegungsspielraum der Arbeiterorganisationen eingeschränkt. Unter diesen Bedingungen konnte von einem geordneten Aufbau eines internationalen sozialistischen esperantistischen Zentrums nicht die Rede sein.

Zum Jahreswechsel 1933/34 verfasste Hans Weinhengst das Gedicht *Ni kaj la jaralterno* (Wir und der Jahreswechsel), das beeindruckend die Stimmung vieler sozialdemokratischer Aktivisten ausdrückte:

Das Jahr neigt sich dem Ende zu –
was hat es uns gebracht?
Nur Sorgen, Angst und Elend, wie alle andren auch.

Grau vergingen Tage, Wochen
Arm an Schönen und an Freud',
aber reich an Hässlichkeit

Kaum einer unsrer tausend Wünsche,
mit denen wir das Jahr begannen,
hat sich am Ende auch erfüllt.

Wieder ein Jahr in Fron verloren,
unser Leben: arbeitslos und hungrig,
derweilen andere schwelgten.

Zu Ende geht ein Jahr, ein neues kommt.
Was wird es bringen? Wir wissen's nicht,
doch dies ist sicher:

dass diese Welt noch reifen wird,
um umgewälzt zu werden, und *wir*, um eine neue aufzubauen –
Die Welt des Sozialismus!

Das Elend der Arbeiterschaft hatte Weinhengst am eigenen Leib erfahren. Seit dem Ende der 20er-Jahre lebte er mit seiner um einiges älteren Lebensgefährtin und späteren Ehefrau in der Thavonatgasse, 1930 kam Tochter Paula zur Welt. In *Hans Weinhengst über sich selbst* beschreibt er die Wohnsituation der Familie: eine kleine, fünfeckige Küche und ein dunkles Zimmer von 4,2 mal 2,4 Metern.

Seine Frau, die damals noch einen Arbeitsplatz bei der Creditanstalt hatte, lernte er in seiner Esperanto-Gruppe kennen. Stefan Herzy, der bei der Hochzeit 1932 oder 1933 Trauzeuge war, erwähnt in diesem Zusammenhang, dass die beiden mit der Abfertigung, die Weinhengsts Frau nach ihrer Kündigung erhielt, später einen kleinen »Greißlerladen« aufmachten – inwieweit sich dieses nach den Worten Herzys wirklich klitzekleine Geschäft halten konnte, war leider nicht feststellbar.

Unter diesen alles andere als idealen Umständen schrieb Weinhengst seine Artikel, Gedichte, Übersetzungen – und den hier vorliegenden Roman *Turmstraße 4*. In seinen Erinnerungen klagt er bitter über die »dumme von den Mädchen getrennte Erziehung«, die Buben seines Alters genossen hatten, denn wie viele andere arbeitslose Männer konnte er sich nach seinen eigenen Ansprüchen nicht ausreichend und kompetent um die Hausarbeit kümmern, während seine Frau noch arbeitete.

Mit großer Zärtlichkeit berichtet er von seiner Tochter – mit ihren blauen Augen und den blonden Löckchen sei sie sein Trost und ermutige ihn durch ihre bloße Anwesenheit.

Aufschlussreich sind die Gedanken, die Weinhengst über seinen Roman *Turmstraße 4* äußert. Woher habe er die Idee für diesen Roman genommen? »Aus dem Leben selbst. Einige Leser des Buches werfen mir bereits vor, dass es zu schwarzmalerisch, traurig sei. Andere behaupten, dass es auf die Tränendrüsen drücke. Nun – diese Menschen scheinen glücklicherweise die dunklen Seiten des Lebens, unserer Gesellschaft, nicht zu kennen. Würden sie in meine Lebenswelt eintreten, würden sie vielleicht noch weniger erfreuliche Dinge sehen. Schon viel zu oft wurde über die Könige, die Krösusse und andere ›Glückspilze‹ auf der Sonnenseite des Lebens geschrieben. Aber niemand hat in ausreichendem Maß über die auf der anderen Seite geschrieben. Ich schreibe nicht einfach, um zu schreiben, sondern um mit meinen bescheidenen Möglichkeiten aufzurütteln, die Welt vernünftiger und gerechter zu machen.«

Am 12. Februar kam es nach einer provokativen Waffensuche von Polizei und Heimwehr in Linz zum Widerstandskampf einer kleinen Minderheit der österreichischen Arbeiterschaft. Der Widerstand des schlecht bewaffneten (sozialdemokratischen) Schutzbundes brach unter dem Maschinengewehr- und Kanonenfeuer des Bundesheeres, der Polizei, Gendarmerie und der faschistischen Heimwehren zusammen. An die tausend Tote, standrechtliche Hinrichtungen, Massenverhaftungen, Entlassungen von Aktivisten der Arbeiterbewegung und das Verbot ihrer Organisationen, darunter der *ALLE*, folgten.

Umso empörter reagierten Weinhengst und die anderen Arbeiteresperantisten, als der Präsident des bürgerlichen *Österreichischen Esperantoverbandes AEA* (Aŭstria Esperanto-Asocio), Hofrat Hugo Steiner, Gründer des

Esperantomuseums in Wien, in einer Erklärung an die »Retter Österreichs« dem Bundeskanzler Engelbert Dollfuss, dem Vizekanzler Major Emil Fey, dem Heimwehrführer Ernst Rüdiger von Starhemberg, dem Kommandanten der Sturmscharen Kurt Schuschnigg (der als Justizminister die Todesurteile vollstrecken ließ) und anderen Vertretern des Ständestaatsregimes im Namen seiner Vereinigung für die »Rettung des Vaterlandes« dankte.

Der *Österreichische Esperantist,* die Zeitschrift des Esperantobundes, brachte diese Erklärung Steiners auf der Titelseite ihrer Februarausgabe. Im März veröffentlichte das Blatt einen Aufruf an die »verehrten Gesinnungsfreunde« – also die Mitglieder der verbotenen *ALLE,* dem Österreichischen Esperantoverband beizutreten. Es sei eine neue Zeit angebrochen, es gebe nun keine »bürgerlichen und proletarischen Esperantisten« mehr, sondern nur noch »Esperanto-Gesinnungsfreunde«.

Offenkundig stieß Steiners Appell auf taube Ohren. Nicht nur scheint es kaum zu Beitritten zu seiner *AEA* gekommen zu sein, führende *ALLE*-Aktivisten nahmen trotz der schwierigen Bedingungen Kurs auf eine (getarnte) Neuformierung der proletarischen Esperantobewegung. Der Lehrer (»Fachlehrer«) Franz Scheibenreiter, der mit Dr. Anton Casari 1927 das einzige österreichische Esperanto-Lehrwerk für Schulen verfasst hatte und in der *ALLE* für die Kurstätigkeit verantwortlich war, unternahm Schritte zur Reorganisierung der verbotenen *ALLE* rund um eine nach außen hin »neutrale« Publikation, die *Verda Revuo* (Grüne Rundschau).

Da die *ALLE* aufgelöst und ihr Vermögen und Vereinseigentum beschlagnahmt worden waren und Steiner mit der *AEA* einen Monopolanspruch gegenüber den Ständestaatsbehörden einnahm, kam es zu einem »Übereinkommen« zwischen den proletarischen und bürgerlichen Esperantisten, um eine Legalisierung der Rundschau zu ermöglichen. Explizit heißt es in einem nicht datierten Entwurf von Hugo Steiner, der aber offensichtlich Ende 1934 verfasst wurde:

»Um den durch die behördliche Einstellung des *Socialisto* zeitungslos gewordenen Mitgliedern der einstigen *ALLE* wieder ein Organ zur Fortbildung zu geben, wird mit Jänner 1935 die Esperanto-Zeitung *Verda Revuo* herausgegeben.

Um die bestehende österreichische E.-Zeitung *Aŭstria Esperantisto* nicht zu schädigen, übernehmen die Eigentümer und Redakteure beider Zeitungen folgende Verpflichtungen:

1. *Verda Revuo* wird nur ehemaligen Mitgliedern der *ALLE* zugesandt oder solchen, die selbst darum ersuchen.
2. Jeder Kampfartikel gegen die andere Zeitung hat zu unterbleiben.
3. Diese Verpflichtungen sind für beide Teile streng vertraulich. (...)
4. Gleicher Umfang, gleicher Preis wurden vereinbart. Erscheinungstermin des *AE* bis 10. Jänner, der VR nach dem 10. Jänner 1935 u. so fort.«

Da die *Verda Revuo* eine polizeiliche Genehmigung brauchte, um überhaupt erscheinen zu können, richtete Franz Scheibenreiter ein entsprechendes Gesuch an die Polizeidirektion Wien – geradezu ein Lehrstück für politische Satire im Schwejk-Stil:

»An den Herrn Polizeipräsidenten von Wien (...) Die Esperantozeitung *Verda Revuo* dient im engeren Sinn der Verbreitung der Welthilfssprache Esperanto, im weiteren Sinne der Propagierung der Welthilfssprache überhaupt.

Als Inhalt hat jede Nummer einen Esperanto-Propaganda-Artikel, eine schöngeistige Erzählung, Aufsätze über österreichisches Volkstum, eine Rubrik ›Das schöne Österreich‹ und eine Lernseite für Anfänger. Mitteilungen verschiedener österr. Esperantovereine füllen die letzte Seite.

Die Zeitung macht durch die Rubrik ›Das schöne Österreich‹ für unser Vaterland Propaganda, so dass sie gleichzeitig eine gute Werbeschrift für Österreich darstellt. *Verda Revuo* wird nach allen Staaten verschickt. (...)«

Weinhengst, dessen Roman *Turmstraße 4* erst nach dem Bürgerkrieg, im Frühjahr 1934, im angesehenen Budapester Esperanto-Verlag *Literaturo Mondo* erschien, schrieb weiterhin für ausländische Esperantozeitschriften und Verlage. Geoffrey Sutton würdigt *Turmstraße 4* in seiner *Concise Encyclopedia of the Original Literature of Esperanto, 1887–2007* folgendermaßen: »Weinhengsts bedeutendster Beitrag zur Esperanto-Literatur ist sein realistischer proletarischer Roman ›Turstrato 4‹, der 1934 erschien. Ein sozialkritisches Werk, das die elende Situation der zeitgenössischen Arbeiterklasse angreift. Der Autor erlitt die von ihm beschriebenen Lebensumstände am eigenen Leib.«

Weinhengst gehörte bei der *Verda Revuo* zu den Mitarbeitern der ersten Stunde. Unter anderem erschien hier in Fortsetzungen seine Geistergeschichte *La fantoma kastelo* – eine sehr konventionelle Spukerzählung, jedoch mit einem finsteren Ende. Deutlich politisch, aber inhaltlich unangreifbar, positionierte er sich in der Ausgabe 11/1935 mit einem Artikel über den großen sozialdemokratischen Schulreformer Otto Glöckel und einem langen Artikel über

Abesssinien (Äthiopien) in der Ausgabe 12/1935. Während Weinhengst die Entwicklung des Landes und die kulturellen und sozialen Errungenschaften darstellte, führte das faschistische Italien zur selben Zeit einen grausamen Kolonialkrieg gegen dieses Land. Der Artikel muss vor dem Hintergrund der damaligen politischen Achsenbildungen gesehen werden – Mussolini hatte die Funktion des internationalen Schutzherren für den kleinen faschistischen österreichischen Bruder übernommen.

Ein Jahr nach *Turmstraße 4* erschien, ebenfalls bei *Literatura Mondo,* die Erzählung *Gestohlene Kindhei*t, die am Beispiel des Knaben Fred zeigt, wie ein Kind durch die harten Lebensumstände in einer armseligen Umgebung letztlich auf die schiefe Bahn gerät.

1936 fand der 28. Esperanto-Kongress in Wien statt. Hugo Steiner und der Österreichische Esperantobund hatten den Kongress mit Unterstützung der Regierung ausgerichtet, die Steiner wegen seiner propagandistischen Tätigkeit im Ausland schätzte. In der Vorbereitungsphase kurz vor dem Kongress zirkulierte eine Broschüre, die mit Hugo Steiner hart ins Gericht ging, und deren Quintessenz die in Paris erscheinende Revue der *ISE (Internacia Socialisto Esperantista)* unter der Schlagzeile »Die Esperanto-Bewegung ist krank« zusammenfasste.

In den bereits oben erwähnten Erinnerungen von Hugo Kraus an Hans Weinhengst heißt es: Weinhengst »[w]ar ein scharfer Gegner Hugo Steiners, ob dessen monarchistischer und reaktionärer Einstellung. Als Steiner in seiner Zeitschrift ›Aŭstria Esperantisto‹ gleich nach den Ereignissen von 1934 der Regierung in schwulstigen Worten für ihr verfassungswidriges Vorgehen dankte, verfasste W. ein Pamphlet gegen ihn, das vervielfältigt wurde und Steiner viel Kopfzerbrechen machte und ihn niederdrückte. (...) Dr. Pfeffer war damals auch Mitarbeiter im Muzeo [Esperanto-Museum] und half Steiner bei der Organisierung des Esp-Weltkongresses in Wien (1936). Dr. Pfeffer sprach die richtige Vermutung aus, dass das Pamphlet von W. herrühre. Das hatte aber für W. keine weiteren Folgen, er blieb ungeschoren. W. meinte, der Zweck heilige die Mittel und man dürfe gegen Steiner auch etwas erfinden (ihn verleumden). Sichtlich Rachemotiv.«

Wie wenig man manchmal Zeitzeugen trauen kann, zeigt ein bisher unveröffentlichter Entwurf einer offenbar von Franz Scheibenreiter geplanten Geschichte der österreichischen Esperantobewegung in den 30er-Jahren: Dort schreibt Scheibenreiter dezidiert, dass das geradezu mystische »Pamphlet« von ihm, Weinhengst und – Kraus verfasst worden sei.

Tatsächlich handelte es sich um eine Generalabrechnung mit Steiner, dem »Multifunktionär und multititulierten Herrn« (eine Anspielung auf die diversen Auszeichnungen, die Steiner von der austrofaschistischen Regierung verliehen wurden). Es gäbe so gut wie keine Treffen der bürgerlichen Esperantisten, die Zeitung des Esperantobundes scheine von einer einzigen überlasteten Person geschrieben zu werden und strotze vor sprachlichen Fehlern. Steiner wird mit den Worten zitiert: »Nun kam unsere Zeit. Ich habe ausreichend lang aus Idealismus und Begeisterung für Esperanto agiert. Jetzt möchte ich manchmal auch die finanzielle Ernte einbringen.« Illustriert wird dies am Beispiel eines jungen und begeisterten Esperantisten, der dank der Vermittlung Steiners im Radio sprechen durfte. Als er das Honorar kassieren wollte, erfuhr er, dass Steiner ein Drittel als Vermittlungsgebühr einbehalten würde.

Diese persönlichen Angriffe sind aber nur die »Aufwärmrunde« – im zweiten Teil werden grundsätzliche Fragen aufgeworfen und an die Solidarität der Esperantisten appelliert, den Weltkongress nicht in einem faschistischen Land abzuhalten. Esperanto und Diktatur seien unvereinbar. Die Worte der Autoren bestätigten sich in den 30er-Jahren auf tragische Weise. In Nazideutschland, in Bulgarien, Jugoslawien, Ungarn ... wurden die Esperantisten von faschistischen oder halbfaschistischen Regimes verfolgt. In der Sowjetunion ließ Stalin die gesamte Führung der sowjetischen Esperantobewegung als Spione, Terroristen, Trotzkisten und Verräter liquidieren.

Der scharfe Angriff auf Steiner und die *AEA* scheint, soweit ich das feststellen konnte, zu den letzten Aktivitäten Weinhengsts in der Esperantobewegung überhaupt gehört zu haben. Aus den oben erwähnten Aufzeichnungen Franz Scheibenreiters lässt sich herauslesen, wie schwer für Hans Weinhengst die Bürde des Alltagslebens unter dem neuen Regime gewesen sein muss. Abschriften der Briefe Weinhengsts, die den Zeitraum vom Sommer 1935 bis März 1936 umfassen, zeigen die tiefe Verzweiflung des Autors, der von ständigen Sorgen um seinen Lebensunterhalt geplagt war.

In einem Brief vom 5. August 1935 kündigt er Scheibenreiter zum ersten Mal seinen Rückzug aus der Bewegung an. »Ich werde nun sehr wenig Zeit haben, weil ich auf verschiedenste Weise, gezwungenermaßen, irgendeine Einkommensquelle finden muss. (...) Erst jetzt verstehe ich vollständig, warum so viele Arbeitslose in völlige Gleichgültigkeit verfallen. Seit der vergangenen Woche ziehe ich mich von Esperanto zurück – bis ich wieder eine regelmäßige bezahlte Arbeit haben werde. Was nützt mir alles Gute und Schöne, wenn das einzige Leben, das ich habe, in Sorgen zerrinnt. (...) Dies sind meine letzten ›Esperantozeilen‹. Mein Entschluss steht fest. Also Adieu. Viel Vergnügen auf eurer Reise.

Euer Ex-Esperantist W.H.«

Aber Ende des Jahres, am 12. Dezember 1935, folgt ein Brief, in dem Weinhengst über die abschließende Redaktionsarbeit für die Drucklegung einer Broschüre für einen Esperantokurs berichtet. Offenbar sei der vorgesehene Umfang von 32 Seiten zu gering, wolle man nicht »pfuschen«. Wieder schließt der Brief pessimistisch: »Oft widert mich die ganze Esperantobewegung an. Ich bedaure, dass ich mich bereit erklärt habe, nach Wiener Neustadt zu fahren. Vielleicht werde ich mich ganz aus der Esperantobewegung zurückziehen und – ab Beginn des kommenden Jahres wieder [an der *Verda Revuo*] mitarbeiten. Ich verliere nur fruchtlos meine Zeit.«

Im Februar 1936 hingegen klingt Weinhengst deutlich engagierter: Er sendet eine Reihe von Artikeln, die er durchgesehen hat, an Scheibenreiter, befürchtet aber, dass die Aprilnummer der *Verda Revuo* schwächer ausfallen könnte als die vorhergehenden. Er machte Vorschläge, wie man durch Themenhefte und Literaturwettbewerbe gegensteuern könnte. Auch stellte er Überlegungen an, wie er in beschränktem Umfang (selbst-)verlegerisch tätig werden könnte – offenbar ein Projekt, das mit Scheibenreiter und anderen Gesinnungsgenossen schon vorher diskutiert worden war.

Innerhalb der folgenden vier Wochen muss es dann eine neuerliche persönliche Krise gegeben haben. Im letzten

Brief, den Scheibenreiter in seine Zusammenstellung der Korrespondenz aufgenommen hat, schreibt Weinhengst: »Lieber Genosse, wie ich schon angekündigt habe, verlasse ich den Mitarbeiterkreis eurer Zeitschrift, an der mitzuarbeiten ich mehr als ein Jahr lang die Ehre hatte. Es war für mich eine Freude, ihre Entwicklung von den kleinen und sorgenvollen Anfängen bis zum heutigen respektablen Stadium mit anzusehen. Ich empfinde für die Zeitschrift und Deine von mir geschätzte Person weiterhin volle Sympathie, und ich werde mich immer gerne an die Zeit der Zusammenarbeit erinnern. Ich hoffe, dass die Zeitschrift weiter ihren Weg im jetzigen Sinne gehen wird bis sie irgendwann ein wirkliches proletarisch-esperantistisches Organ sein können wird.

Aber momentan kann ich nicht mehr. Ich ziehe mich nicht nur von der Zeitung, sondern aus der gesamten Esperanto-Bewegung zurück, so wie aus allen anderen Bereichen, die zu den ›materiell fruchtlosen‹ ideellen Angelegenheiten gehören, die für einen Menschen in meiner Lage ein Luxus sind. Mein geistiger Zustand ist unsagbar deprimiert, hoffnungslos, kurz: so, dass ich nicht mehr fähig bin, mich für irgendetwas anderes, wie zum Beispiel Esperanto, zu interessieren. Ich bin nicht so arrogant, dass ich glauben würde, dass mein Abschied ein schwerwiegender Verlust für eure Zeitschrift und für Esperanto wäre. Die Zeitung hat sich so gefestigt, dass sie leicht auf einen Mitarbeiter verzichten kann. Ebenso wird sich die Xer-Gruppe [offenbar gemeint: Die Bezirksgruppe 10 der ehemaligen *ALLE* – K. L.] ohne mich weiterentwickeln. Mit umso besserem Gewissen konnte ich meine endgültige Entscheidung treffen.

Morgen fahre ich auf's Land um zu versuchen, irgendwo Arbeit zu finden. Aber auch wenn ich keine finde, werde ich mich zurückziehen und Kontakt mit Esperantisten ebenso vermeiden wie mit ihren Angelegenheiten. Dies ist der letzte Brief für und über Esperanto. Ich werde auch meinen ausländischen Korrespondenzpartnern nicht mehr antworten.

Jetzt habe ich plötzlich erkannt, dass es dumm war, das alles zu schreiben. Dich interessiert ja nur die Mitteilung meines Ausscheidens. Aber ich habe in Dir nicht nur einen Mitarbeiter gesehen. Daher diese Niederschrift meiner Gefühle. (...)«

Mit ein paar praktischen Informationen, in denen Weinhengst Scheibenreiter über den Stand seiner letzten redaktionellen und organisatorischen Tätigkeiten informiert, schließt dieser letzte Brief.

Für die folgenden Jahre verlieren sich die Spuren Hans Weinhengsts. Laut seinem Freund Stefan Herzy wurde der wegen seines Augenleidens untaugliche Weinhengst nach Berlin als Sanitäter dienstverpflichtet und kam dort in den letzten Kriegstagen im Mai 1945 ums Leben.

Kurt Lhotzky

Glossar

Armutschkerl:....armer, hilfloser Mensch
Bsuff:...................Gewohnheitstrinker
Busserl:...............(unschuldiger) Kuss
deppert:..............blöd, dumm
Elektrische: ....Straßenbahn
Erdäpfel:.............Kartoffel
Falott: ....Gauner
gell: ....nicht wahr?
Gendarm: ....Polizist (vorwiegend im ländlichen Raum)
(Erd-)Geschoß:....(Erd-)Geschoss
Gewand:..............Kleidung
Glumpert:...........wertloses Zeug
Grundler:.............Mensch am unteren Rand der Gesellschaft
Hacklerei:...........Arbeit
Häfen: ....Gefängnis
Hauspartei:.........Mietpartei
herzig:.................entzückend, niedlich
Jessas: ....Jesses Maria!, Ausruf des Erschreckens
Kanaille: ....böser Mensch, Gesindel
Kasten:................Schrank
keppeln:..............immerzu schimpfen, keifen
knotzen: ....lümmeln
Kreteu:................Kretin
Mieselsucht:.......Miesmacherei
Mistviech:...........gemeiner, schlechter Mensch
nimmer:..............nicht mehr
rabiat: ....gewalttätig, wild

ratschen: .... unablässig reden
raunzen: .... klagen, nörgeln
Rotzbengel: .... frecher Junge
Salär:................... Gehalt, Lohn
Schrapnön:......... zänkische Frau
Schwammerl:..... Pilze
sekkieren:........... necken, quälen
Spezl: .... Freund
Spital:.................. Krankenhaus
Tramway: .... Straßenbahn
Trankler: .... Alkoholiker
Trottoir:.............. Gehsteig, Bürgersteig
z'wider:............... zuwider, dagegen
Zinskaserne: ...... Wohnkaserne, mehrgeschossiges Mietshaus aus der Gründerzeit

Erste Auflage

www.editionatelier.at
Cover: Jorghi Poll
Satz: Sarah Legler
Lektorat: Andrea Sochurek
Druck: Grafički zavod Hrvatske d.o.o., Zagreb
ISBN 978-3-903005-35-8
E-Book: ISBN 978-3-903005-84-6

Mit freundlicher Unterstützung der Kunstförderung des Bundeskanzleramtes Österreich und des Literaturreferats der Stadt Wien (MA7) und der Niederösterreichischen Landesregierung

BUNDESKANZLERAMT ÖSTERREICH
KUNST

WIEN KULTUR

KULTUR NIEDERÖSTERREICH